HEYNE BÜCHER

Das Buch

Die Tänzerin Laura stammt aus Amerika und arbeitet in einem Pariser Varieté. Eines Tages bittet ein geheimnisvoller Baron sie, ihm bei einem schwierigen Vorhaben zu helfen: seine Frau Monique, Erbin eines Schlosses, wird vermißt, und er vermutet, das ihre Feinde sie verschwinden ließen; Laura sei ihr wie aus dem Gesicht geschnitten und solle nun in ihre Rolle schlüpfen. Nach kurzem Zögern nimmt Laura die Herausforderung an - denn was der Baron nicht ahnen kann: sie ist tatsächlich die Cousine der verschwunden Monique!

Das graue Schloß am Meer mit dem viereckigen Normannenturm birgt einen alten, kostbaren Schatz. Nur die Gräfin Monique wußte, wo er vergraben liegt. Mit List, Intrige und Gewalt versuchen die anderen Schloßbewohner, Laura das Geheimnis zu entreißen: Sie muß sogar um ihr Leben bangen, denn unter ihren Verfolgern ist jemand, der ganz genau weiß, daß sie gar nicht die echte Gräfin ist...

Die Autorin

Marion Zimmer Bradley, geboren 1930 in Albany, New York, begann schon früh zu schreiben, um sich ein Taschengeld zu verdienen. Nachdem sie bereits mit ihrer SF/Fantasy-Serie um den Planeten Darkover eine große Fangemeinde an sich binden konnte, gelang ihr mit dem Bestseller »Die Nebel von Avalon« der internationale Durchbruch. Marion Zimmer Bradley lebt und arbeitet in einem ruhigen, alten Haus in Berkeley, Kalifornien.

Im Wilhelm Heyne Verlag erschienen bereits ihre Bücher »Der Bronzedrache«(01/6359), »Trapez«(01/7630), »Schloß des Schreckens« (01/7712), »Die geheimnisvollen Frauen« (01/7880), »Die Teufelsanbeter« (01/9962) und »Die Zauberin von Ruwenda« (01/9698).

MARION ZIMMER BRADLEY

DAS GRAUE SCHLOSS AM MEER

Roman

WILHELM HEYNE VERLAG
MÜNCHEN

HEYNE ALLGEMEINE REIHE
Nr. 01/10726

Titel der amerikanischen Originalausgabe
SOUVENIR OF MONIQUE

Vollständige deutsche Übersetzung von
Christian Barth auf der Grundlage
der Übersetzung von Susi-Maria Roediger

Umwelthinweis:
Dieses Buch wurde auf
chlor- und säurefreiem Papier gedruckt.

Printed in Germany 1998
Umschlagillustration: Astrid Gettmann/Regina Assmann,
München
Umschlaggestaltung: Atelier Ingrid Schütz, München
Gesamtherstellung: Elsnerdruck, Berlin

ISBN: 3-453-13588-1

1

Nächtlicher Regen schlug an die Fensterscheiben. Ich konnte das Prasseln und Tosen hören, das Plätschern und Klatschen, mit dem er gegen die dünne Wand stürmte. Wo das Glas zersprungen und mit altem Notenpapier und dem Schusterleim für die Tanzschuhe abgedichtet war, sprühten einzelne Tropfen hindurch und benetzten mein Gesicht mit einer Kälte, die mich erschauern ließ.

»*Sacre, quelle nuit de diable!*« rief Nanon, die am Ankleidetisch neben mir saß – auf der Anzeigetafel des Theaters war sie als *Danseuse Exotique* aufgeführt –, mit ihrer rauhen, an einen Straßenjungen erinnernden Stimme. Sie hob ihr kleines geschminktes Gesicht, das mich an die französischen Puppen denken ließ, mit denen ich und Monique als Kinder gespielt hatten. Ihre Wimperntusche war halb aufgetragen, halb befand sie sich noch auf dem Bürstchen in ihrer Hand; ihr von den karmesinroten Federn des Kopfbusches umrahmtes Gesicht wirkte müde und verdrießlich. »Eine wahrhaft höllische Nacht!« wiederholte sie. »Jeder arme Irre, der an einem solchen Abend ausgeht, sollte sich in ärztliche Behandlung begeben anstatt in unser Theater!«

»Ich mag Regen«, sagte ich und blicke an dem schmutzigen, verklebten Papier vorbei in die völlig undurchdringliche Finsternis hinaus, die Paris war. Der Regen ließ mich vergessen, daß die Dunkelheit nur die heruntergekommene Schäbigkeit einer abseitigen Gasse, voll von streunenden Katzen und Abfallhaufen, verhüllte –

den Hintereingang zum *Théâtre Étoile,* wo ich seit drei Wochen sang und, wenn ich Glück hatte, noch drei weitere Wochen auftreten durfte. »Der Regen ist kühl und angenehm.« Ich spürte wieder einen Tropfen auf meinem Gesicht.

»Mademoiselle kommen ja auch vom Lande«, meinte die kleine Nanon, »dort ist der Regen etwas ganz anderes als in der Stadt. Hier gießt es einfach von oben herunter, und wenn das Wetter noch länger so bleibt wie jetzt, bleiben die Leute in der warmen Stube daheim und wir können am nächsten Samstagabend unsere Gage in den Wind schreiben.« Sie seufzte und begann, ihre linke Augenbraue nachzuziehen. »Haben Sie Heimweh, Mademoiselle Laura?«

»Doch, manchmal schon«, erwiderte ich, wandte mich von Regen und Unwetter ab und versuchte energisch, die Erinnerung an den Regen in Kanada und die bunten Herbstblätter in Neuengland zu verdrängen. Der schmutzige Sturm in der Schwärze vor den Fensterscheiben draußen tobte mit ungezügelter, bedrohlicher Wildheit und gemahnte mich an die bedrohliche Ungewißheit meiner eigenen Zukunft; jetzt empfand ich auch wie die kleine Nanon, die vor Unbehagen und Erschöpfung schauderte. Für sie und jetzt auch für mich bedeutete es nasse Füße und einen vom Regen durchweichten Mantel, wenn ich mich zu meinem kalten Zimmer in Montmartre zurückschleppte, um nicht meine wöchentliche Barschaft durch die drei Francs für eine Droschke zu dezimieren. Es bedeutete klamme Kälte in meinem Zimmer, weil das Feuer aus sein würde, und keine Menschenseele würde sich damit abplagen, es für mich anzumachen, noch dazu um drei Uhr in der Frühe – und, der Himmel sei vor, es könnte eine Erkältung, eine Bronchitis bedeuten, die mich morgen vom Singen abhalten würde, und vielleicht schließlich die gefürchtete ›Mitteilung des Direktors‹ im Kuvert mit meiner Gage. Der Regen mochte schön sein auf einem Gut auf dem Lande oder für ein Schulmädchen in Neuengland, doch für eine arme Sängerin in Paris war er eine Bedrohung und konnte sogar zu einer Katastrophe werden.

Dennoch hatte ich mich über den Regen gefreut, weil ich mich für wenige Minuten wieder wie ich selbst, Laura Monteith, gefühlt hatte. Ich vermochte die düstere, armselige Garderobe mit ihrem Geruch nach Schminke, Harz, Klebstoff und muffigen Perücken zu vergessen – und auch den unzureichenden Gasofen, dem die fröstelnde Nanon vergeblich mehr Wärme zu entlocken suchte.

»Miese Kerle«, schimpfte sie, während sie gebückt über dem Gasofen stand, »was nützt es diesem miesen Kerl von Direktor, wenn alle seine Künstler vor lauter Kälte die Grippe bekommen? Na, ich glaube, ich werde mich nachher mit einer ordentlichen Tasse Kaffee aufwärmen, und ich hoffe, daß *Maman* zu Hause noch einen Schluck Cognac in der Flasche hat. Also, nun höre man sich diesen Radau an, da könnte man ja taub werden!«

»Das sind die russischen Tänzer«, sagte ich und horchte auf das Stiefelgetrampel auf der knarrenden Holztreppe. »Als nächste bist du dran, Nanon – beeile dich also lieber!«

»Ich kriege die Häkchen nicht zu«, sagte sie, während sie sich mit ihnen abmühte. »Könntest du bitte –?«

Ich machte ihr das dünne karmesinrote Musselinkleid zu. Sie richtete die Federn in ihrem Haar und ordnete sorgfältig die Bänder; ihre knochigen Schultern waren von einer Gänsehaut überzogen. Dann nickte sie mir zu und verschwand auf der Treppe.

Ich betrachtete mich im Spiegel. Der Anblick meines geschminkten Gesichts schockierte mich inzwischen nicht mehr, und wenigstens wurde ich jetzt von Mädchen wie Nanon als Kollegin akzeptiert. Anfangs hatten sie mich sehr kühl und mißtrauisch behandelt. Ich war Amerikanerin, Ausländerin, und zuerst noch so naiv, daß ich nicht einmal mein Entsetzen über die unfeine Redensweise mancher Tänzer verbergen konnte.

Als sie dann aber erfuhren, daß ich mir als ehemalige arme Musikstudentin vom Konservatorium nun als noch ärmere Balladensängerin im Varieté meinen Lebensunterhalt verdienen mußte, um nicht zu verhungern, wurden sie freundlicher. Das konnten sie verstehen. Es gab dort genügend Sänger und Tänzer, die der Meinung waren, sie sollten eigentlich dem Kaiserlichen Ballett oder der Opéra Comique angehören. Mädchen wie Nanon hatten mir beigebracht, wie man sich schminkt und sich die Wimpern tuscht, und einer der Sänger, ein runzeliger kleiner Provenzale, hatte mich die Texte einiger schöner südfranzösischer Lieder gelehrt. Jetzt betrachteten sie mich nicht mehr als Außenseiterin oder bühnenbesessene Amateurin, sondern als eine der ihren.

Ich konnte den Applaus und die Bewunderungsschreie und Zurufe der jungen Männer auf den billigen Plätzen hören, die Nanons Erscheinen auf der Bühne galten. Mit einem letzten Blick auf meinen Nackenknoten und die künstliche Blume im Mieder verließ ich die Garderobe. Auf der Treppe hob ich sorgsam meinen Rock, um ihn vor dem Staub zu schützen. Roubier, der kleine Komiker, hob eine gemalte Braue und flüsterte mir mit einem Verschwörerlächeln zu: »Passen Sie heute abend auf sich auf, Mademoiselle Laura, draußen ist eine Menge ordinäres Pack. Als die arme Nanon auf die Bühne kam, plärrten ein paar von den jungen *Apachen* auf dem Rang: ›Laß deine Strumpfbänder sehen, mach schon, schmeiß die Beine hoch!‹ Die arme Kleine hätte beinahe geheult – und dabei ist sie doch überhaupt nicht prüde.«

Mir ging es kurz durch den Kopf, daß mich so etwas noch vor einer Woche entsetzt hätte; dann aber zuckte ich nur mit philosophischer Gelassenheit die Achseln. »Na, ja, Roubier, das gehört eben zur Nachtarbeit. Der Regen, ja, der bedrückt mich.«

»Mich auch – meine Stiefel sind so dünn wie das Trikot eines Ballettmädchens.« Er grinste und wurde dann von heftigem Husten geschüttelt; unter der angemalten Grimasse wurden seine Züge ernst. »Ihr Verehrer, der feine Herr, ist wieder da – elegant wie ein englischer Herzog und mit Blumen im Knopfloch, die mehr gekostet haben als Ihr und mein Abendessen zusammen. Wer weiß, wer weiß, wenn Sie es geschickt anstellen...«

Ich wußte, er meinte es nicht beleidigend, und so erwiderte ich nur leichthin: »Ach, ich bin ganz gewiß nicht sein Typ.«

»Nun, das will ich nicht sagen...« Roubier betrachtete mich prüfend von oben bis unten mit dem vertraulichen Blick eines Mannes, der alt genug war, um mein Großvater zu sein. »Etwas mager vielleicht, aber es kann ja sein, daß es ihm gerade so gefällt. Jedenfalls, wenn er Sie belästigen sollte, brauchen Sie nur zu schreien, dann werden Sergei und ich ihn hinauswerfen.«

Ich dankte ihm freundlich und ging weiter. Nanon wirbelte mit wehenden roten Schleiern von der Bühne.

Auch sie flüsterte mir rasch zu: »Dein vornehmer Freund sitzt wieder oben auf der Galerie.«

Mein Freund!

Ja, sie wußten alle davon, und alle nannten ihn meinen Freund. Mir war das allmählich peinlich, denn ich hatte diesen Mann noch nie zuvor gesehen und gesprochen. Und doch war er jetzt vier Abende hintereinander dagewesen. Er erschien wenige Minuten vor meinem Auftritt und verließ seine teure Loge, sobald ich meine Lieder beendet hatte.

Verehrer hatte es schon öfter gegeben. Die meisten waren allerdings nur einfach lästig – Männer, die eine Geliebte suchten oder bühnenbegeisterte Jünglinge, die sich gern mit einer Schauspielerin zeigen wollten. Die ersteren wies ich energisch, die letzteren freundlich ab. Vermutlich mußten sich alle Frauen auf der Bühne damit abfinden. Schließlich hatten sogar meine Eltern geglaubt, daß jede Frau, die öffentlich auftrat, für immer *déclassée* war. Ich glaubte das zwar nicht, aber offensichtlich gab es eine Menge Männer, die das ebenfalls fanden. *»Alors, petite«*. Nanon gab mir einen Schubs. »Du bist dran.«

Ich haßte es stets, zu dem nach Nanons Auftritt brüllenden Publikum hinauszugehen. Glücklicherweise wurde es wenigstens etwas ruhiger, als ich auf die Bühne trat. Ich holte tief Luft, verbeugte mich und setzte mich ans Klavier.

Auf dem Programm stand ich als *Mademoiselle Laura Monteith: Chansons et ballades anglaises*. Für diesen Abend hatte ich ›The last Rose of Summer‹, ›Killarney‹ und einige andere bekannte Balladen ausgewählt. Als ich mich schließlich wieder vom Klavier erhob, warf ich einen raschen Blick zum Balkon hinauf. Ja, der Mann war tatsächlich da: groß, schlank, elegant, glänzendes blondes Haar, scharfes Profil, tadellose, gepflegte Kleidung. Er starrte mich merkwürdig durchdringend an, während er höflich – keineswegs begeistert – Beifall klatschte.

Was in aller Welt wollte er hier? Er gehörte genauso wenig hierher wie ein Rosenstrauch auf die eiserne Treppe zu unserer Garderobe.

Während des Applauses sah ich aus Neugier zu ihm hoch, doch dann wünschte ich mir, ich hätte es nicht getan; er wandte nämlich seinen Kopf, und sein Blick – herrisch, wild und blauleuchtend – traf den meinen so, daß es beinahe vertraulich wirkte. Ich schalt mich innerlich; ob er wohl dachte, ich hätte ihn ermutigen wollen? Ich lächelte kühl und wandte meine Augen ab, als hätte ich seinen Blick nur rein zufällig gekreuzt; ich vermied von nun an sorgfältig jeden Blick in jenen Teil des Theaters.

In meiner Garderobe zog ich rasch mein dünnes, tiefausgeschnittenes Abendkleid aus und schlüpfte in mein warmes blaues Sergekleid. Ich blickte in den Spiegel. Wenn ich es recht bedachte, gehörte ich auch nicht hierher. In meinem alten Sergekleid und mit dem ausgebürsteten und zum Zopf geflochtenen Haar sah ich wieder aus wie das Schulmädchen, das ich noch vor wenigen Jahren gewesen war. Ich dachte an meine Eltern, die sich hartnäckig geweigert hatten, mich Gesang studieren zu lassen außer für den Hausgebrauch. Mein Lehrer war der Meinung, daß ich eine Opernstimme hätte, und ich fand das auch, aber Mama und Papa hielten die Bühne für einen Sündenpfuhl. Vergeblich hatte ich auf das ehrbare Leben der schwedischen Sängerin Jenny Lind oder auf das der Madame Lilli Lehmann hingewiesen. Sie gaben zu, daß einige ehrbare Ausnahmen möglich wären, aber *ihrer* Tochter würde nicht der Makel anhaften, eine *Schauspielerin* zu sein.

Als dann jedoch beide bei einem Wagensturz mit einem durchgehenden Pferd umkamen, und als mein heftiger, fast hysterischer Kummer sich ein wenig gelegt hatte, stand meiner Karriere nichts mehr im Weg. Ich hatte keine weiteren Verwandten, denen ich Schande machen konnte. Die Schwester meiner Mutter hatte einen französischen Grafen geheiratet, und meine einzige noch lebende Verwandte war meine Cousine Monique, die sechs Jahre lang in Amerika gelebt hatte, als wir noch kleine Mädchen waren. Monique war meine beste Freundin gewesen, aber ich hatte schon seit Jahren nichts mehr von ihr gehört. Ich war also frei – beinahe beängstigend frei.

Meine Eltern hinterließen etwas Geld, aber nicht genug, um mir ein jahrelanges Studium zu ermöglichen. Mein Lehrer, Professor Andersen, hatte jedoch an mich geglaubt und mir ein Darlehen angeboten, um mir zu helfen, das Studium zu finanzieren. Viel konnte er mir nicht geben, denn er war auch nicht reich, aber für das wenige war ich ihm um so dankbarer. Mit den paar Dollar, die er mir jeden Monat sandte, und mit dem, was ich mir mit Englischstunden hinzuverdienen konnte, war ich gerade zurechtgekommen. Nach zwei Jahren Studium in Mailand hatte ich doch schon das Gefühl gehabt, wenigstens am Anfang einer Karriere zu stehen – und dann war das Unglück über mich hereingebrochen. Der gütige alte Herr starb an einem Herzschlag, und ich stand mittellos da.

Ich war in der verzweifelten Hoffnung nach Paris gekommen, Tante Laura ausfindig zu machen. Sie war nicht nur meine Tante, sondern auch meine Patin. Tante

Laura und Monique. Aber dann hatte ich lediglich erfahren müssen, daß Tante Laura vor einigen Jahren gestorben war und daß ›die Tochter‹ geheiratet hatte. Mein Informant wußte jedoch nicht, wie Monique jetzt hieß. Jedenfalls konnte ich mich sowieso kaum als arme Verwandte an die Familie eines verstorbenen angeheirateten Onkels wenden.

Natürlich hätte ich dann etwas ›Anständiges‹ machen sollen. Es gab immer Familien auf dem Kontinent, die eine wohlerzogene Engländerin oder Amerikanerin als Gouvernante für ihre Töchter suchten. Da ich fließend Französisch und Italienisch sprach, wäre es nicht im mindestens schwierig gewesen, einen guten Posten zu finden. Aber ich konnte es ganz einfach nicht ertragen, ein mausgraues, demütiges Nichts zu werden, das Kindern Gehorsam und Tischmanieren beibrachte und ungeschickte Klavierübungen überwachte.

Unseligerweise war jetzt auch die Zeit ungünstig zum Vorsingen, selbst für den Opernchor, und außerdem wußte ich, daß jede Amerikanerin die Fürsprache eines wohlbekannten Professors benötigte. Meine Zukunft sah trübe aus, bis irgendein Bekannter vom Konservatorium die Bemerkung fallenließ, daß im Augenblick englische und amerikanische Lieder in den Varieté-Theatern sozusagen Mode wären. Da nahm ich all meinen Mut zusammen, machte die Runde und bekam schließlich dieses Engagement im *Théâtre Étoile*. Es war ein rauher Ort, mit einem ziemlich rauhen Publikum, und das Programm bot gewissermaßen alles: von Akrobaten und Schwertschluckern bis zu Komikern und Pantomimen. Die wenigen echten Künstler wirkten fehl am Platz. Aber ich hatte durchgehalten. Immerhin war es besser, als zu verhungern. Und schließlich hatte es sogar einiges

Gutes – ich gewann die Freundschaft und Anerkennung meiner Kollegen und erwarb die Gewandtheit, auch einem sehr schwierigen Publikum gegenüberzutreten.

Natürlich brachte mein neues Leben auch ein paar Probleme mit sich, wie zum Beispiel aufdringliche Männer, die meine Bekanntschaft machen wollten.

Es klopfte an der Garderobentür. In der Annahme, Roubier wolle mich abholen, um mit den anderen nach der Vorstellung in unser Stammcafé zu gehen, rief ich gleichgültig »*Entrez*« und fuhr fort, meine langen, dunklen Haare zu bürsten.

»Ja«, sagte eine Stimme hinter mir, »wirklich eine verblüffende Ähnlichkeit. Auch das gleiche dunkle Haar.«

Das war gar nicht Roubier! Erschrocken erhob ich mich und drehte mich um. »Monsieur!« stammelte ich, dann versagte meine Stimme.

Vor mir stand der Herr von der Galerie.

2

Sekundenlang brachte ich vor lauter Schreck kein Wort heraus. So etwas hatte es noch nicht gegeben, daß sich ein Zuschauer einfach Zutritt zu den Garderoben der Künstler verschaffte. Als ich meine Sprache wiederfand, gab ich meiner Empörung Ausdruck: »Wie können Sie es wagen, Monsieur! Gehen Sie sofort hinaus!«

Seine Brauen hoben sich ein wenig, und er betrachtete mich gelassen, ja beinahe etwas erheitert. »Aber Mademoiselle, Sie haben mich doch selbst hereingebeten. Im allgemeinen, wenn man an eine Tür klopft, und es wird ›Herein‹ gerufen...«

»Oh!« Ich war so wütend, daß es mir erneut die Sprache verschlug. Ich fand diesen Mann einfach unbeschreiblich unverschämt. Völlig unbekümmert stand er in seinem samtgesäumten Operncape vor mir. Ich wurde mir peinlichst meines offenen Haares und des am Hals nicht zugeknöpften Kleides bewußt, und dunkle Röte stieg mir ins Gesicht. Schließlich sagte ich so kühl und abweisend wie möglich: »Nun, man kann von Ihnen wohl nicht erwarten, daß Sie die Vorschriften des Theaters kennen oder daß Sie wissen, daß ich um diese Zeit nicht gewohnt bin, von jemand anders als von meinen Kollegen aufgesucht zu werden. Außerdem wünscht die Direktion auch keine Besuche in den Garderoben. Ich muß Sie daher bitten, diesen Raum augenblicklich zu verlassen.«

»Machen Sie sich keine Sorgen wegen des Direktors«, erwiderte er ungerührt. »Er ist ein alter Freund von mir.« Er fuhr fort, mich anzustarren. »Ja, vollendet«, murmelte er vor sich hin, als wäre ich gar nicht da oder als wäre ich eine Schneiderpuppe, »ohne jeden Zweifel. Ich hatte nur Angst, Sie würden die französische Sprache nicht genügend beherrschen.«

Jetzt wurde ich richtig wütend. »Ich fürchte, Sie sind es, der die französische Sprache nicht genügend beherrscht, Monsieur!« fuhr ich ihn an. »Ich habe Sie nämlich zweimal gebeten, sich zu entfernen!« Und dann schrie ich: »Roubier! Nanon!«

»Ich bitte Sie, beruhigen Sie sich, Mademoiselle. Ich möchte Ihnen einen Vorschlag machen ...« Er kam auf mich zu, und ich verlor den Rest meiner Selbstbeherrschung. War dieser Mann verrückt oder besaß er überhaupt keinen Anstand? Ich wich zurück und schrie nun aus vollem Hals: »Nanon! Sergei! Roubier! Hilfe!«

»Im Namen Gottes, Mademoiselle...«, sagte er überrascht und ein wenig verärgert und trat rasch zurück, als auch schon Roubier und Sergei in die Garderobe stürzten, von Nanon gefolgt. Als sie mich mit abwehrend erhobenen Händen sahen, warf sich Roubier auf den Eindringling und packte ihn am Samtkragen.

»Ich werde Sie lehren, wie man sich im Zimmer einer Dame benimmt!« rief er.

Der Fremde schüttelte ihn jedoch mit einer kurzen Bewegung ab wie einen kleinen Hund. Aber als der kleine Komödiant rückwärts stolperte, ergriffen die riesenhaften Hände Sergeis, des russischen Tänzers, den Mann am Ellenbogen und beförderten ihn hinaus. Ich hörte, wie er unfreiwillig hastig die Treppe hinunterpolterte. Vorsichtig spähte ich hinaus. Der Mann von der Galerie stand unten am Fuß der Treppe und blickte mit einer merkwürdigen Mischung von Ärger, Entschlossenheit und – mir blieb die Luft weg, als ich es bemerkte – Erheiterung zu mir herauf. Dann machte er eine leichte spöttische Verbeugung und ging in den Regen hinaus.

Ich konnte kaum sprechen. »Roubier... Sergei... Vielen Dank!«

»Nichts zu danken«, sagte Sergei in seinem gebrochenen Französisch. »Diese feinen Herren, sie sollten bessere Manieren haben.«

Nanon legte ihren Arm um mich. »Er hat doch nicht wirklich...«

Ich schüttelte verlegen den Kopf. »Wahrscheinlich war es albern von mir, solche Angst zu haben.«

Immerhin war der Mann durchaus höflich gewesen, wenn ich seine Höflichkeit auch etwas spöttisch und herablassend gefunden hatte. Aber als er dann auf mich zugekommen war, hatte mich der grimmige Ausdruck seiner Augen zu Tode erschreckt.

»Er ist ein übler Bursche«, erklärte Nanon mit Nachdruck. »Wir hätten ja beide im Hemd dastehen können, als er hereinplatzte.«

Roubier zwinkerte mir zu. »Trotzdem hätten Sie sich eigentlich anhören können, war für einen Vorschlag der Mann Ihnen machen wollte, Mademoiselle Laura.«

»Also ein gutaussehender Mann war er«, meine Nanon und hüllte sich in ihr altes Umschlagtuch. Sie nahm ihren Hut, ein hübsches Stück mit himbeerfarbenen Rosen, betrachtete ihn mit Bedauern und steckte ihn in eine Papiertüte.

»Du willst doch nicht ohne Kopfbedeckung hinausgehen, Mädchen«, sagte Roubier entsetzt. »Es gießt wie aus Kübeln!«

»Ach was, mein Kopf und mein Haar werden wieder trocken, ohne daß es ihnen schadet«, erwiderte sie philosophisch, »mein Hut dagegen nicht.«

Ich nahm meinen eigenen Mantel, der zum Glück eine Kapuze, im übrigen jedoch einen Schulmädchenstil hatte, und wir begaben uns die Treppe hinab; ein Bariton sang gerade, von Beifall unterbrochen, eine Arie aus einer neuen Oper. Ich blieb einen Augenblick stehen, um interessiert zu lauschen, aber schon faßte mich Nanon am Arm.

»Komm, wir wollen einen Kaffee trinken gehen! Ich habe den dicken Burschen oft genug plärren hören!«

Nicht weit vom Théatre Étoile war ein kleines Café, das die ganze Nacht offen blieb, und hierher gingen die Darsteller oft nach Proben oder nach den Vorstellungen. Eine Familie spanischer Akrobaten, die gleich zu Anfang auftrat, saß bereits bei einer heißen Suppe in einer Ecke und stritt sich mit leisen, zischelnden Stimmen. An dem Inhalt der Schüsseln auf dem Tisch konnte man für gewöhnlich sehen, wie nahe der Zahltag war: Wenn die Zeiten gut waren, feierte man mit gegrillten Koteletts oder Würstchen, während kurz vor der Gagenzahlung nicht mehr als ein Teller dünner Suppe, ein Milchkaffee mit drei bis vier Löffeln Zucker oder Stück Brot und ein Teller mit Radieschen vor einem standen.

Wir bestellten unseren Kaffee – außer Sergei, der ein Glas Tee vorzog – und saßen dann minutenlang schweigend da. Wir waren alle müde; jeder von uns hatte einen langen Heimweg vor sich, zu Fuß oder mit dem Omnibus, und wir kannten einander inzwischen gut genug, um ein Schweigen nicht mit höflicher Konversation ausfüllen zu müssen.

Nanon sagte schließlich und starrte dabei düster in ihren Milchkaffee: »Überleg mal, Laura, wenn du deinen feinen Verehrer angehört hättest, würdest du jetzt vielleicht bei einem hübschen kleinen Souper im Maxim sitzen und anschließend warm und geschützt in einer Privatkutsche nach Hause fahren. Also, wenn er *mich* eingeladen hätte...«

Ich wurde ein wenig rot.

»Ein schöner Anblick wäre ich in meinem alten Rock und Mieder im Maxim«, entgegnete ich.

»Und nach dem hübschen kleinen Souper hätte er sie auch bestimmt nicht gleich nach Hause gefahren«, sagte Roubier schmunzelnd.

»Es sah komisch aus, wie er die Treppe hinunterstolperte«, meinte Sergei. Plötzlich starrte er an mir vorbei. »*Tiens,* der läßt sich wirklich nicht so leicht entmutigen!«

Nanons Blick folgte Sergeis, und ihre Augen wurden

rund. »*Mon Dieu*«, wisperte sie, »und was für ein Dragoner!«

Ungläubig drehte ich mich um. Der Mann, den Sergei und Roubier aus meiner Garderobe geworfen hatten, bahnte sich, untadelig gekleidet wie zuvor, einen Weg zwischen den Tischen hindurch. Ihm folgte, aufrecht und grauhaarig, in gestärktem, weißem Jabot und strengem, schwarzem Seidengewand, eine stattliche Matrone.

»Sie sieht wie eine Schulleiterin aus«, flüsterte Nanon mir zu.

Der Mann blieb vor unserem Tisch stehen und wartete höflich auf die schwarzgekleidete alte Dame. Er sprach kühl und überdeutlich.

»Mademoiselle Monteith, erlauben Sie mir, Ihnen meine Patin vorzustellen, die Baronin de Lamonde. Mein Name ist Etienne de Montigny. Vielleicht darf ich Ihnen in Anwesenheit der Baronin als Anstandsdame meinen durchaus ehrenwerten geschäftlichen Vorschlag machen?«

Wir waren alle sprachlos. Der einzige Gedanke, der mir durch den Kopf schoß, war: Himmel, wenn er nun der Maestro eines Tournee-Unternehmens ist, der mir eine Rolle anbieten wollte, und ich habe ihn unwiderruflich beleidigt!

Aber dann schöpfte ich Hoffnung. Er konnte nicht allzu schwer beleidigt sein, sonst wäre er mir nicht mit dieser ehrbaren Dame hierher gefolgt. Sagen konnte ich noch immer nichts.

Roubier murmelte: »Wie sollten wir wissen, daß Sie nicht irgendein...«

»Sie brauchen sich nicht zu entschuldigen«, erklärte Etienne de Montigny mit seinem eigenartigen, ein wenig spöttischen Lächeln. »Es spricht für Sie, daß Sie mit einem solchen Elan die Ehre einer jungen Kollegin verteidigen. Vielleicht hätte ich meine Absichten etwas deutlicher darlegen sollen, bevor ich die junge Dame aufsuchte.«

Seine Liebenswürdigkeit verschlug Roubier die Sprache – und wahrhaftig, ich bin seither nur sehr wenigen Menschen begegnet, Männern und Frauen, die Etienne de Montigny widerstehen konnten, wenn er sich die Mühe machte, charmant zu sein. Monsieur de Montigny wandte sich an mich.

»Gestatten Sie mir, Sie zum Abendessen einzuladen, Mademoiselle, und Ihnen meinen Vorschlag in« – sein Blick wanderte durch das Café – »in etwas ruhigerer Umgebung zu unterbreiten.«

Ich kam mir wie ein albernes Schulmädchen vor, weil ich sofort an Schauergeschichten von Mädchen denken mußte, die von ganz ehrbar aussehenden Leuten in Lasterhöhlen gelockt und betäubt worden waren.

Die stattliche alte Dame sagte plötzlich, als könne sie meine Gedanken lesen, in Englisch: »Miß Monteith, wenn ich Ihnen als Anstandsdame nicht genüge, dürfen Sie gern entweder Ihre Freundin oder einen der Herrn einladen, um Sie zu beschützen. In diesem Fall müßten sie sich allerdings zu äußerster Diskretion verpflichten. Es ist mir klar, daß Sie ein junges Mädchen sind, das wegen seines Berufes um so sorgfältiger auf seinen guten Ruf achten muß.«

Plötzlich erschien mir mein Mißtrauen lächerlich. »Das wird wohl nicht nötig sein«, erwiderte ich, ebenfalls in Englisch, und erhob mich. »Bitte entschuldigt mich, meine Freunde.«

Nanon zwinkerte, als wollte sie sagen: Na, nun zeigst

du wenigstens etwas Vernunft. Und dummerweise wurde ich wieder rot.

Monsieur de Montigny blieb bei der Kassiererin stehen, um meinen Kaffee zu bezahlen und sagte nebenbei: »Schicken Sie eine Runde Kaffee und Kuchen an den Tisch von Mademoiselles Freunden – und Brandy, wenn die Herren möchten.«

Verwirrt bedankte ich mich bei ihm, aber er wehrte mit einem gleichgültigen Schulterzucken ab. Dann führte er die Baronin und mich auf die Straße zu einer großen Kutsche hin. Es regnete immer noch in Strömen, und ich sank dankbar in das weiche Samtpolster. Der Regen schlug mir mit höllischer Heftigkeit ins Gesicht, doch nur einige Sekunden lang; er wurde schwächer, als wir in den Schutz der Kutsche kamen. Die triefend nassen Pferde nickten erlöst, sobald de Montigny mit dem Kutscher sprach, der geduldig auf dem Bock ausgeharrt hatte. Dann half er der Baronin in den Wagen, reichte auch mir die Hand, um mich einsteigen zu lassen, und setzte sich zuletzt auf den gegenüberliegenden Sitzplatz.

Meine Hand berührte weiche Samtkissen. Hier herrschte zweifelsohne Luxus.

»Ich nehme an, niemand erwartet Sie, Mademoiselle?« Bei diesen Worten de Montignys erwachte von neuem mein Mißtrauen, aber er fügte gleich hinzu: »Sonst können Sie gern eine Nachricht nach Hause schicken.«

»Nein, es wartet niemand auf mich«, entgegnete ich und dachte, daß er doch wohl nicht sehr viel über mich wissen konnte.

Als die Kutsche über das Kopfsteinpflaster zu holpern begann, erklärte er: »Die Art meines Handels mit Ihnen, Mademoiselle, macht es mir unmöglich, zusammen mit

Ihnen in einem öffentlichen Restaurant gesehen zu werden; meine Patin war deshalb so freundlich, ihr Haus für unsere Unterredung zur Verfügung zu stellen.«

Er lehnte sich in die Polster zurück und schwieg; wieder fühlte ich eine verschwommene, unbehagliche Ruhelosigkeit. Welches ehrliche Geschäft konnte so geheim sein, daß wir nicht zusammen gesehen werden durften? Die eisengepanzerte Achtbarkeit der Baronin beruhigte mich zwar ein wenig, wenn auch nicht allzu sehr. Was mochte dieses Paar von Adeligen – oder Gaunern – von einer Varietésängerin wollen?

Die Pferde trabten in gemächlichem Tempo eine, wie mir schien, lange Zeit dahin. Die Baronin versank nach der einen oder anderen höflichen Äußerung über das Wetter in den Polstern, stützte ihr Doppelkinn auf ihren noch umfangreicheren Busen und ließ ein sanftes Schnarchen hören. In der Wärme im Inneren der Kutsche schlummerte ich beinahe ein; meine Wachsamkeit ließ nach. In einer derart gemütlichen Kutsche war ich nicht mehr gefahren, seitdem ich Amerika verlassen hatte. Dennoch konnte ich in der Dunkelheit die scharfen, adlerhellen Augen de Montignys spüren, die mit starrem Blick auf mich gerichtet waren.

Aus der Stille, die mich umgab, und aus dem Rauschen der Bäume im Wind schloß ich, daß wir nun durch eine vornehme Straße rollten. Schließlich kam die Kutsche zum Stehen; der Graf kletterte hinaus und half uns beim Aussteigen.

Wir befanden uns unter der *porte-cochaire* eines ausnehmend großen und ansehnlichen Palais. Der Kutscher stand neben dem Fahrzeug; aus der Tür des Hauses strahlte ein wohltuender Lichtschein.

Die Baronin sah, als sie aus der Kutsche stieg, wie eine schläfrige Eule mit zerzausten Federn aus.

Die Tür wurde von einem grauhaarigen Butler in Livree geöffnet, der mit der gleichen unbewegten Würde der Baronin ihren Pelz und mir meinen schäbigen Tuchmantel abnahm. Als er Etienne de Montigny Hut und Stock abnahm und ihn mit ›Monsieur le Comte‹ anredete, schwanden meine letzten Zweifel. Es kam vor, daß sich Gauner erfolgreich für Aristokraten ausgaben, aber dieser Butler war unbestreitbar echt.

»In die Bibliothek, Josef«, ordnete der Graf an, und wir wurden in einen langen, schwachbeleuchteten Raum mit Aubusson-Teppichen und hohen Bücherregalen geführt. Ein helles Feuer knisterte im Kamin. Der Graf führte mich zu einem Sessel und nahm mir gegenüber Platz.

»Darf ich Ihnen ein Glas Sherry anbieten? Oder Kaffee? Schokolade?«

»Nichts, vielen Dank.« Mir wurde das höfliche Drumherum allmählich zuviel. »Wenn ich jetzt Ihren geschäftlichen Vorschlag erfahren dürfte, Monsieur?«

Er antwortete jedoch nicht sofort, sondern betrachtete mich minutenlang eindringlich. Die Uhr auf dem Kaminsims schlug elf. Endlich beugte er sich vor und sagte: »Mademoiselle Laura Monteith, ich möchte, daß Sie mir die Ehre geben, meine Frau zu werden.«

3

Sekundenlang war ich wie vor den Kopf geschlagen. Ich konnte ihn nur fassungslos mit offenem Mund anstarren. Endlich fand ich die Sprache wieder.

»Sie sind nicht ganz bei Sinnen, Monsieur!« rief ich entrüstet. »Oder soll das ein Scherz sein? Solche Scherze liebe ich nicht!« Ich stand auf: »Meinen Mantel, bitte!«

Er rührte sich nicht, sondern lachte nur leise. »Ja«, murmelte er, »Sie sind genau richtig. Das gleiche aufbrausende Temperament, und sogar derselbe schwach durchklingende amerikanische Akzent – eine vollendete Kopie. Ich könnte fast glauben – haben Sie vielleicht eine Zwillingsschwester, Mademoiselle? Aber nein, das hätte sie mir erzählt – und außerdem ist Ihr Name auch amerikanisch. Ich bitte Sie, seien Sie nicht ärgerlich, sondern erlauben Sie mir, Ihnen alles zu erklären.«

»Wenn der Herr Graf geruhen würden, mir zu erklären...« sagte ich mit eisiger Würde und blieb stehen.

Er wechselte plötzlich ins Englische und sprach nunmehr in ernstem Tonfall. »Sie dürfen mir glauben, Miß Monteith, es ist mir bewußt, daß es sich hier um keine lustige Sache handelt. Wenn Sie aber gewußt hätten, wie lange es her ist, seitdem ich einen Anlaß zum Lachen hatte...« Er strich sich mit der Hand über die Augen, seufzte und fuhr fort: »Glauben Sie mir, ich wollte Sie gewiß nicht beleidigen, und ich habe auch durchaus nicht gescherzt. Ich mache Ihnen einen ganz ernsthaften Heiratsantrag, Mademoiselle.«

Ich begriff noch immer nichts. »Aber wieso – warum?«

»Es ist sehr einfach«, sagte er, und seine Stimme klang eine Spur gereizt. »Ich habe unglücklicherweise vor kurzem meine Frau verloren.«

Hilf Himmel, dachte ich, *der Mann ist tatsächlich verrückt!*

»Mein aufrichtiges Beileid, Monsieur – aber Paris ist gewiß voll von jungen Frauen Ihres Standes. Sie kennen mich ja nicht einmal...«

Er stand auf, und in seinen Augen glitzerte es gefährlich. »Erlauben Sie mir, meine Erklärung zu beenden, Mademoiselle. Meine Absicht war, als ich Sie das erstemal sah, Sie zu bitten, meine Frau zu verkörpern. Eine Rolle zu spielen, Mademoiselle, so wie Sie es auf der Bühne tun würden, ihre Kleider zu tragen und auf ihren Namen zu antworten. Es besteht, um es milde auszudrücken, eine verblüffende Ähnlichkeit.«

»Aber warum...«

»Ich habe meine Gründe«, erwiderte er, und wieder sah ich in seinen Augen jenen finsteren Zorn, der mich zuvor im Theater so erschreckt hatte. »Und hätte ich meinen ursprünglichen Plan verfolgt, wäre ich nicht bereit gewesen, sie Ihnen darzulegen. Sie hätten Ihre Rolle gespielt, und ich hätte Ihnen dafür zweitausend Pfund und eine Erster-Klasse-Passage nach New York geboten. Ich hielt Sie für eine der üblichen Varieté-Künstlerinnen und glaubte nicht, daß irgendwelche Skrupel Sie davon abhalten würden, auf meinen Vorschlag einzugehen. Dann entdeckte ich jedoch, daß Sie – obgleich in offensichtlich bedrängten Verhältnissen« – er konnte einen raschen Blick auf mein abgetragenes Kleid nicht verbergen – »eine Dame sind und keineswegs den jungen Frauen gleichen, die man im allgemeinen in diesem Beruf findet. Aus diesem Grund, Mademoiselle, habe ich meinen ersten Plan verworfen. Ich brauche allerdings noch immer Ihre Hilfe, um mein Vorhaben ausführen zu können, aber jetzt bin ich bereit, eine rechtsgültige Ehe in aller Form vor dem Standesamt zu schließen.«

Es klang wirklich verrückt. Und doch – Etienne de Montignys Augen waren klar und intelligent, sein Benehmen gelassen und beherrscht. Und was war das für ein Gerede, daß ich seine Frau verkörpern sollte? In meinem Kopf ging alles durcheinander. Das einzige, was ich herausbrachte, war: »Aber ich liebe Sie doch nicht.«

De Montigny blickte mich irritiert an. »Ich liebe Sie auch nicht«, entgegnete er. »Ich fürchte, ich hatte vergessen, welchen Wert ihr Amerikaner auf Romantik legt. Nein, meine liebe junge Dame, dies ist ein geschäftliches Abkommen, und die Heirat selbst nicht mehr als eine Formalität, um Ihren Ruf und Ihre Person zu schützen. Wenn die Notwendigkeit der Personifizierung nicht mehr besteht, können Sie mühelos eine Annullierung erreichen – mit der Begründung, daß die Ehe nicht vollzogen wurde ... Nein, bitte, Mademoiselle, ersparen Sie mir Ihre Verlegenheit. Es ist nötig, Ihnen das alles zu erklären, und wenn Sie anfangen, rot und verlegen zu werden wie ein Schulmädchen ...«

Diesmal fiel mir auch nichts anderes ein als: »Ich verstehe nicht. Ich verstehe überhaupt nichts.«

Er setzte sich wieder hin, und er sah sehr ernst aus, als er sagte: »Mademoiselle, dies ist kein Scherz. Wenn Sie einwilligen, mich zu heiraten und die Rolle meiner Frau zu spielen, werden Sie das Leben eines Kindes retten. Sie werden einen Mord verhindern!«

Ich sagte nichts. Das verschlug mir nun endgültig die Sprache. Auf seine Handbewegung hin ließ ich mich wieder in den Sessel sinken.

Er schwieg eine Weile, bis er dann mit leiser Stimme zu erzählen begann. »Sie wissen bereits, daß mein Name Etienne de Montigny ist. Ich bin nicht reich, aber ich stamme aus einer alten, nicht unbekannten Familie. Vor fünf Jahren heiratete ich die verwaiste Tochter und einzige Erbin eines großen Besitzes im Süden Frankreichs. Ihr Vater hatte eine Kanadierin aus guter Familie geheiratet, und meine Frau wuchs größtenteils in Amerika auf. Nach dem Tod ihres Vaters gab die Mutter meiner Frau ihre Zustimmung zur sofortigen Heirat. Wir lebten auf dem Ahnensitz meiner Frau. Mein eigener Familiensitz befindet sich in nicht allzu gutem Zustand. Unnötig zu sagen, daß ihre Familie mich verabscheute und mich lediglich als Mitgiftjäger betrachtete. Ich war darauf vorbereitet, denn wenn meine Frau unverheiratet und kinderlos verstorben wäre, hätte man ihr recht beträchtliches Vermögen unter den überlebenden Brüdern ihres Vaters aufgeteilt. Und ich muß sagen, daß diese drei wahrhaftig große Halunken sind.

Sie können sich vorstellen, daß die Abneigung ihrer Familie gegen mich noch größer wurde, als dann ein Sohn und Erbe geboren wurde. Schließlich übertrugen sie ihre Abneigung gegen mich sogar auf meine arme Monique, und nach dem Tod meiner Schwiegermutter wurde das häusliche Klima äußerst feindselig.«

Monique!

Tausend Fragen lagen mir auf der Zunge. Monique, meine Cousine – ich hätte es wissen müssen. Als Kinder wurden wir oft für Schwestern gehalten, ja sogar für Zwillinge. Bevor ich jedoch etwas sagen konnte, fuhr Etienne de Montigny fort: »Das Schloß liegt im Herzen des Weingebietes, und da ich nicht gern untätig bin, habe ich mich um die Familiengeschäfte gekümmert. Um es kurz zu machen, vor vier Monaten mußte ich geschäftlich nach Mailand. Die zarte Gesundheit meiner Frau hielt sie davon ab, mich zu begleiten, und außerdem hatte unser kleiner Sohn gerade die Masern überstanden und war weder wohl genug, um zu reisen, noch allein in der Obhut des Kindermädchens zurückzubleiben. Ich war daher gezwungen, meine Frau und mein Kind zu Hause zu lassen. Als ich zurückkam« – sein Gesicht verzerrte sich – »war meine Frau fort. Die Familie erzählte mir, sie wäre davongelaufen – meine Monique wäre mit einem Liebhaber davongelaufen!«

Monique! Ich vergaß, daß ich sie offiziell ja gar nicht kannte und rief empört: »Das glaube ich nicht!«

»Mademoiselle, Sie würden es sogar ganz bestimmt nicht glauben, wenn Sie meine Frau gekannt hätten. Und doch – es gab Beweise, die ich kaum anzweifeln konnte.

Ich möchte nicht darüber sprechen, wie mir zumute war. Jedenfalls hielt ich es um meines Sohnes willen für meine Pflicht, meiner Frau zu folgen und sie nach Hause zurückzubringen. Außerdem sagte ich mir, daß ihre Verwandten Monique in meiner Abwesenheit das Leben vielleicht so unerträglich gemacht und sie derart zur Verzweiflung getrieben hatten, daß sie die erstbeste Möglichkeit wahrgenommen hatte, um fortzulaufen. Immer noch voller Hoffnungen und Befürchtungen folgte ich ihrer Spur an die Riviera, und dort erwartete mich dann ein furchtbarer Schlag.« Er machte eine schmerzerfüllte Pause. »Eine Frau war dort gesehen worden – eine Frau, die Monique ähnelte oder zumindest dunkle Haare und dunkle Augen sowie in etwa ihre Figur besaß. Sie war mit einem Mann gekommen, der sie dann dort verließ – und über Nacht war auch sie auf einmal verschwunden. An einem verlassenen Strand wurden schließlich ihre Kleider gefunden. Ich bat darum, die Sachen sehen zu dürfen...« Seine Stimme versagte.

»Waren es die Kleider – Ihrer Frau?« frage ich leise.

»Ja, es war ein Kleid und ein Tuch, das ich selbst für sie ausgesucht hatte.«

Unwillkürlich stieß ich einen kleinen Entsetzensschrei aus. Auf diese Weise den Tod von Monique zu erfahren, die mir nähergestanden hatte als eine Schwester, war schrecklich.

»Sie müssen ein gutes Herz haben, wenn Sie der Tod einer Fremden so erschüttert. Aber hören Sie weiter, das ist noch nicht alles. Das Vermögen meiner Frau gehört jetzt meinem Sohn Etienne, der erst drei Jahre alt ist. Ich selbst habe keine Rechte. Begreifen Sie nun, daß nur das Leben dieses kleinen Kindes zwischen Moniques Onkeln und einem beachtlichen Vermögen steht?«

Ich versuchte, mir meinen Kummer nicht anmerken zu lassen. Monique hatte also ein Kind gehabt – und jetzt war sie tot und ihr Kind in Lebensgefahr. »Aber Monsieur«, murmelte ich schließlich, »so schlecht können sie doch nicht sein, daß sie nur um des Geldes willen einem dreijährigen Kind etwas antun!«

»Ich habe bereits festgestellt, daß Sie ein gutes Herz haben, Mademoiselle Laura«, meinte er. »Ich habe die Tränen in Ihren Augen gesehen. Sie kennen das Böse dieser Welt aber viel zuwenig. Sie kennen auch die Verwandten von Monique nicht.« Miene und Stimme waren bitter. Entsetzt fragte ich ihn: »Sind es solche Scheusale?«

»Ich will nicht behaupten, daß es sich um lauter Ungeheuer handelt«, entgegnete er langsam. »Ich bin schließlich nicht verrückt. Aber ihrer Meinung nach hat Monique sie um ein großes Vermögen gebracht. Sie wuchs in Amerika auf. Sie war fast eine Fremde. Und dann heiratete sie mich, einen armen jungen Mann, der für die

Familie kaum mehr als ein Mitgiftjäger war. Wirklich, ich fürchte, sie würden vor nichts zurückschrecken, vor gar nichts. Und ich glaube fest daran, daß sie das arme Mädchen dazu getrieben haben fortzulaufen, als ich nicht da war, um sie zu beschützen. Und sie, sie allein sind auch schuld daran, daß meine Monique die schreckliche Sünde beging, sich das Leben zu nehmen, diese Teufel, diese Ungeheuer...« Er ballte die Hände und ging erregt auf und ab. »Ich würde alles, was ich besitze, darum geben, sie zu entlarven und sie daran zu hindern, Hand an meinen Sohn zu legen!«

Ich verstand es nicht. Gleichzeitig, wie sehr er sich Rache wünschen mochte, irgendwie paßte es nicht zusammen. »Wozu denn aber dann all dies hier?« fragte ich. »Nichts wäre doch einfacher, als Ihren Sohn von dort weg und an einen sicheren Ort zu bringen.«

»Wenn es nur so einfach wäre, Mademoiselle«, entgegnete er grimmig. »Wenn ich ihnen heute die Nachricht von Moniques Tod an der Riviera schicken würde, hätten sie morgen Trauerkleider an und würden Krokodilstränen vergießen. Aber bevor ich zu Moniques Totenmesse nach Hause kommen würde, wären sie vermutlich schon dabei, die Vorbereitungen zum Begräbnis meinen kleinen Sohnes zu treffen. Sie würden auch um ihn Tränen weinen und sich dann seines Vermögens in aller Ruhe erfreuen. Mademoiselle, ist es möglich, daß Sie noch immer nicht verstehen? Solange sie nicht wissen, daß Monique tot ist, ist der Tod des kleinen Etienne für sie nicht von Gewinn. Sie könnte ja noch weitere drei oder vier Kinder bekommen – und ein jedes dieser Kinder könnte ihr Vermögen erben. Nein, Mademoiselle, bis mein Sohn nicht in Sicherheit ist, wage ich nichts von Moniques Tod verlauten zu lassen. Jetzt begreifen Sie wohl, weshalb ich mit einer lebenden Monique nach Des Cars zurückkehren möchte.«

Jetzt begriff ich, und ich war zutiefst erschrocken. »Und Sie glauben wirklich...«

»Mademoiselle, zuerst wußte ich nicht, was tun. Und dann, durch puren Zufall, sah ich Sie, Mademoiselle – oder war es ein Fingerzeig Gottes, der sich doch nicht ganz gegen mich wenden wollte? Ich habe Ihnen bereits gesagt, daß Sie meiner Frau bis aufs Haar gleichen, sogar Ihre Stimme und Akzent stimmen überein. Ich habe Sie Abend für Abend auf der Bühne beobachtet. Sie sind eine Dame, guterzogen und mit ausgezeichneten Manieren. Sie können ohne weiteres eine Gräfin darstellen. Mein Plan ist, daß Sie mit mir nach Des Cars zurückgehen – als angeblich lebendige, reuevolle Monique, der ich ihre unüberlegte Flucht vergeben habe.«

Aber würde Moniques eigene Familie denn nicht sofort merken, daß ich eine Betrügerin war? Ich stellte die Frage, und Etienne de Montigny lächelte grimmig. »Sie sind sich nicht über das Ausmaß Ihrer Ähnlichkeit bewußt, Mademoiselle. Und was mehr, warum sollte denn irgend jemand in Frage stellen, daß Sie es wirklich sind?«

»Aber gewiß könnten wir sie doch nicht für lange täuschen?«

»Nein, aber das ist auch nicht meine Absicht«, erklärte er. »Es genügt, daß sie sehen, daß Monique wohlauf ist und daß es ihnen keinen Gewinn einbringt, meinem Sohn ein Leid zuzufügen. Etwa eine Woche oder so nach unserer Rückkehr werden wir mit unserem Sohn eine längere Reise unternehmen – vielleicht in die Schweiz oder nach Italien. Sobald wir dann außer Sicht und Reichweite sind, setzen wir Segel nach Kanada, Südamerika oder Neuseeland, welches Ziel auch immer wir wählen. Nach einer angemessenen Zeitspanne nehmen Sie Ihre eigene Identität wieder an, und ich schicke nach Des Cars ein Telegramm mit der traurigen Nachricht, daß meine Frau an Typhus oder Malaria oder sonstwas gestorben ist. Dann können sie so viel weinen wie sie wollen. Wir lassen unauffällig unsere Ehe annullieren. Mein Sohn befindet sich in sicherer Entfernung von Des Cars – und ich sorge dafür, daß er es bleibt, bis er großjährig und imstande ist, auf sich selbst zu achten. Dann kann er zurückkommen und seine Erbschaft beanspruchen. Moniques guter Ruf ist wiederhergestellt. Sie wird für tot gehalten, ohne daß ihr die Sünde des Ehebruchs oder des Selbstmords anhaftet. Und Sie, Mademoiselle, werden um einige tausend Pfund reicher sein und sicher in Ihr Land heimkehren.«

»Und Sie«, sagte ich langsam, »haben die alleinige Verwaltung des Vermögens Ihres Sohnes für die nächsten achtzehn Jahre.«

Sein Gesicht war undurchdringlich. »Das ist richtig.«

Ich versuchte, Ordnung in meine Gedanken zu bringen. Moniques Schande würde verborgen bleiben, wenn ich auf de Montignys Plan einging.

Monique tot und in Schande? Nein, das konnte nicht wahr sein. Monique war ein offener, ehrlicher Mensch und eine gläubige Katholikin gewesen – ihre religiösen Skrupel waren mir mit meiner schottisch-presbyterianischen Erziehung immer recht merkwürdig vorgekommen. Dennoch war mir bekannt, welch eine Todsünde Selbstmord für einen Katholiken ist. Und ich hätte mein Leben für Moniques Unbescholtenheit verbürgt. Ich konnte mir keine noch so wahnsinnige Leidenschaft vorstellen, die Monique veranlaßt haben könnte, die Todsünde des Ehebruchs zu begehen. Nein, hier mußte irgendwo ein schrecklicher Irrtum vorliegen. Moniques Tod konnte ein Unfall gewesen sein, vielleicht sogar Mord, aber niemals Selbstmord.

»Werden Sie zustimmen, Mademoiselle?«

»Es ist schwierig für mich zu entscheiden, was ich tun soll«, erklärte ich langsam. »Aber Sie gehen auch ein Risiko ein, Monsieur le Comte. Angenommen, ich gehe auf Ihr Angebot ein und beschließe später, daß ich einen reichen, gutaussehenden Ehemann gern behalten möchte und weigere mich, Ihnen Ihre Freiheit zurückzugeben? Oder angenommen, ich erpresse Sie später mit Ihrem Geheimnis?«

Er lächelte spöttisch. »Wenn Sie etwas Derartiges beabsichtigten, Mademoiselle Laura, würden Sie mich wohl kaum vorher warnen. Jedenfalls würde ich dieses Risiko auf mich nehmen, um meinen Sohn in Sicherheit zu bringen, und mir später überlegen, was mit Ihnen zu tun ist.«

Ich wollte ihm erzählen, daß ich Moniques leibliche Cousine war, daß ihre und meine Mutter Schwestern waren, daß ich sie innig liebgehabt hatte und mehr als das auf mich nehmen würde, um ihren guten Namen und ihr Kind zu retten. Aber dann hielt ich mich zurück. Ich konnte es ihm ja auch noch später erzählen. Mir war nämlich ein anderer Gedanken gekommen.

Angenommen, Etienne de Montigny hatte seine Frau *nicht* tot, sondern mit ihrem Liebhaber zusammen vorgefunden? Lebte sie vielleicht noch? Und war dies alles nur ein Plan, um über Moniques Kind an ihr Vermögen zu kommen?

»Ich nehme an, Monsieur«, sagte ich ruhig. »Ich kann es mir wohl kaum leisten, ein so großzügiges Angebot auszuschlagen. Allerdings akzeptiere ich unter der

Voraussetzung, daß es sich um eine rein geschäftliche Abmachung handelt und ich ohne Schwierigkeiten eine Annullierung der Ehe erhalten kann.«

Sein Mund zuckte. Wieder fiel mir auf, wie ungemein anziehend er war. Hätte ich ihn unter anderen Umständen kennengelernt... Wie mußte Monique ihn geliebt haben. Geliebt, aber wahrscheinlich auch gefürchtet – so wie ich mich ein wenig vor ihm fürchtete.

»Was das betrifft, brauchen Sie sich keine Sorgen zu machen, Mademoiselle – Laura« entgegnete er heiser. »Es käme allzusehr der Umarmung eines Gespenstes gleich.« Er erhob sich und reichte mir feierlich seine Hand. »Ich bin Ihnen zutiefst zu Dank verpflichtet, Mademoiselle.« Er wandte sich ein wenig ab. »Verzeihen Sie mir, wenn ich so geradeheraus davon spreche, aber benötigen Sie vielleicht noch Geld, um Ihre Angelegenheiten in Paris abzuwickeln, Mademoiselle? Ich kann Ihnen einen angemessenen Vorschuß geben.«

Ich schüttelte den Kopf. »Sie sind sehr freundlich, aber ich brauche nichts. Mein Zimmer ist bis zum Ende des Monats bezahlt, und sonst ist nichts zu regeln. Allerdings bin ich bis Samstag im Theater engagiert.«

»Selbstverständlich müssen Sie Ihr Engagement beenden«, meinte er rasch. »Sie dürfen Ihren Kollegen keinen Anlaß zum Klatsch geben. Ich an Ihrer Stelle würde ihnen erzählen, daß Sie einen Posten in Amerika angeboten bekommen hätten. Oder in Australien oder an irgendeinem anderen Ort, der zu weit entfernt ist, um leicht hinzuschreiben. Erzählen Sie nicht einmal Ihrer besten Freundin am Theater etwas.«

»Ich habe keine Freunde hier, Monsieur«, erwiderte ich ruhig, »nur Bekannte, und die Bekanntschaft endet meist mit dem Engagement.«

»Sehr gut«, sagte er befriedigt. Er zog an einer Klingelschnur, und der würdevolle Butler erschien. Etienne de Montigny beugte sich über meine Hand. »Mein Wagen wird Sie nach Hause bringen, Mademoiselle. Am Samstagabend werde ich Sie wieder abholen. Sie brauchen sich wegen der Diskretion der Dienstboten meiner Patin keine Sorgen zu machen. Sie haben mich als Kind auf den Knien gehalten und würde jedes Geheimnis für mich wahren. Bis zum Samstag dann.«

Er trat zurück und starrte in das Kaminfeuer. Der Butler legte mir meinen Mantel um und geleitete mich zum Wagen.

Die Dämmerung färbte den Himmel grau, während die Kutsche langsam durch die Straßen rollte. Meine Gedanken befanden sich in völligem Aufruhr. Monique tot, ebenso ihre Mutter, meine geliebte Tante Laura, Moniques Kind in Gefahr, das unglaubliche Angebot Etienne de Montignys... Konnte ich es abweisen? War es töricht von mir gewesen, es anzunehmen? Meine Gedanken drehten sich noch immer im Kreis, als ich in Schlaf versank.

4

Etienne und ich wurden am Sonntagabend in einem düsteren kleinen Büro getraut. Als ich unterschrieb und auf das Dokument starrte, das besagte, daß der verwitwete Etienne Philippe Louis Reynaud de Montigny mit der ledigen Laura Elizabeth Monteith die Ehe eingegangen war, mußte ich mich in den Arm kneifen, um mich selbst davon zu überzeugen, daß es Wirklichkeit war. Dieses kleine Stück Papier machte mich zur Gräfin de Montigny, und auch wenn alles nur eine Formalität, eine Eheschließung ohne Liebe war, erschien es mir doch irgendwie atemberaubend aufregend.

Während der vergangenen Woche war ich wie im Traum umhergegangen. Nanon neckte mich unaufhörlich mit meinem geheimnisvollen Verehrer, bis ich ihr schließlich erzählte, daß der Fremde mich lediglich dem Maestro eines kleinen Opernensembles vorgestellt hatte, das für eine Tournee durch Südamerika zusammengestellt wurde. Daraufhin hörte sie mit anzüglichen Neckereien auf und gratulierte mir überschwenglich zu meinem Glück. Arme Nanon, sie wußte wohl, daß ihr nie eine solche Chance geboten werden würde, und ihre einzige Möglichkeit , dieses Leben aufgeben zu können, war, einen reichen Verehrer zu finden wie eben den, den ich ihrer Meinung nach gefunden hatte. Am Samstag, als wir nach der Abendvorstellung von der Bühne kamen – für mich das letztemal –, umarmten wir uns mit echter Wärme, und ich schenkte ihr zur Erinnerung an mich eine kleine Korallenkette. Sie war nicht wertvoll, sonst wäre sie in der schrecklichen Zeit, bevor ich dieses Engagement antrat, verkauft worden, aber Nanons Augen leuchteten vor Freude.

»Ich habe immer gewußt, daß du zu gut für uns hier bist«, erklärte sie ernsthaft. »Eines Tages, wenn du zurückkommst und an der Oper singst, werde ich auf der Galerie sitzen und allen meinen Kollegen erzählen, daß ich dich gekannt habe, als du im *Théâtre Étoile* aufgetreten bist.«

Ich gab ihr einen Kuß auf die gepuderte Wange und wünschte, ich könnte ihr die ganze Geschichte erzählen. Immerhin wurde mir bewußt, daß hier wenigstens ein

Mensch war, dem ich vertrauen konnte. Ich hatte, auf Etiennes Anweisung, meinen amerikanischen Paß, mein Diplom vom Konservatorium Mailand und meine anderen persönlichen Papiere in einen dicken versiegelten Umschlag getan, den ich bei Cook's hinterlegen sollte. Das würde mich jedoch jedem ausliefern, der neugierig genug war, Nachforschungen anzustellen. Also nahm ich den Umschlag aus der Tasche und gab ihn Nanon.

»Willst du das für mich aufheben, Nanon, bis ich es zurückfordere?«

Dies bedeutete, daß ich meine Papiere nicht in den Händen Fremder lassen mußte, daß ich sie jederzeit abholen konnte, ohne meine Identität beweisen zu müssen. Auf diese Weise war es Laura Monteith möglich, spurlos zu verschwinden, und Monique Gräfin de Montignys Platz einzunehmen. Nanon sah neugierig aus, aber sie versprach, den Umschlag für mich aufzuheben, und wenigstens, was das betraf, fühlte ich mich sehr erleichtert.

Der Graf hatte mich ebenfalls angewiesen, all meine Kleider und Habseligkeiten in einen Schrankkoffer zu packen, den er in ein Lager schicken wollte. Er erklärte mir, daß es zu gefährlich sein würde, die Sachen dazulassen. Wenn Laura Monteith nicht innerhalb einer gewissen Zeit wiederkam, um ihre Habseligkeiten zu holen, würde ganz gewiß irgend jemand mißtrauisch werden und unbequeme Fragen stellen. Ich durfte nichts von meinen Sachen, nicht ein einziges Kleidungsstück, behalten. Meine Garderobe war nicht fein genug für Monique Gräfin de Montigny, und es mochte auch auffallen, daß sie zum größten Teil nicht französischer Herkunft war. »Ich werde für alles sorgen, was Sie brauchen«, hatte er gesagte, und als ich wagte zu protestieren, war er wütend geworden. »Keine Ihrer puritanisch-amerikanischen Bedenken, Mademoiselle! Bitte bedenken Sie, was alles vom Erfolg dieser Personifizierung abhängt. Und in jedem Fall obliegt es einem Mann, seiner Frau standesgemäße Kleidung zu verschaffen.«

So kam es, daß ich Samstagabend, als ich meiner Zimmervermieterin mitteilte, daß ich mich auf eine Tournee durch die Provinzen begeben und nicht zurückkehren würde, nichts mehr besaß außer dem, was ich auf dem Leib trug und ein paar Francs in meiner Handtasche.

Die Baronin begrüßte mich freundlich und ohne Überraschung. Ich wurde in ein luxuriöses Zimmer geführt, wo mich eine adrette Zofe erwartete. Sie redete mich mit »Madame la Comtesse« an und erklärte, sie hätte meinen Reisekoffer schon gepackt, da Monsieur le Comte und ich am Montag doch gewiß in aller Frühe aufbrechen wollten. Etwas benommen zog ich mich aus und hüllte mich in das feine handgenähte Nachthemd und den eleganten wollenen Morgenrock. Ich wollte gerade zu Bett gehen, als die Tür geöffnet wurde und Etienne de Montigny ins Zimmer trat.

Verlegen hielt ich mir den Morgenrock am Hals zu, aber er wandte sich sogleich ab. »Verzeihen Sie mir mein Eindringen zu so später Stunde«, sagte er förmlich. »Ich wollte Ihnen nur mitteilen, daß alle Vorbereitungen getroffen sind und daß wir morgen abend in einer zivilen Zeremonie getraut werden. Keine Sorge, die Zeitungen werden kein Wort davon bringen, und im übrigen kommen die Pariser Zeitungen sowieso nicht nach Des Cars. Montagmorgen werden wir in aller

Frühe aufbrechen und nach Des Cars reisen. Ich habe für Sie eine Zofe engagiert. Sie heißt Annette, und ich nehme an, Sie werden mit ihr zufrieden sein.«

»Sie sind sehr freundlich«, entgegnete ich ebenso förmlich.

»Ja, gerade darüber wollte ich sprechen«, erklärte er. »Von jetzt an müssen wir uns duzen. Du beherrschst die französische Sprache so perfekt, daß du wissen mußt, daß Eheleute sich im allgemeinen nicht siezen.«

Ich wurde ein bißchen rot, nickte jedoch zustimmend.

»Ich hoffe, die für dich besorgte Garderobe gefällt dir. Meine Patin hat sich darum gekümmert. Vielleicht ist sie nicht unbedingt das, was man von einem liebevollen Gatten erwarten würde, der seine geliebte Frau auf einem Einkaufsbummel durch die elegantesten Modesalons begleitet...« Seine Stimme klang so bitter, daß ich es kaum zu ertragen vermochte; rasch warf ich ein: »Es ist alles sehr hübsch, Monsieur.«

»Etienne«, berichtigte er sanft und nahm meine kalte Hand in die seine. »Armes Mädchen, du siehst zu Tode geängstigt aus. Bin ich so furchterregend?«

»Nein...« Aber ich konnte kaum sprechen. Sein Mund bebte, als er sagte: »Laura, manchmal frage ich mich, ob ich verrückt bin – ob ich verrückt werde, wenn ich ständig über all diese Dinge nachgrüble! Ich suche mir selbst einzureden, daß es die Schuld jener – jener teuflischen Schurken von Verwandten ist, die sie zu dem getrieben haben, was nur als ein Ausfluß der Verzweiflung zu verstehen ist. Ein andermal glaube ich verrückt zu werden vor lauter Drang, den – den Mann zu jagen, der sie mir weggenommen hat, und seine Kehle zwischen meinen Händen zu spüren, da er gewagt hat, meine Frau zu berühren, sie in den Armen zu halten, sie zu – und dann geschieht es zuweilen auch, daß ich von Gedanken an Monique selbst verfolgt werde, wie sie verzweifelt ist, im Sterben liegt, voll Angst davor, mich um Vergebung zu bitten, vielleicht von jemandem im Stich gelassen, dem sie vertraut hat, dazu gedrängt, sich selbst zu verurteilen, jetzt und für immer, indem sie sich das Leben nimmt...«

Er bedeckte das Gesicht mit den Händen und ließ sich in einen Sessel fallen. Er schluchzte laut, heftig, herzzerreißend, während ich mit klopfendem Herzen und unfähig, etwas zu sagen, daneben stand. Was wußte ich schon von einer Liebe wie dieser?

»Verflucht seien sie...« Seine Stimme klang erstickt. »Sie waren nicht einmal mit ihrem Tod zufrieden – sie mußten sie in Verdammnis wissen. Sollen sie dafür ewig in der Hölle brennen...« Erneut ließ er den Kopf sinken, seine Schultern bebten. Ich konnte diesen Kummer nicht länger mitansehen. Erschüttert und mit einem Gefühl der Hilflosigkeit legte ich meine Hand auf seinen Arm.

»Etienne...« Was konnte ich denn sagen? Ich wiederholte nur »Etienne« und umklammerte seine Hand mit meinen beiden Händen. Nach langer Zeit beruhigte er sich und lehnte sich mit einem scheuen Lächeln in seinem Sessel zurück. »Armes Mädchen, ich will dir weismachen, daß du keine Angst vor mir zu haben brauchst – und dann benehme ich mich wie ein Verrückter.«

Meine Hand lag weiterhin in der seinen. »Ich habe keine Angst vor dir«, sagte ich entschlossen, »und wenn du dich wie ein Verrückter benimmst, so hast du, weiß Gott, Anlaß genug gehabt, um verzweifelt zu sein.«

Er neigte den Kopf und drückte seine Lippen auf meine Hand. »Gott segne dich für dein Mitgefühl«, sagte er weich. »Wenn du so sprichst, glaube ich ihre süße

Stimme zu hören...« Er sah nicht mich, sondern mein Bild in dem langen Wandspiegel an. Ich hatte mein Haar gelöst und es für die Nacht in einen einzigen lockeren Zopf geschlungen. Die mattweiße Wolle des Schlafmantels floß in sanften, schwelgerischen Falten herab. »Manchmal bist du Monique so ähnlich«, sagte er; seine Stimme bebte wieder und brach. »O Gott, wie habe ich sie gehaßt, als ich erfuhr... Aber ich habe sie so geliebt – über alles geliebt...«

Er erhob sich; mit einem leisen Laut, der wie ein Schluchzen klang, zog er mich an sich und küßte mich auf den Mund. Aber als ich vor Überraschung erstarrte, ließ er mich los und wandte sich ab.

»Ja«, sagte er wie zum Abschluß, »ganz wie sie – eine falsche Stimme, ein falsches Gesicht voll Liebe... Ich verlasse mich darauf, daß du den Vertrag zuverlässiger einhältst – und ich wünsche dir mehr Glück, Laura – nein, vielmehr Monique! Gute Nacht!« Die Tür schlug hinter ihm zu.

Ich starrte ihm nach, noch immer das Gefühl seines harten Kusses auf meinen Lippen. Hatte er Monique wirklich so sehr geliebt? Und hatte sich alle seine Liebe nun in Haß verwandelt? Mir schwirrte der Kopf. Ich warf mich auf mein Bett und weinte – und wußte eigentlich kaum, ob um Monique, um mich selbst oder um diesen zerrissenen, leidenschaftlichen Mann, der mir meinen ersten Kuß gegeben hatte.

Als wir uns am nächsten Tag am Mittagstisch der Baronin wiedersahen, war Etienne formell und freundlich wie zuvor. Er hatte mir sehr viel über Des Cars erzählt, denn ich würde mich im Schloß so zurechtfinden müssen, als hätte ich schon jahrelang dort gelebt. Bei Tisch erzählte er dann so viele heitere Geschichten von daheim, daß ich schließlich herzlich lachen mußte und es ganz natürlich fand, ihn zu duzen.

Später half mir meine neue Zofe, der offenbar gesagt worden war, daß wir am Nachmittag ausgehen wollten, beim Ankleiden. Ich hatte ein Kostüm ausgesucht.

»In diesem Kostüm wird Madama la Comtesse das Gespräch von Paris sein!« rief Annette entzückt. »Monsieur hat gesagt, Sie sollen unbedingt Ihre Perlen tragen.« Sie legte mir eine prachtvolle Perlenkette um den Hals und plapperte weiter. »Welch eine schmale Taille Sie haben und was für eine hübsche Büste! Man würde nicht glauben, daß Sie bereits Mutter sind! Wie alt ist denn der Kleine, Madame, und wie heißt er? Die Baronin hat mir nichts weiter erzählt.«

Richtig, ich hatte ja angeblich ein dreijähriges Kind.

»Er heißt Etienne, nach seinem Vater«, erwiderte ich und ertrug geduldig ihr Geschwätz, bis Etienne kam und mich zu dem wartenden Wagen führte. Während der Fahrt begann ich plötzlich zu zittern. Wie jedes Mädchen hatte ich oft von meinem Hochzeitstag geträumt, und jetzt ging ich eine Ehe ein, die keine Ehe war, mit einem Mann, den ich nicht kannte und nicht liebte, sondern vor dem ich mich eher fürchtete. Aber ich tat es ja für Monique, um ihren Namen zu schützen und ihr Kind zu retten, wenn Etiennes Geschichte stimmte – und wenn nicht, dann, um die Wahrheit herauszufinden.

Und dann war es überstanden, und ich blickte auf meine zittrige Unterschrift im Register, die mich zur rechtmäßigen Ehefrau von Etienne de Montigny machte.

Der vertrocknete alte Beamte, der uns getraut hatte, blickte uns wohlwollend über den Rand seiner Brille hinweg an.

»Monsieur, jetzt dürfen Sie Ihrer Frau einen Kuß geben«, sagte er, und Etienne wurde bis an die Haarwurzeln rot.

Mein Gesicht brannte auch, aber Etienne neigte sich zu mir und berührte leicht meine Wange mit seinen Lippen. *»Courage, petite«*, murmelte er, »dieser Unsinn wird bald vorüber sein.«

Er gab dem alten Mann einige Goldmünzen, bot mir seinen Arm und führte mich zum Wagen. »Es war ja wirklich keine großartige Sache«, meinte er ruhig, »aber dafür sucht auch niemand unsere Namen im Standesamtsregister. Warum – warum weinst du?«

»Nein, ich weine nicht«, log ich, wütend auf mich selbst.

Seine Hand legte sich über die meine, mit jener seltenen Zartheit, die er gelegentlich zeigen konnte. »Was ist denn, Mädchen?«

»Nichts«, antwortete ich und holte tief Luft. »Du würdest es nicht verstehen. Es ist nur – so hatte ich mir meine Hochzeit nicht vorgestellt.«

Einen Augenblick lang sagte er nichts, und sein Gesicht war ausdruckslos. Er hatte sich wieder einmal in jene innere Einsamkeit zurückgezogen, in die ich ihm nicht folgen konnte.

»Ich auch nicht«, erwiderte er schließlich fast unhörbar. Dann schien er, wenn auch mit einiger Mühe, zu mir zurückzukehren. »Vielleicht kann ich es doch verstehen – ein wenig jedenfalls und anders als eine Frau es versteht. Aber eines Tages wirst du bestimmt eine richtige Hochzeit haben.«

Als wir vor dem Haus der Baronin ausstiegen, sah ich im Hof eine riesige, sehr bequeme Kutsche mit großen Rädern stehen. Auf der Tür bemerkte ich in Rot und Gold ein schlichtes Wappen. Etienne runzelte die Stirn.

»Das ist der Wagen von Des Cars. Sie haben ihn mir eher geschickt als erwartet. Ich hoffe nur, daß keiner meiner werten angeheirateten Verwandten auf den Gedanken gekommen ist, mich abzuholen«, meinte er mit kalter Ironie. »Wir brauchen noch etwas Zeit, bis du perfekt bist in deiner Rolle. Ich bezweifle, daß du im Augenblick schon Moniques Verwandten gegenübertreten könntest, ohne Fehler zu machen.«

Sein Gesicht war blaß und besorgt, als er nach meiner Hand griff. Auch seine Finger waren kalt.

»Hier verschwindet Laura Monteith« sagte er leise. »Komm mit mir, Monique.«

Ein alter Mann, etwas gebeugt, aber immer noch recht behende, kam vom Stall her auf uns zu und nickte zur Begrüßung. »Guten Abend, Alphonse«, sagte Etienne ungezwungen. »Bist du allein gekommen, um mich abzuholen, oder hat dich jemand begleitet?«

Ich konnte Alphonse' Dialekt kaum verstehen, aber der Sinn seiner Rede war etwa, daß Monsieur Gaston hatte kommen wollen, aber jemand anders – es hörte sich an wie »la Comtesse Doyenne« – hatte etwas dagegen, und so war er allein gefahren. Dann wandte er sich mir zu und verbeugte sich sehr tief. Sein Blick glitt neugierig über mich hin. Etienne runzelte die Stirn, und er nahm sich sofort zusammen, verbeugte sich noch einmal und murmelte: »M'dame l'Comtesse.«

Ich nickte nur, ohne zu sprechen. Dies war mein erster Auftritt als Monique, und mir war die Kehle wie zugeschnürt. Etienne teilte dem Mann mit, daß wir Paris vor Tagesanbruch verlassen würden. Dann gingen wir die Treppe hinauf zum Haus.

»Alphonse kennt Monique, seit sie nach Frankreich kam«, bemerkte Etienne. »Und er hat nichts gemerkt.«

»Aber er hat mich doch so angestarrt!«

Wir traten in die Halle, und Etienne antwortete erst, als der Butler meinen Pelzmantel und seinen Stock und Hut genommen hatte und wir auf dem Wege zu unseren Zimmern waren. »Du mußt bedenken«, sagte er leise, »daß du in ihren Augen jetzt so etwas wie eine gefallene Frau bist.«

Ich wurde feuerrot. Das hatte ich völlig vergessen. Wenn ich jetzt an den neugierigen Blick des Kutschers dachte, drehte sich mir der Magen um. In was hatte ich mich da hineingebracht? Aber es war zu spät. Was immer aus Monique geworden war, vielleicht konnte ich durch mein eigenes Betragen ihren Ruf wiederherstellen.

Etienne lachte humorlos. »Hast du mir nicht erzählt, daß du dich auf die Opernbühne vorbereiten wolltest? Wenn ich an all die Opern denke, die ich kenne – demnach müßtest du dann jeden Monat ein paarmal eine gefallene Frau oder eine Verrückte spielen. Wahnsinn und Ehebruch scheinen die häufigsten Krankheiten unter den Opernheroen zu sein, meine Liebe.«

Ich fand das gar nicht komisch. Er sah mein verschlossenes Gesicht und schüttelte zerknirscht den Kopf. »Du mußt Geduld mit mir haben. Mein Humor war früher auch freundlicher.«

An meiner Zimmertür beugte er sich über meine Hand und berührte sie flüchtig mit den Lippen.

»Ich werde die Wirtschafterin bitten, dir das Abendessen hinaufzuschicken. Darf ich mit dir zusammen essen?«

Ich zögerte. Der Gedanke, Etienne in meinem Schlafzimmer zu empfangen, war mir unbehaglich. Aber dann erinnerte ich mich, daß wir verheiratet waren – daß wir es in den Augen der Welt sogar seit Jahren waren – und daß niemand es daher merkwürdig finden würde.

Aber Etienne hatte mein Zögern gespürt. »Ich habe keinerlei Absichten auf deine Tugend«, erklärte er grob, »aber dein Zimmer ist der einzige Ort, an dem wir völlig ungestört reden können. Nichtsdestoweniger werde ich dir meine Gesellschaft ersparen, wenn es dir so peinlich ist.«

Unwillkürlich streckte ich meine Hand aus und legte sie auf seinen Arm. Die Bitterkeit in seinen Augen rührte an mein Herz. »Geh nicht, Etienne, bitte. Ich – ich...« Ich suchte nach Worten. »Ich vertraue dir. Und – und ich möchte wenigstens, daß wir Freunde sind.«

Seine Miene wurde freundlicher. »Ja, wir werden gezwungenermaßen einige Zeit aufeinander angewiesen sein.« Er öffnete die Tür, ließ mich zuerst eintreten, schloß die Tür hinter sich und lächelte. »Komm, laß uns einen Handel schließen, damit wir für Außenstehende wenigstens so herzlich erscheinen, wie wir sollten. Betrachten wir uns für die Zukunft als Geschwister. Bruder und Schwester haben keine Angst voreinander und sind im allgemeinen Freunde, nicht wahr?«

Etwas verwirrt von seinem raschen Stimmungswechsel nickte ich. Mir tat dieser seltsame, im einen Augenblick wütende, im nächsten Augenblick fast gütige Mann leid. Ob Monique ihn nun enttäuscht und hintergangen hatte oder ob ihre Familie sie lediglich verleumdete, ihn traf keine Schuld. Zu meiner eigenen Überraschung stellte ich mich auf die Zehenspitzen und gab ihm einen Kuß auf die glattrasierte Wange.

»Der Handel gilt, Etienne«, sagte ich leise.

Wir nahmen das Abendessen am Kaminfeuer in meinem Zimmer ein, aber ich schmeckte kaum die köstliche gebratene Ente und den ausgezeichneten Wein. Ich war zu sehr damit beschäftigt, mich an all die Dinge zu erinnern, die Etienne mir erzählt hatte und die ich wissen mußte. Wenn ich schließlich Moniques Rolle erfolgreich spielen wollte, mußte ich alles wissen, was Monique gewußt haben würde.

»Wir können ihnen sagen, daß du Gehirnfieber gehabt hast«, meinte Etienne. »Das würde dann kleine Erinnerungslücken erklären. Aber du mußt deine Rolle trotzdem lernen und sie gut spielen. Jetzt zähle mir noch einmal auf, wen du alles kennen mußt.«

»Da sind meine drei Onkel«, begann ich langsam. »Mein Onkel Gaston ist der älteste. Er ist über fünfzig und hat graue Haare und dunkle Augen. Er ißt und trinkt gern und hat vier Spaniels...«

»Und du hast sie immer für abscheuliche kleine Biester gehalten«, warf Etienne ein. »Bitte, denk daran, daß du Angst vor Hunden hast, Monique.«

In meiner Erinnerung tauchte ein Sommertag auf, an dem zwei kleine Mädchen, zehn und elf Jahre alt, unter einem Ahornbaum gespielt hatten. Ich war voll Eifer zu Monique hingelaufen, meinen neuesten Schatz in meiner Schürze verborgen. »Guck, was ich habe, Monique? Ist er nicht prächtig?« Mit einer liebevollen Geste hatte ich ihr das junge Hündchen hingestreckt, sie jedoch zuckte zurück, das Gesicht so weiß wie ihr gestärkter Kragen. »Nimm ihn fort! Nimm doch dieses abscheuliche kleine Untier fort!« Das rief die kleine Monique, die das feurigste Pferd bestieg und die es wagte, die Weide zu überqueren, auf der einer der benachbarten Farmer seinen übellaunigen Stier grasen ließ. Sie hätte sogar mit dem häßlichen Mutterschwein im Stall gespielt und die quiekenden rosa Ferkel hochgenommen, doch ein Hund, wie zutraulich er auch sein mochte, ließ sie zittern und erblassen.

»Wo bist du? Komm zurück«, sagte Etienne leichthin. »Du hast also mit Hunden nichts im Sinn. Weiter.«

»Onkel Gaston pflegte mich stets zu siezen«, fuhr ich fort, Etiennes sorgfältiger Lektionen eingedenk. »Seine Frau, Tante Isabelle, ist groß und kräftig, mißbilligt meine Kleider und die Art, wie ich mein Haar trage. Sie hält mich für frivol und findet, daß ich mein Kind vernachlässige. Trotzdem tut sie so, als hätte sie mich gern. Onkel Louis und seine Frau Sidonie duzen mich und bezeugen große Zuneigung zu mir. Louis ist sehr faul, etwas gehbehindert und liebt es, den ganzen Tag am Kaminfeuer zu schlafen, halb betrunken. Tante Sidonie ist eine dumme Frau, die ihre ganze Zeit damit verbringt, sich in die Wohlfahrt des Dorfes einzumischen und dem Pfarrer das Leben sauer zu machen. Sie würde kaum Zeit finden, bösartig zu sein, also brauche ich mich nicht weiter mit ihr zu befassen.«

»Ich glaube es, bin aber nicht ganz sicher«, warnte Etienne. »Im Augenblick verdächtige ich jeden.«

»Und dann ist doch noch Philippe«, sagte ich und spürte Etiennes Mißtrauen fast körperlich. »Er ist jünger als die anderen, erst fünfunddreißig, und er sieht gut aus ...«

Etienne verzog seinen Mund. »*Monique* fand ihn sehr gut aussehend, ich nicht.«

»Er hat eine Leidenschaft für die Jagd und für Bücher über Wappenkunde, und er hält sehr viel auf Familie und alte Titel. Er ist nicht verheiratet ...«

»Und wird es wahrscheinlich auch nie sein, weil er zu stolz auf seine Ahnen ist, um zu arbeiten, aber wiederum auch zu arm, um etwas anderes zu tun, als auf Kosten seiner Nichte zu leben«, brummte Etienne. »Nichtsdestoweniger seid ihr Freunde, Philippe und du – nicht unbedingt verwunderlich, wenn man bedenkt, daß er der einzige von der Familie ist, der unter fünfzig ist. Ihr reitet oft zusammen aus. Du wirst dich Philippe gegenüber mehr in acht nehmen müssen als bei den übrigen. Er ist nur ein Halbbruder von Gaston und Louis, das einzige Kind aus einer späteren zweiten Ehe.«

Ich blickte in Etiennes verdüstertes Gesicht und fragte mich, ob er auf Philippe eifersüchtig gewesen war, weil Monique ihn gern gehabt hatte. Konnte es sein, daß Etienne Monique vernachlässigt und sie so in die Arme eines anderen Mannes getrieben hatte? Aber wie konnte sich Monique – verheiratet und ganz zweifellos geliebt von ihrem Mann – für einen anderen interessieren...

Mir wurde bewußt, daß ich vor mich hinträumte, und ich bat Etienne um Entschuldigung. Er nickte nur.

»Und dann ist da meine Urgroßmutter, die Gräfinwitwe«, fuhr ich fort. »Sie ist sehr alt, ist aber geistig und körperlich noch auf der Höhe. Sie ist meines Vaters Großmutter, und sie liebt mich und ganz besonders den kleinen Etienne.«

»Und sie ist keineswegs dumm«, warnte mich Etienne ruhig. »Glaube ja nicht, daß sie es nicht merken würde, wenn du einen Fehler machst, auch wenn sie schon so alt ist. Wie heißt übrigens dein Lieblingspferd?«

Langsam, während ich mich mit all den Dingen beschäftigte, an die ich mich erinnern mußte, nahm das große alte Schloß mit allen, die darin lebten und die dazugehörten, in meinem Kopf Gestalt an. Nur das Bild der Frau, die ich verkörpern sollte, das Bild von Monique selbst, entzog sich mir. Konnte ich je das fröhliche, fromme und freundliche Mädchen mit den Sünden, die sie begangen hatte, in Einklang bringen?

Es war Mitternacht, als Etienne sich erhob und mir eine gute Nacht wünschte. Wir wollten ja am nächsten Morgen früh aufbrechen. Ich lag jedoch noch lange wach und dachte über die merkwürdige Ehe nach, die ich eingegangen war. Angst breitete sich auf einmal eiskalt in meinem Herzen aus. Konnte ich meine Rolle wirklich durchhalten?

Etienne schien der Meinung zu sein. Es mußte mir gelingen, um Moniques und um ihres Kindes willen.

Das war also meine Hochzeitsnacht. Ich merkte, daß ich neugierig darauf war, was Etienne jetzt dachte; lag er im Dunkeln wach, erinnerte sich daran, wo und wann er zuvor geheiratet hatte, dachte er an die Frau, die er geheiratet hatte, die ihm ein Kind geschenkt und ihn später betrogen hatte? Oder war er, wie ein Mann, der bessere Nerven und weniger Empfindungen hat, sogleich eingeschlafen, um sich für die Reise auszuruhen? Letzteres sollte ich auf jeden Fall tun.

Als ich endlich einschlief, fand ich allerdings auch keine Ruhe. Ich hatte einen schrecklichen Traum. Ich wurde an einem riesigen Ort mit hohen grauen Mauern – er glich einer Kathedrale – mit Etienne getraut. Das Gesicht des Priesters konnte ich nicht sehen, denn es war verschleiert. Die Stimme fragte mich: »Willst du, Monique, diesen Mann, Etienne...« und ich antwortete: »Ja.« Aber als sich die verschleierte Gestalt dann Etienne zuwandte, um ihm die gleiche Frage zu stellen, schrie ich plötzlich: »Ich bin nicht Monique! Das bin ich gar nicht! Ich will nicht, ich will nicht...« Und dann dröhnte eine mächtige Stimme durch die dicken Steinmauern: »Was habt ihr mit Monique gemacht?« In meinem Traum streckte Etienne seine Hand aus und riß dem Priester den Schleier fort, und plötzlich blickte Monique von dem grauen Steinfußboden zu mir auf. Ein Hündchen lag wie ein Kind in ihren Armen. Ihre Augen standen weit offen, tote Augen, und ihr Gesicht war bleich und verschwollen. Ich schrie und schrie, aber Etienne sagte unerbittlich: »Nein, du bist es.« Er stieß mich hinunter, immer tiefer, bis ich das Gefühl hatte, selbst tot zu sein und mit meinen blicklosen, toten Augen zu mir als Laura aufzusehen, die mit Etienne getraut wurde. Ich begann zu schluchzen, als von neuem die hohle Stimme dröhnte: »Willst du, Monique – Monique – Monique...«

Ich erwachte mit einem Schrei. Die Morgendämmerung erfüllte das Zimmer mit grauem Licht, und Annette, meine Zofe, berührte sanft meinen Arm.

»Wachen Sie auf, Madame, es ist Tag, und die Kutsche wird bald fahrbereit sein.« Annette war bereits fertig angezogen, und von einem Tablett neben meinem Bett kam köstlicher Kaffeeduft. Und dennoch, in mir zitterte noch immer die gespenstische Frage nach: Wo ist Monique? Was habt ihr mit Monique gemacht?

5

Vielleicht, wenn ich hundert Jahre alt werde, könnte es sein, daß ich eines Tages irgendwelche Einzelheiten jener langen Reise mit Etienne nach Des Cars vergesse.

Zunächst wunderte ich mich, weshalb wir nicht mit der Eisenbahn reisten, da wir auf diese Weise in drei Tagen dort gewesen wären. Aber ein Aristokrat wie

Etienne reiste selbstverständlich in seinem eigenen Wagen, auch wenn es doppelt so lange dauerte.

Dennoch hätte niemand freundlicher und rücksichtsvoller gegenüber Pferden und den Dienstboten sein können als Etienne. Annette saß oben neben dem Kutscher, so daß Etienne mir ungestört weitere Instruktionen bezüglich meiner Rolle geben konnte. Als jedoch ein unangenehmer Novemberregen die Landschaft in graue, kalte Feuchtigkeit verwandelte, ließ er den Wagen halten und bestand darauf, daß sie zu uns stieg. Und jeden Abend, in irgendeinem kleinen Landgasthof, ließ er für sie ein Bett in mein Zimmer stellen und erkundigte sich aufmerksam nach der Unterkunft und der Verpflegung für den Kutscher und die Pferde. Er gab sich offensichtlich die größte Mühe, stets Rücksicht auf mich zu nehmen, auch wenn wir unbeobachtet waren. Nicht einmal während der ersten Woche jener langen Reise erlebte ich ihn ärgerlich.

Wütend sah ich ihn dann erst wieder an dem Abend, als wir nach einer anstrengenden Tagesreise auf schlechter Straße und in dichtem Nebel lange nach Einbruch der Dämmerung einen kleinen Gasthof erreichten und dort kein Zimmer mehr frei war. Der Wirt rang die Hände vor Verzweiflung. Hätte er doch nur gewußt, daß Monsieur und Madame seinem bescheidenen Haus die Ehre geben wollten – aber in der Stadt war Jahrmarkt und jeder Raum bis obenhin voll. Und er konnte die Leute zu dieser späten Stunde auch nicht mehr ausquartieren, wenn sie doch ihre Unterkunft bezahlt hatten und auch schon schliefen...

Etienne unterbrach seinen Redestrom mit einem Fluch. »Was sollen wir also machen?« wollte er dann wissen. »Die Pferde sind erschöpft, mein Kutscher ist bis auf die Haut durchnäßt vom Regen und muß sich ausruhen, und Madame ist müde.« Unter seinen Augen lagen tiefe Schatten der Erschöpfung, aber von sich selbst sprach er nicht. Er blickte den unseligen Gastwirt finster an, der eine Entschuldigung nach der anderen stammelte. Für den Kutscher ließe sich vielleicht auf dem Heuboden Platz schaffen, und Madames Zofe könnte das Bett seiner Tochter teilen, aber für Monsieur und Madame gab es nichts, absolut nichts, ganz zu schweigen von den zwei Zimmern mit Kaminfeuer, die Etienne verlangt hatte. Etienne drehte sich zu mir herum; er war wütend.

»Vielleicht können wir zur nächsten Stadt fahren«, sagte ich gelassen.

Er blickte finster drein. »Und damit die Pferde zuschanden fahren? Du sieht zudem todmüde aus. Nein, verdammt noch mal, der Mann muß einen Schlafplatz für uns auftreiben.«

Die Frau des Wirts, eine unglaublich dicke Person, eilte zu ihm, zog ihn am Ärmel und tuschelte ihm ins Ohr; dann wandte sie sich mit einem angedeuteten Knicks an mich. »Bitte sehr, Madame, ich habe das Mädchen zu meiner Schwester geschickt, die ganz in der Nähe wohnt. Es ist zwar nicht das, was Madame gewohnt ist, aber sie wohnt nur mit einer alten Magd dort und hat ein ordentliches Zimmer frei. Sie nimmt sonst keine Gäste, doch sie kann gewiß Madame und Monsieur bequem unterbringen, zumindest...«

Etienne brummte zwar unzufrieden vor sich hin, aber das war offensichtlich das einzige, was sich für uns tun ließ. Das nächste Dorf lag sechs Meilen entfernt – eine lange Fahrt über aufgeweichte, mit Löchern übersäte Straßen. Wir würden dort kaum vor Mitternacht ankommen. Widerstrebend nahm er das Angebot an. Die Essenszeit im Gasthof war längst vorbei, doch während der Kutscher und meine Zofe in der Küche mit Brot und Käse und heißer Suppe versorgt wurden, erhielten wir dampfende Zwiebelsuppe und Scheiben kalten Lammbratens vorgesetzt, der schwach, aber pikant nach Knoblauch duftete. Als wir fertig waren, erschien die Tochter des Wirts, um uns auszurichten, daß Madame Kerval in ihrem Haus Platz für uns hätte und uns herzlich willkommen hieße.

»Ich werde die Zofe von Madame holen lassen«, meinte das Mädchen, »und wenn sie alles erledigt hat, kann sie hierher zurückkommen und in meinem Bett schlafen.«

Als Annette jedoch aus der Küche kam, gähnend, die Frisur von der Feuchtigkeit halb aufgelöst auf dem Rükken, das Gesicht von der Kälte gerötet, brachte ich nicht den Mut auf, die Arme von ihrem Bett abzuhalten. »Laß es gut sein, Annette«, sagte ich, »geh schlafen; ich kann heute ausnahmsweise allein zurechtkommen.« Insgeheim war ich ein wenig erleichtert. Ich war seit jeher daran gewöhnt gewesen, mich selbst an- und auszukleiden und mich zu frisieren; ich hatte erst mühsam lernen müssen, während des Ankleidens wie eine Puppe dazustehen. Annette verschwand unter Dankesbezeugungen, ich drehte mich um und sah, daß Etienne mürrisch die Stirn runzelte.

»Was ist denn los?« fragte ich, doch er gebot mir mit einer herrischen Geste Schweigen, als der Stallknecht mit einer Laterne herzutrat, um uns zu dem Haus der Witwe Kerval zu geleiten. Er nahm meinen Arm und führte mich über die schlammige und furchige Straße; sein Mund aber war wie ein Strich, ich konnte den unterdrückten Ärger in ihm spüren. Das weckte andererseits auch in mir den Unmut. Hätte er nicht einmal alles laufen lassen und sich wie ein gewöhnlicher Sterblicher benehmen können? Vielleicht hatte die Revolution letztlich doch ihr Gutes gehabt; früher, zur Zeit der absolutistischen Herrschaft, hätten ein paar arme Bauern und ihre Frauen im Stall schlafen müssen, damit der Herr Graf und seine Gemahlin ein annehmbares Zimmer bekommen konnten.

Das Haus der Witwe Kerval war makellos sauber, so wie nur die Häuser armer Frauen sauber sein können, und sie begrüßte uns geradezu ehrfurchtsvoll. Etienne unterbrach ihre Höflichkeiten mit dem Hinweis, daß Madame müde sei und sich gern in ihr Zimmer begeben würde.

Das Zimmer, in das sie uns führte, war groß und einfach möbliert. Die Lampe auf der Kommode warf einen blassen Schein auf die weißgekalkten Wände. Alles war mit groben handgewebten Überzügen und Flickenteppichen bedeckt. In der Ecke stand ein riesiger Kleiderschrank; es gab einen Frisiertisch mit einem halbblinden alten Spiegel und ein gewaltiges Doppelbett mit gesticktem Überwurf. Als ich das sah, stieg mir die Röte ins Gesicht. Ich hörte, wie Etienne steif »Gute Nacht« wünschte und die Tür schloß. Dann faßte er mich mit einer Hand an der Schulter und drehte mich zu sich herum.

»Siehst du nun, du dummes Mädchen, warum ich verärgert war, als du Annette fortgeschickt hast?«

Ich senkte den Kopf, während die Röte in meine Wangen stieg.

»Ich habe mir nicht vorgestellt –«

Er brummte, noch immer von einem merkwürdigen,

verhaltenen Zorn erfüllt. »Soll ich zurückgehen und mit dem Kutscher im Heu schlafen?«

Ich richtete mich auf, denn mein eigener Zorn stärkte mir das Rückgrat. »Ganz bestimmt nicht!« erwiderte ich scharf. »Der Herr Graf mögen bequem im Bett der guten Alten schlafen, ich dagegen werden auf dem Fußboden nächtigen.«

»Sei keine Närrin«, sagte Etienne ebenso scharf, »kein Mann, der diese Bezeichnung verdient, würde so etwas zulassen, selbst wenn er alt und krank wäre, und ich bin weder das eine noch das andere. Du wirst natürlich bequem schlafen; ich werde eines der Federbetten nehmen und auf dem Boden schlafen; ich habe schon ungemütlicher geschlafen.«

Sanft nahm er mein Kinn in eine Hand und hob mein Gesicht, so daß ich zu ihm aufblicken mußte. »Keine Angst«, sagte er freundlich. »Erinnerst du dich an unsere Abmachung? Du bist meine Schwester – du hast doch keine Angst vor deinem Bruder?«

Stumm schüttelte ich den Kopf und öffnete meinen kleinen Reisekoffer. Verlegen beschloß ich, mich nicht auszuziehen, sondern nur die Schuhe abzustreifen und das Kleid ein wenig zu lockern. Etienne wandte mir höflich den Rücken zu.

»Ich bin – ich bin verheiratet gewesen, und der Anblick eines Unterrocks ist für mich nichts Neues. Mach es dir so bequem wie möglich, mein Kind. Wenn du in deinem Reisekleid schläfst, wird es morgen völlig zerknittert sein, und *das* gibt dann allerdings einen Riesenskandal im Dorf.«

Er hielt mir weiterhin den Rücken zugekehrt, und ich zog mit glühendem Gesicht Rock und Jacke aus, streifte meine Strümpfe ab und verrenkte mich dann, um die

Knöpfe meines Leibchens zu öffnen. Ich muß einen Laut der Bestürzung von mir gegeben haben, denn Etienne fragte: »Was ist los? Soll ich mich umdrehen?«

»Ich bekomme meine Knöpfe nicht auf«, erwiderte ich kleinlaut. »Früher hatte ich immer Kleider, die ich allein an- und ausziehen konnte, aber mit diesen Sachen hier muß mir Annette helfen.«

Ich hörte, daß Etienne ein Lachen unterdrückte. »Komm, dreh dich um, dann mache ich sie dir auf.« Er kam meinem Protest zuvor. »Sei nicht albern. Als ich jung war, pflegten meine Schwestern und ich zum Schwimmen zu gehen, wenn sie ihrer Gouvernante davonlaufen konnten, und da habe ich oft Lisettes Kleid auf- und zugeknöpft.«

»Ich wußte nicht, daß du eine Schwester hast«, murmelte ich.

»Jetzt habe ich auch keine mehr«, antwortete er. »Sie starb mit fünfzehn Jahren.« Er stand jetzt direkt hinter mir und begann, mein Leibchen aufzuknöpfen. Seine Stimme klang traurig. »Ich habe überhaupt keine Verwandten mehr außer meinem Kind. Und Moniques Familie natürlich, die mich nicht ausstehen kann.«

»Das tut mir leid«, sagte ich leise.

Er trat zurück. »Alles in Ordnung? Die Knöpfe sind offen. Kann ich noch etwas für dich tun? Die Schnüre deines – deines Korsetts habe ich schon aufgebunden.«

Errötend bedankte ich mich, entkleidete mich bis auf Hemd und Unterrock und zog dann einen dicken Morgenrock darüber.

Ich setzte mich an den Frisiertisch, um meine Haare auszubürsten und in Zöpfe zu flechten. Im Spiegel sah ich, wie Etienne Krawatte und Kragen abnahm und seine Weste auszog. Noch nie zuvor hatte ich ihn in

Hemdsärmeln gesehen – überhaupt noch keinen Mann außer meinem Vater. Er zog einen seidenen Morgenmantel über und kam auf mich zu. »Jetzt ähnelst du Monique mehr denn je – obgleich du irgendwie älter wirkst. Sie glich einem Kind – einem süßen Kind, das man streicheln und liebhaben mußte. Was hat dich älter gemacht, Laura?«

»Daß ich dazu erzogen wurde, selbst auf mich aufzupassen und meinen eigenen Lebensunterhalt zu verdienen«, erwiderte ich kurz. »Ich habe zwei Jahre in Mailand studiert, und Studentinnen sind zu arm, um sich eine Zofe, eine Köchin oder sonstige Bedienstete zu leisten.«

Etienne nickte bedächtig. »Es ist sehr spät«, meinte er dann. »Willst du jetzt nicht zu Bett gehen?«

Ich nahm ein großes Federbett und zwei der mächtigen, altmodischen Kissen und breitete sie für ihn auf dem Boden aus.

»Wird es so gehen?« fragte ich.

»Das ist mehr als genug«. Er setzte sich auf sein improvisiertes Lager.

Ich setzte mich auf den Bettrand und schlüpfte dann hastig unter die Decke. »Gute Nacht, Etienne.«

»Gute Nacht, Laura«, sagte er leise, und ich war dankbar, daß er mich jetzt nicht Monique genannt hatte. Ich kam mir in dem riesigen Bett sehr klein und irgendwie verloren vor. Auch war es ein merkwürdiges Gefühl, mit einem Mann im gleichen Zimmer zu schlafen. Und dabei war dieser Mann doch mein rechtmäßiger Ehemann, und ich war seine Frau.

Etienne war sofort eingeschlafen. Ich richtete mich auf und horchte auf seine ruhigen Atemzüge. Eine unbekannte Sehnsucht erfüllte mich. Mir schien, als hätte ich mich noch nie jemandem so nahe gefühlt wie diesem fremden Menschen, den ich erst eine Woche kannte. Und jetzt war er mein Mann.

Nein. Er war mit einem Geist verheiratet, dessen Name Monique war. Und aus diesem Grund konnte er mein Kleid aufknöpfen, mein Korsett aufbinden und dann neben meinem Bett in aller Ruhe einschlafen.

Seine Gefühle galten nur Monique!

Aber warum trieb mir dieser Gedanke das Wasser in die Augen und schnürte mir schmerzlich die Kehle zu? Plötzlich vergrub ich meinen Kopf in den Kissen, aus Angst, daß mein Schluchzen Etienne wecken könnte. Würde er mich niemals um meiner selbst willen sehen? Würde er niemals etwas anderes in mir sehen als einen Geist, den Geist einer toten Frau? Und wollte ich ihm denn wirklich etwas anderes sein? Und warum?

6

Am nächsten Tag hörte der Regen auf, und ich merkte, daß wir schon ziemlich südlich sein mußten, denn die Luft war warm und würzig, und es lag kein Schnee auf dem Boden. Ebene und sanfte Hügel beherrschten die Landschaft, und die Hänge der Hügel waren alle mit Rebstöcken bedeckt.

»Wenn alles gut geht«, sagte Etienne, »kommen wir morgen in Des Cars an.«

Angst erfaßte mich jetzt. Jetzt stand mir die wirkliche Prüfung bald bevor. Dank Etiennes Lektionen wußte ich so ziemlich alles, was ich wissen mußte: Ich hätte mit verbundenen Augen eine Skizze des Schlosses anfertigen können, ich hätte jeden einzelnen Dienstboten mit Namen nennen können, und ich konnte in allen Einzelheiten die Einrichtung meines – oder vielmehr Moniques Zimmers beschreiben. Aber es gab so viele kleine Dinge. Familiendinge, die Etienne gar nicht wissen konnte. Diese ganze Geschichte war heller Wahnsinn.

Aber ich hatte versprochen, mitzumachen, und nun mußte ich mein Versprechen auch halten.

Am Abend im – wie ich hoffte – letzten Gasthof dieser Reise ließen wir uns das Abendessen auf meinem Zimmer servieren, und Etienne begann mich wieder abzufragen, aber dann schüttelte er plötzlich den Kopf.

»Nein, jetzt ist's genug. Mehr würde dich nur verwirren. Wenn du etwas nicht weißt oder einen Fehler machst, dann versuche nicht, es zu vertuschen und werde auch nicht aufgeregt oder verlegen, sondern sage ganz einfach, daß du dich nicht erinnern kannst. Jetzt noch etwas.« Er machte eine Pause und blickte mich sekundenlang eindringlich an, bevor er weitersprach. »Ich habe der Familie geschrieben, daß ich dich nach Hause bringe, und ich habe eine Geschichte erfunden, die nach außen hin deinen Ruf wahrt. Sie werden zwar wissen, daß die Geschichte nicht stimmt, und sie wissen auch, daß ich das weiß, aber so wird wenigstens reihum das Gesicht gewahrt. Die Geschichte lautet folgendermaßen: Du bist nicht etwa mit einem Liebhaber davongelaufen, sondern du hast dich plötzlich entschlossen, allein zu reisen und mir auf meiner Heimreise von Italien bis Cannes entgegenzukommen. Bei deiner Ankunft in Cannes wurdest du jedoch schwer krank, Gehirnfieber, und konntest niemandem sagen, wer du warst und zu wem du wolltest. Schließlich wurdest du wieder gesund, ich fand dich dort und bringe dich jetzt nach

Hause.« Er zögerte. »Dadurch erklären sich dann auch leichte Erinnerungslücken deinerseits. Ach ja, und vergiß nicht – du hast ihnen kurz nach deiner Abreise geschrieben und bist erstaunt, daß sie deinen Brief nicht erhalten haben oder daß sie deine Abreise mißverstehen konnten.«

»Das klingt plausibel«, meinte ich langsam. »Fast zu plausibel.«

»Vielleicht. Aber sie können nicht das Gegenteil beweisen – und sie werden es nicht wagen, unsere Geschichte offen anzuzweifeln. Ganz besonders nicht, wenn ich an deiner Seite bin und mich offensichtlich mit dir versöhnt habe.«

Ich war Etienne sehr dankbar. Er hatte es mir damit ermöglicht, der Familie gegenüberzutreten, ohne dauernd daran denken zu müssen, daß ich – beziehungsweise Monique – eine gefallene Frau und entehrte Mutter war. Und die Sache war sicher, er hatte recht. Wenn Etienne selbst die Geschichte vorbrachte, die den angeblichen Fehltritt seiner Frau vertuschte, dann hatte niemand anders das Recht, ihn der Lüge zu bezichtigen.

»Ich sollte dir auch sagen, Monique...« Er hielt abrupt inne. »Es ist unheimlich. Manchmal könnte ich fast glauben, daß du Monique bist und daß du dieses Spiel aus irgendwelchen Gründen mitspielst.« Er packte mit beiden Händen meine Schultern, und ich spürte wieder jene raubtierhafte, beängstigende Wildheit in ihm, die mich schon am ersten Abend so erschreckt hatte. »*Bist* du Monique?« fragte er heiser. »Ich werde noch verrückt, wenn ich nicht sicher sein kann...« Seine Stimme versagte.

Ich hatte einen dicken Kloß im Hals und konnte kaum sprechen. Meine Schultern taten weh von seinem harten Griff. »Du weißt sehr gut, daß ich es nicht bin, Etienne.«

sagte ich absichtlich in Englisch. »Ich bin lediglich eine von dir angestellte Varieté-Sängerin. Ich bin froh, daß ich in deinen Augen meine Rolle so gut spiele.«

Meine Worte waren bewußt kalt, und ich sah die Glut in seinen Augen verlöschen, als er mich losließ. Sofort hatte ich ein schlechtes Gewissen. Ich sollte ihm wenigstens sagen, wer ich war und warum ich Monique so sehr ähnelte.

Und doch – ich wagte es nicht. Konnte es sein, daß er sich nur verstellte? Ich dachte an meinen Traum, der mir gezeigt hatte, daß ich Etienne nicht ganz traute, gleichgültig, was ich mir auch selbst einreden mochte. *Was habt ihr mit Monique gemacht,* hatte mein Unterbewußtsein im Traum gefragt. Ein Mann, der zu einem solchen Täuschungsmanöver fähig war, konnte sehr wohl auch eine lebendige Monique irgendwo versteckt halten, um ihr Kind und ihr Vermögen in die Hände zu bekommen. Oder – nein, vor diesem Gedanken schrak ich zurück. Etienne war kein Mörder. Ich sagte mir, daß er einer Gewalttat nicht fähig wäre – aber wußte ich das wirklich so genau? Wenn er Monique leidenschaftlich liebte und dann herausfand, daß sie ihm untreu war – was würde er dann getan haben?

»Es tut mir leid, wenn ich dich erschreckt habe«, entschuldigte sich Etienne. »Natürlich bist du nicht Monique...« Aber seine Stimme klang noch immer unsicher.

»Monique ist tot und im Himmel, Etienne«, sagte ich sanft.

»Im Himmel? Nach der Todsünde, die sie beging, indem sie sich das Leben nahm...« Er brach plötzlich ab und starrte mich entsetzt an. Dann flüsterte er: »Gott im Himmel, hilf mir, ich wußte doch, daß ich irgend etwas vergessen habe. Ist es möglich – kann es sein, daß du nicht katholisch bist?«

»Das bin ich ganz gewiß nicht«, erklärte ich scharf.

Etienne preßte seine Hände an die Schläfen. »Ich hätte wirklich eher daran denken müssen. Wir haben einen Priester im Schloß und eine Schloßkapelle, und Moniques Familie… Sag mal, weißt du überhaupt, wie du dich bei einer Messe verhalten mußt? Kennst du katholische Gebete? Wenn nicht…«

Ich schüttelte den Kopf. Ich wußte gar nichts. Etiennes Gesicht war eine Studie gemischter Gefühle. »Und das zu diesem späten Zeitpunkt!« stöhnte er. »Nun, es ist wenigstens nicht *zu* spät.« Er griff in die Tasche und zog etwas heraus. »Hiermit können wir gleich anfangen. Das ist ein Rosenkranz. Hast du schon einmal einen gesehen?«

Zwei Stunden später war ich völlig erschöpft und Etienne einigermaßen zufriedengestellt. Ich kannte die Gebete des Rosenkranzes, und es war nicht zu befürchten, daß ich während des Gottesdienstes irgend etwas ganz und gar verkehrt machen würde. Im Geiste segnete ich meine Kenntnisse der italienischen Sprache, die mir das Erlernen der lateinischen Gebete erleichtert hatten. Was mein Verhalten bei der Messe anging, so konnte ich mich einiger Skrupel nicht erwehren, aber ich beruhigte mein Gewissen damit, daß es auch nicht schlimmer war, als eine Rolle auf der Bühne zu spielen. Auf der Bühne hätte ich ohne Gewissensbisse eine Heidin verkörpert – warum sollte ich also zögern, eine Katholikin vorzutäuschen?

Mit all den übrigen Dingen – Beichte, Kommunion und so weiter – würde ich mich später befassen müssen. Und überhaupt – bevor das alles richtig an mich herantrat, würden wir möglichst Des Cars schon wieder verlassen haben. Später sollte ich, zumindest teilweise, erfahren, weshalb Etienne absichtlich vergessen hatte, sich nach meiner Religionszugehörigkeit zu erkundigen. Für den Augenblick schien er zufrieden zu sein; ich für meine Person schob die verbliebenen Bedenken beiseite. Es war doch gehüpft wie gesprungen: Wenn ich mich darauf einließ, eine tote Frau zu verkörpern, ihr Zuhause zu übernehmen, ihr Vermögen, ihr Kind und ihren Ehemann, dann gab es keinen Grund, warum ich mich sträuben sollte, auch so zu tun, als gehörte ich ihrer Religion an.

Am nächsten Morgen verließen wir unter einem blauen Himmel mit fliegenden weißen Wolken die Hauptstraße und bogen in einen schmalen, gefurchten Landweg ein, der durch niedrige, sandige Dünen führte, auf denen hartes Gras wuchs. Von den Hügelhöhen aus konnte ich in der Ferne eine stumpfglänzende Oberfläche sehen – das Meer. Wir fuhren an kleinen Wäldern vorbei und an weiten Weinfeldern. Barfüßige Bauern banden die kahlen Rebstöcke für den Winter fest. Sie hoben die Köpfe und starrten neugierig auf unsere Kutsche. Später machte mich Etienne auf größere Flächen feucht aussehenden Dickichts aufmerksam. »Hier darfst du niemals reiten oder zu Fuß darin herumlaufen«, erklärte er. »Das Sumpfland erstreckt sich über Meilen, und außerdem gibt es hier auch Treibsand – man kann nicht erkennen, wo. Wenn du ins Moor gerätst, kommst du vielleicht nie mehr heraus.«

Auf einem der nächsten Hügel ließ Etienne den Kutscher anhalten und half mir aussteigen. Von unserem Standort auf der Hügelkuppe blickten wir einen langen Hang hinunter und auf die See. Etienne zeigte mir einen

Leuchtturm unten an der Küste und ein langgestrecktes Steingebäude mit Türmen und Zinnen, das aus dieser Entfernung klein wie ein Spielzeugschlößchen aussah.

»Des Cars«, sagte er leise.

Obgleich er mir, wieder und wieder, jeden Raum beschrieben hatte, war ich nicht auf ein so großes, so schönes und so altes und geheimnisvolles Schloß gefaßt gewesen. Es war ein wirkliches Schloß, umgeben von weiten Parks, Rasenflächen, Gärten und Toren.

Etienne deutete auf einige rostfarbene Flecken und murmelte: »Das sind die Hirsche und Rehe, die im Park grasen.«

»Ich – ich bin ganz überwältigt«, gestand ich und versuchte, mich an diesen Anblick zu gewöhnen. Ich durfte nicht überwältigt sein, ich mußte Des Cars als mein wohlvertrautes Heim akzeptieren.

Ich schaute auf den Leuchtturm weit im Süden auf einer Landspitze und ließ meinen Blick dann langsam die Küste entlang nach Norden wandern. »Ist das dort auch ein Leuchtturm, Etienne?«

»Nein, das ist der alte Normannenturm. In alten Büchern steht einiges über ihn geschrieben, aber ich habe es nicht gelesen. Es ist gefährlich dort – Steinbrüche, aus denen man Bausteine gewann. Der Turm selbst ist ebenfalls aus solchem Gestein erbaut, also müssen die Steinbrüche sehr alt sein, und manche von ihnen sind mit Wasser gefüllt.« Etienne schwieg einen Augenblick, dann lachte er. »Und natürlich schwören einige der alten Leute hier in der Gegend, daß es im Turm spukt – ganz zu schweigen vom Schloß selbst. Dort geht angeblich eine weiße Nonne um sowie der Geist eines Des Cars, der während der Revolution guillotiniert wurde und seinen Kopf unter dem Arm spazierenträgt. Monique pflegte über diese Dinge zu lachen. Ich hoffe, du hast auch keine Angst vor Gespenstern.«

Ich lachte. »Wenn mir nichts Schlimmeres begegnet als die Familiengespenster...«

»Es sind die lebenden Mitglieder der Familie, vor denen wir uns in acht nehmen müssen«, bemerkte Etienne düster und wandte sich ab. »Komm, Monique, es hat keinen Sinn, länger zu warten.«

Meine Hände wurden eiskalt, als er mir wieder in den Wagen half. Jetzt war der Augenblick gekommen, vor dem ich mich so fürchtete. Ich nahm kaum den wunderschönen Park, die lange Auffahrt zum Schloß wahr. Als es mir endlich gelang, mein innerliches Zittern zu unterdrücken, hielt der Wagen bereits vor dem Haupttor des Schlosses, und Etienne sprach in raschem Dialekt mit einem grauhaarigen Stallknecht, der herbeigeeilt war, um die Pferde zu versorgen. Er machte eine kurze Verbeugung vor mir und brabbelte etwas in seinem Dialekt.

»Er möchte wissen, was mit deinem Koffer geschehen soll, Monique«, sagte Etienne und legte beruhigend seine Hand auf meinen Arm. Ich nahm mich zusammen und erwiderte beherrscht: »Bring ihn auf mein Zimmer, dann wird Annette sich schon darum kümmern.«

Etienne führte mich zur Treppe. Er hielt mich fest am Arm, aber er sagte nichts, und ich war ihm dankbar dafür. Er konnte mir jetzt nicht mehr helfen, dies mußte ich nun allein durchstehen, und von meinem Geschick hing unser beider Erfolg oder Mißerfolg ab. Etienne hatte seinen Teil getan. Ich löste mich sanft aus seinem Griff und ging hocherhobenen Kopfes die Stufen hinauf. Mit jedem Schritt entfernte ich mich weiter von mir selbst und begab mich tiefer in die Rolle von Monique, Etiennes Frau und Erbin des Schlosses. Als dann die großen Doppeltüren für mich aufschwangen, war es Monique, Gräfin de Montigny, die das Château betrat. Eine blasse, stolze Monique – aber Monique. Laura Monteith war irgendwo im Hintergrund meines Bewußtseins verschwunden.

Es heißt, daß die besten Schauspielerinnen eine Rolle nicht *spielen*, sondern daß sie, nachdem sie Sprache und Eigenheiten des Charakters studiert haben, den sie verkörpern sollen, jeden Gedanken an die geleistete Arbeit ausschalten und ganz einfach zu der Person *werden*, die sie darstellen. So etwas Ähnliches geschah jetzt mit mir. Als der Diener meinen Mantel nahm, sagte ich ganz automatisch etwas Liebenswürdiges und wandte mich dann, fast hoheitsvoll, ab, um zu sehen, ob Etienne mir gefolgt war. Auch fühlte ich mich in keiner Weise von dem mächtigen Hallengewölbe über mir, der breiten, geschwungenen Marmortreppe und den hohen bunten Glasfenstern, die Etienne Gesicht rot und meine Hände blau und grün färbten, eingeschüchtert. Am einem Ende der Halle öffnete sich eine Tür, und eine alte Frau kam auf mich zu.

Wahrscheinlich habe ich unbewußt jedes Detail ihrer Erscheinung in mich aufgenommen – ihr kostbares graues Seidenkleid, das Witwenhäubchen aus Spitze, die Ringe an ihren runzligen, gekrümmten Fingern und der kunstvoll gelockte und frisierte Haarknoten, der für ihren schmalen Kopf und den schlanken Hals zu schwer wirkte. Aber, wie gesagt, es war keine bewußte Bestandsaufnahme ihrer Person, kein vorsichtiges Vergleichen mit den Beschreibungen, die ich von Etienne erhalten hatte. Ich hatte bereits mit einer Hand meine Röcke gerafft und lief auf sie zu. Sie streckte ihre Arme aus, und ich flüchtete mich hinein, als ob ich dorthin gehörte. Ich spürte ihre weiche, welke Wange an der meinen, und ihre Tränen benetzten mein Gesicht. Sie konnte kaum sprechen.

»Monique – mein Kind, mein liebes, liebes Kind...«

Aufsteigende Tränen schnürten mir die Kehle zu. Ich küßte die faltige Wange und flüsterte nur: »Großmutter.«

Sie löste ihre Umarmung und stand aufrecht da. Trotz ihrer geraden Haltung sah sie so zerbrechlich aus, daß sie einem getrockneten Grashalm glich. Sie sagte mit zitternder Stimme: »Ich befürchtete schon – wir befürchteten schon, wir würden dich nicht wiedersehen, Monique. Wie konntest du nur...«

»Ich weiß es nicht«, erwiderte ich, und die Worte kamen mir ganz von allein, als ob jemand anders durch meinen Mund spräche. »Ich muß wirklich von Sinnen gewesen sein, daß ich nicht einmal dir etwas von meiner Abreise gesagt habe, Großmutter.«

Die Gräfinwitwe Des Cars bedachte mich mit einem flüchtigen Lächeln und wandte sich dann Etienne zu. »Was kann ich dir sagen – du hast sie mir zurückgebracht!«

Sie mußte an die Neunzig sein, aber ihre Augen waren klar und leuchtend blau, nicht im geringsten vom Alter getrübt. Sie behielt meine Hand in der ihren, als sie sich vorneigte und Etienne zum Willkommen auf die Wange küßte. Etiennes Stimme klang liebevoll, als er sagte: »Ich wünschte, alle würden sich so freuen, mich zu sehen, wie du, Großmutter.«

Die Tür zur Rechten öffnete sich jetzt, und eine schrille weibliche Stimme rief gereizt: »Ist es Etienne? Dann bring ihn doch herein!«

Ich wartete nicht darauf, daß Etienne mich führte. Es war, als wäre dies mein eigenes Haus, als würde ich es aus eigener Erfahrung kennen und nicht von Etiennes sorgfältig gezeichnetem Plan und seinen gründlichen Beschreibungen her. Etienne nahm den Arm der Gräfinwitwe, als ich den kleinen Salon betrat, der das Wohnzimmer der Familie war.

Die Frau an der Tür war groß und plump in einem enggeschnürten leuchtendblauen Kleid mit völlig unnötiger Turnüre. Ihr Gesicht war gerötet und schlecht gepudert. Ein Elfenbeinkamm saß schief in ihrem Haar, das stärker mit Henna behandelt worden war, als es anständigen Frauen eigentlich erlaubt ist, und auf ihrer Knollennase wippte ein Kneifer.

Ich empfand Mitleid mit ihr und hatte gleichzeitig das fast unwiderstehliche Verlangen zu lachen – genau wie Monique reagiert hätte.

»Du bist also zurückgekommen, Monique?«

»Wie du siehst, Tante Isabelle«, erwiderte ich ruhig und ohne meinen Blick zu senken. Etienne hatte mich darauf vorbereitet, daß sie mich trotz meiner sorgfältig ausgedachten Geschichte als eine gefallene Frau betrachten würde, aber ich konnte mich einfach nicht dazu bringen, ich konnte es nicht, die Rolle der reuigen Ehebrecherin zu spielen, der von ihrem liebenden Ehemann vergeben worden ist. Von mir aus sollten sie mich für unverschämt oder für stolz halten, ganz wie sie wollten. Oder war es vielleicht nur der Stolz einer jungen, hübschen Frau angesichts einer Kritikerin, so alt und häßlich, daß die Versuchung zur Sünde nie an sie herantreten konnte?

Ich wagte mich auf Feindesgebiet vor: »Du siehst besser denn je aus, Tante.«

Sie schnaubte verächtlich. »Du siehst auch besser aus, als man es nach einem Gehirnfieber erwarten würde. Ich dachte, man hätte dir das Haar abgeschnitten – macht man das nicht im allgemeinen?«

»Ich hatte Glück«, antwortete ich sanft.

Tante Isabelle drehte sich um und rief mit ihrer schrillen Stimme: »Gaston, komm her und begrüße unsere – heimgekehrte Nichte.«

Ein Mann in einem abgetragenen braunen Anzug erhob sich aus einem tiefen Sessel. Auf seinem Gesicht lag ein spöttischer Ausdruck, als er sich zu mir umdrehte, aber als sein Blick auf mich fiel, verwandelte sich sein spöttischer Ausdruck in schieres Entsetzen. Er öffnete seinen Mund, brachte jedoch keinen Laut hervor. Er hob seine Hand, und sekundenlang dachte ich, er würde sich bekreuzigen, aber dann hielt er mitten in der Bewegung inne und tat so, als wollte er sich nur die Nase kratzen. Seine Hand zitterte. Er schluckte schwer, und sein dicker Adamsapfel hüpfte auf und ab. Er war bleich, totenbleich. Er rieb sich die Augen und starrte mich dann von neuem an, als hätte er erwartet, daß ich mich inzwischen verflüchtigt haben würde. Seine Kinnbacken bewegten sich wieder, aber auch jetzt kam kein Ton über seine Lippen.

Etienne berührte meinen Ellenbogen. Mit seltsam fremder Stimme sagte er: »Kommen Sie, Monsieur, Sie haben Ihre Nichte noch nicht begrüßt. Es ist ganz unnötig, Monique so anzusehen, als wäre sie von den Toten auferstanden.« Langsam ging er um mich herum und betrachtete mich prüfend. »Es stimmt, du bist etwas blaß, *ma chérie*, aber wenn dich die Reise so erschöpft hat, daß dich dein Onkel für ein Gespenst hält, dann ist es vermutlich meine Schuld. Ich habe nur daran gedacht, daß du bald wieder zu Hause und in den Armen deiner liebenden Familie sein wolltest.«

Er hob den Kopf und starrte direkt in Gastons Gesicht, das jetzt ein unbeschreibliches Gemisch von Empfindungen widerspiegelte. Was, in aller Welt, war mit diesem Mann los?

»Ich – natürlich … Willkommen zu Hause, Monique. Ich freue mich, daß du so wohl aussiehst. Ich …«

»*Tiens*«, ließ sich eine heitere Stimme vom Kamin her vernehmen, »werde ich etwa vergessen, nur weil ich nicht aufstehen und dir entgegenlaufen kann, meine Liebe? Der alte Teufel ist mir wieder in die Füße gefahren, und von der Taille abwärts kann ich mich nicht mehr rühren.« Der grauhaarige Mann in dem tiefen Sessel hatte runde rote Apfelbäckchen. Seine Füße, auf einen Hocker hochgelagert, waren schrecklich geschwollen. Die unförmigen Hausschuhe waren an den Zehen aufgeschnitten, und aus den Löchern quollen Klumpen seiner knallroten Stricksocken. »Verdammt, Mädchen, komm her und gib deinem alten Onkel Louis einen Kuß!«

Rasch lief ich zu ihm hin. Seine Stirn fühlte sich brennend heiß an, als ich sie mit meinen Lippen berührte. Er grinste Etienne freundlich an, und mir fiel auf, daß er der einzige war, der Etienne bisher duzte. »Und wie war deine Reise, Etienne, in diesem teuflischen Wetter? Ein weiter Weg von Cannes bis hierher. Verdammt, mir würde etwas Sonne auch guttun, anstatt kalte Winde und saure Gesichter!«

»Die Reise war nicht schlecht, aber es lag ziemlich viel Schlamm auf den Straßen, und ein Pferd wurde lahm«, erwiderte Etienne, und ich merkte, daß er sich ein wenig entspannte. »Es tut mir leid, daß du krank bist, Onkel Louis.«

»Das ist das Alter, mein Junge. Es erwischt uns alle,

früher oder später«, meinte Onkel Louis fröhlich. »Monique, deine Tante Sidonie ist zur Kirche gegangen. Sie wird untröstlich sein, daß sie nicht hier war, dich zu begrüßen. Ich habe ihr schon oft gesagt, daß sie durch ihre Frömmigkeit eine Menge versäumt.«

Die Tür wurde heftig aufgerissen, und ein kalter Luftzug bewegte die Vorhänge. Ein großer junger Mann, das blonde Haar aus der hohen Stirn gebürstet, in legeres Jagdzeug gekleidet, trat in das Zimmer, gefolgt von einem japsenden, bellenden Hund. Es war ein bildhübscher goldfarbener Spaniel, der sogleich zu mir lief und den Saum meines Rockes beschnüffelte. Das hätte mich fast aus meiner Rolle fallen lassen. Mein Impuls war, niederzuknien und das Tier zu streicheln – aber ich erinnerte mich rechtzeitig an Moniques Abscheu vor Hunden und wich zurück, während ich den blonden jungen Mann betrachtete. Er war groß – größer als Etienne –, und auf seinen feingeschnittenen Zügen lag ein merkwürdiger Ausdruck, gemischt aus Neugier und Verachtung. Ich wußte, das war der junge Halbbruder von Moniques Vater, nur wenige Jahre älter als Monique selbst. Getreu meiner Rolle – wenn auch jetzt, unter Philippes spöttischem Blick, eher schlecht als recht, wie mir schien – versuchte ich, meiner Stimme einen schrillen Klang zu geben.

»Oh, Philippe! Bring diese abscheuliche Kreatur hinaus!«

»Du bist sehr rücksichtslos«, bemerkte die Gräfinwitwe mit ihrer sanften Stimme. »Du weißt doch, daß unsere Monique keine Hunde mag. Und überhaupt ist der Salon kein Ort für deine Jagdhunde. Bring ihn sofort hinaus, mein Junge!«

»Ja, natürlich«, sagte Philippe spöttisch. »Ich weiß,

wie sehr – unsere Monique Hunde verabscheut.« Sein Blick ruhte auf meinen Händen, als ich meinen Rock noch weiter den schmutzigen Pfoten des bildhübschen Spaniels entzog. »Und ich dachte auch immer, daß Hunde unsere Monique nicht ausstehen könnten. Aber dieser hier stürzt auf sie los, als wäre sie – entschuldige den Ausdruck, Isabelle – eine läufige Hündin.«

Etienne, dunkelrot vor Wut, trat vor, und sekundenlang dachte ich, er würde Philippe schlagen. Tante Isabelle stieß einen kleinen Schreckensschrei aus, und Philippe duckte sich unwillkürlich – gerade so viel, daß er ziemlich lächerlich wirkte.

»*Tais-toi*, Philippe! Du bist alt genug, daß man von dir erwarten kann, daß du mit Anstand von deiner Nichte – und von meiner Frau sprichst! Wenn du dich noch einmal derartig vergißt, werde ich dir höchstpersönlich ein paar Manieren beibringen!«

»Aufhören, ihr jungen Hitzköpfe«, rief Onkel Louis nachsichtig, und Onkel Gaston, immer noch sehr blaß, trat rasch zwischen die beiden. »Etienne – Philippe ...«

»Monsieur?« fragte Etienne kühl.

Philippe trat ostentativ einen Schritt zurück und betrachtete Etienne mit gespielter Überraschung. »Na, so eine Aufregung wegen eines nachlässig gewählten Ausdrucks! Einen Augenblick lang habe ich gedacht, du würdest dich vergessen und mich schlagen. Und was immer der Brauch gewesen sein mag, wo du herkommst, bei uns Des Cars ist das nicht üblich.«

»Es wird aber üblich werden, wenn du nicht lernst, dich zu benehmen«, entgegnete Etienne grimmig.

Jetzt glomm ein gefährliches Licht in Philippes Augen auf, aber er lächelte immer noch. »Wenn du mich jemals schlagen solltest«, murmelte er, »dann bliebe mir nichts anderes übrig, als wie ein Edelmann von dir Genugtuung zu fordern.«

Etienne lachte höhnisch. »Ein Duell? Pistolen?« fragte er. »Ich hole von vier Wildenten im Flug vier herunter, und das weißt du auch. Außerdem lebe ich weder in der Vergangenheit noch habe ich den Wunsch, ein Jahr im Gefängnis zu verbringen oder eine Geldstrafe zu zahlen, die ich mir nicht leisten kann, nur um die Eitelkeit eines großmäuligen Schuljungen zu befriedigen, der gern damit prahlen möchte, ein Duell ausgefochten zu haben. Ein Duell! Ich würde dir die Hosen herunterziehen und dir die Tracht Prügel verabreichen, die dein Vater dir beizeiten hätte geben sollen! Um Himmels willen, Philippe, benimm dich wie ein erwachsener Mensch!«

Philippe wurde feuerrot. Ein unterdrücktes Kichern brach die folgende Stille. Tante Isabelle hielt sich beide Hände vor das Gesicht. Philippe fuhr wütend zu ihr herum, aber die Gräfinwitwe winkte gebieterisch mit der Hand, und er wandte sich ab wie ein gescholtener Schuljunge. Er sah mich an, und wenn ich jemals einen Mord in den Augen eines Menschen gelesen habe, dann in jenem Augenblick. Aber dann bückte er sich rasch zu dem Hund hinunter, der unschuldigen Ursache des Streites, und ließ seinen Zorn an dem armen Tier aus. »Hinaus mit dir, du verdammter Köter!«

Er zerrte den Spaniel grob zur Tür, rief draußen jemandem etwas zu und schloß die Tür wieder mit einem heftigen Knall. Als er zu mir zurückkam, war er wieder die Liebenswürdigkeit selbst, und ich hatte das Gefühl, jenen Augenblick wilder, mörderischer Wut nur geträumt oder mir eingebildet zu haben.

»Entschuldige bitte, Monique.« Ein schneller, blitzender Blick traf meinen, dann sah er wieder fort. »Willkommen daheim, Monique. Wir haben nicht erwartet, dich wiederzusehen.«

»Es tut uns leid, dich enttäuschen zu müssen«, bemerkte Etienne scharf. »Aber jetzt ist es genug. Monique ist müde von der Reise. Sie ist krank gewesen, und ihr könntet ihr wenigstens gestatten, ihre Kräfte ein wenig zu sammeln, bevor ihr mit eurem alltäglichen Geschrei beginnt.«

»Ja, in der Tat«, sagte Onkel Louis und zog an dem Klingelzug neben seinem Sessel. Als ein kräftiges Mädchen in einer Schürze erschien, befahl er ihr, Sherry und Kekse zu bringen.

Es war eine willkommene Unterbrechung. Ich nippte an dem Sherry, während ich neben der Gräfinwitwe auf der Louis-XIV.-Chaiselongue saß. Die alte Dame streichelte immer wieder meine Hand, als könne sie nicht genug von mir haben und als müßte sie sich stets von neuem vergewissern, daß ich tatsächlich da war. Etienne und Onkel Louis unterhielten sich über die Straßenverhältnisse, und während Etienne an einem Keks herumknabberte, trank Onkel Louis zwei große Gläser Sherry und verschlang mehrere Handvoll Kekse. Philippe stand am Kamin. Er hatte einen Arm auf den Kaminsims gestützt und brachte damit einige Meißner Porzellanfigürchen in Gefahr. Sein Wein blieb unberührt, und er beobachtete mich unausgesetzt mit wachsamem, kaltem Blick. Hatte er einen Verdacht? Hatte ich irgendeinen schwerwiegenden Fehler gemacht, den nur er bemerken konnte? Wenn es so war, weshalb entlarvte er mich dann nicht sogleich als Betrügerin? Tante Isabelle war mit irgendeiner Handarbeit beschäftigt.

Während wir noch bei unserem Sherry saßen, kam Tante Sidonie herein, noch immer den schwarzen Kirchschleier über ihren hübschen dunklen Locken. Sie war eine stattliche, gutaussehende Frau mit freundlichem Lächeln und einem bretonischen Akzent, die mich mit einer überschwenglichen Umarmung begrüßte. Sie begann sofort mit der Gräfinwitwe über die Gewänder der Chorknaben zu sprechen, die nur noch aus Lumpen bestanden, und daß unbedingt diesbezüglich etwas getan werden müßte.

»Vielleicht hilft dir Monique dabei, ein paar Chorhemden zu nähen«, meinte Philippe. Das Glitzern in seinen Augen hätte mich warnen sollen, aber unbedachterweise erwiderte ich, daß ich gern helfen würde, so gut ich konnte.

»So wie Monique näht, wären die Chorknaben auch nicht besser dran als vorher«, sagte Tante Isabelle spitz, und ich biß mir auf die Unterlippe, weil ich nicht wußte, was ich darauf tun oder sagen sollte.

Etienne kam zu mir und legte seine Hand auf meine Schulter. »Monique, du bist müde. Du solltest dich ausruhen, bevor du dich zum Abendessen umziehen mußt...«

»Nun, das finde ich aber höchst unnatürlich«, verkündete Tante Isabelle in giftigem Ton. »Du hast überhaupt noch nicht nach deinem lieben Kind gefragt.«

Die Gräfinwitwe stützte sich auf meinen Arm und erhob sich. »Ich habe dem Jungen versprochen, zu ihm zu kommen und ihm gute Nacht zu sagen. Vielleicht möchtest du mit mir hinaufgehen, Monique. Wenn er jetzt beide Eltern sieht, wird er bestimmt zu aufgeregt sein, um ins Bett zu gehen und zu schlafen. Es ist besser, du begrüßt ihn allein.«

Ich blickte bittend zu Etienne auf, aber er hatte sich abgewandt. Einmal mußte ich ja anfangen, meine Rolle auch ohne ihn zu spielen, sagte ich mir, aber ich fühlte mich plötzlich sehr niedergeschlagen, und die übernatürliche Empfindung, Monique zu sein, hatte sich verflüchtigt. Ich riß mich zusammen und folgte der Gräfinwitwe. Aber ich hatte noch eine weitere Gefahr zu bestehen. Tante Isabelle hatte ich als alten Drachen abgetan, Tante Sidonie als einfältige, harmlose ältere Dame von der Sorte, die mein Vater als »verheiratete alte Jungfern, die in ihrer Kirche und ihren Katzen aufgehen anstatt in den Kindern, die sie hätten haben sollen« zu bezeichnen pflegte. Aber es war Tante Sidonie, die mir jetzt den schwersten Knüppel zwischen die Beine warf und mich fast zu Fall gebracht hätte, noch bevor unser Spiel richtig begonnen hatte.

Sie sah mich an und lächelte ihr freundliches, einfältiges Lächeln. »Oh, meine Liebe, und was ist mit deinem kleinen Geheimnis, das du mir erzählt hast? Du siehst immer noch so schlank und so hübsch aus – aber du hast mir doch erzählt, bevor du fortgingst, daß du schwanger wärst.«

Sekundenlang war ich so fassungslos, daß man es mir angesehen haben muß. Ich merkte, daß Onkel Gaston und Philippe mich beobachteten, und Etiennes Gesicht wurde ganz starr. Ich wurde dunkelrot vor Verlegenheit und Empörung. Aber dann war auch schon Etienne an meiner Seite und rettete, was bereits verloren schien. »Ich habe euch doch gesagt, daß meine Frau *krank* gewesen ist, also laßt sie in Ruhe!«

Vielleicht war ich die einzige, die wußte, daß sein Ärger nur vorgetäuscht war.

»Ich wollte bestimmt nicht...«, begann Tante Sidonie, aber Etienne ging einfach an ihr vorbei aus dem Zimmer.

Die Gräfinwitwe drückte liebevoll meinen Arm, und

plötzlich hatte ich das fast unwiderstehliche Verlangen, mich an ihre Brust zu werfen und die ganze Wahrheit herauszuweinen. Natürlich beherrschte ich mich und folgte ihr stumm die Treppe hinauf.

Oben angekommen zögerte ich einen Augenblick und rief mir Etiennes Lektionen ins Gedächtnis zurück, bevor ich mich nach links wandte. Dann zählte ich sorgfältig die Türen ab und öffnete die Tür zum Kinderzimmer. Eine rundliche Frau in weißer Schürze kniete auf dem Teppich und trocknete einen kleinen braungelockten Jungen mit einem großen Tuch ab. Der Kleine strampelte sich aus dem Badetuch frei und lief auf uns zu, um die Knie seiner Ururgroßmutter zu umfassen. Es schnürte mir die Kehle zu, als ich das Kind so sah, denn es war Monique, wie sie als kleines Mädchen ausgesehen hatte, die mir aus dem Gesicht des Jungen entgegenblickte. Das gleiche herzförmige Gesicht, die großen braunen, von dunklen Wimpern eingerahmten Augen, der feine Mund und das zierliche Kinn – viel zu hübsch für einen Jungen.

Ungeschickt und verlegen kniete ich mich nieder und streckte die Arme aus. Ich verstand so wenig von Kindern. Das Kindermädchen brach in einen Schwall von Worten aus, schalt den Kleinen und stieß ihn zu mir hin, aber er wollte nicht recht.

Die Gräfinwitwe, die mein Unbehagen mißverstand, murmelte: »Meine Liebe, Kinder vergessen so schnell – komm, Tienne, komm zu Mama!«

Der Kleine blickte mit großen Augen zu mir auf. »Mama?« sagte er dann vorsichtig, brach plötzlich in Tränen aus und warf sich schluchzend in meine Arme. »Mama!«

Ich drückte den weichen kleinen Körper an mich und bedeckte das Gesichtchen mit Küssen.

Moniques Kind... Moniques? Ich weinte innerlich. Ich weinte um Monique, um ihr mutterloses Kind – und um mich selbst, allein und gegen jede Hoffnung hoffend, die Wahrheit zu erfahren.

Das Kind in meinen Armen, gelobte ich, die Wahrheit herauszufinden. Und zwar bald.

7

Als ich aus dem Kinderzimmer auf die Galerie trat, war Annette da, ein vertrautes Gesicht, und begleitete mich einen langen Korridor entlang zu Moniques – zu meinem – Zimmer. Es war ein geräumiges, helles Zimmer mit blauen Vorhängen. Im Kamin brannte ein freundliches Feuer. Annette hatte bereits begonnen, meinen großen Koffer auszupacken und meine Kleider in den Schrank zu hängen. Durch die offenen Schranktüren sah ich, dunklen Schatten gleich, Moniques Kleider. In meiner augenblicklichen überreizten Stimmung wirkten sie wie Gespenster Moniques auf mich. Das Bett war aufgeschlagen, und auf der Überdecke lag ein Spitzennegligé ausgebreitet. Durch eine offene Tür konnte ich in ein großes Ankleidezimmer blicken. Neugierig ging ich hinein und sah Etiennes Dinnerjackett über einem Stuhl neben einem schmalen Bett. Ich hatte mich bereits gefragt, wo sein Zimmer war – ich hätte wissen müssen, daß es ganz in meiner Nähe sein würde.

Ich setzte mich an den großen Marmor-Frisiertisch und löste die Nadeln in meinem Haar. Ich mußte mich zwingen, die silberne Haarbürste zu benutzen, die dort lag. Diese Dinge gehörten jetzt mir...

Es klopfte leise an der Tür, und dann trat das freundliche Kindermädchen des kleinen Etienne ein. Sie knickste und sagte: »Bitte, Madame, Monsieur Etienne weint und jammert und will nicht schlafen. Wenn Seine Hoheit…«

»Was gibt es hier?« erkundigte sich Etienne, der auf einmal hinter ihr an der Tür erschien. »Ich glaube, für heute können wir einmal eine Ausnahme machen, Monique, nicht wahr?«

Ich wollte nicht mit diesem finsteren Mann in das Kinderzimmer zurückgehen. Woher sollte ich wissen, daß Etienne das Kind wirklich liebte? Vielleicht war ich nur hier, um ihm zu helfen, an das Vermögen seines Sohnes heranzukommen. Er runzelte die Stirn, als ich keine Anstalten machte, mich zu erheben. »Nun komm schon, Monique, oder bist du so müde?«

Seine Stimme klang scharf.

Mit einiger Bitterkeit erinnerte ich mich, daß ich gar keine Wahl hatte. Ich war eine bezahlte Angestellte des Grafen und mußte mich seinen Wünschen beugen. Stumm stand ich auf und folgte Etienne ungeachtet meines offen den Rücken herabhängenden Haares den Korridor entlang zum Kinderzimmer. Lautes Gebrüll tönte uns entgegen, verstummte jedoch abrupt, als Etienne den Raum betrat.

»Papa!«

Das Kindermädchen war mit uns gekommen und sah nun beifällig zu, wie Etienne seinen Sohn auf seine Schultern hob. »Ich hatte wirklich Zweifel, daß der kleine Bursche einschlafen würde«, entschuldigte sie sich. »Das arme Kind – es ist kränklich gewesen, während Sie fort waren, Madame, aber vielleicht wird er sich jetzt wieder erholen.«

Der Vorwurf in ihrer Stimme war so verdeckt, daß weder Etienne noch ich darauf reagieren konnten, ohne das Gesicht zu verlieren.

»Bitte, Monsieur, tollen Sie nicht zu sehr mit ihm herum, sonst regt er sich noch mehr auf und schläft gar nicht«, sagte sie dann. »Madame, wenn Sie sich hierher setzen würden, so wie früher, dann kann der Kleine sein Gebet sprechen und ins Bett gehen.«

Ich setzte mich in den niedrigen Sessel, auf den sie deutete, und Etienne legte den kleinen Jungen in meine Arme. Das Kind schlang seine Ärmchen um meinen Hals und murmelte zufrieden: »Mama, Mama.«

»Dann sag dein Gebet für Mama, mein Sohn«, sagte Etienne liebevoll.

Schläfrig richtete sich der Kleine auf, kniete in meinem Schoß, faltete die Hände und lispelte, den Kopf an meiner Schulter, ein kurzes französisches Gebet.

Etienne stand schweigend dabei, und erst, als das Kindermädchen mir den Jungen abnahm und ins Nebenzimmer trug, fragte er zweifelnd: »Magst du Kinder?«

»Es würde schwerfallen, dieses Kind nicht zu lieben«, erwiderte ich mit Nachdruck.

Etienne bot mir seinen Arm und geleitete mich zu meinem Zimmer zurück. »Ich habe deinen lieben Verwandten gesagt, daß du nach der langen Reise müde bist. Annette wird dir das Essen ans Bett bringen. Denke daran, daß du krank warst und Ruhe brauchst.«

Innerlich zu Tode erschöpft, ließ ich mich willenlos von Annette ausziehen, als wäre ich tatsächlich kürzlich krank gewesen. Ich hörte Etienne nebenan hin- und hergehen und sprechen. Eine gedämpfte Männerstimme antwortete ihm – vermutlich sein Kammerdiener. Ich lag in dem hohen Bett, als Etienne, tadellos gekleidet in einen eleganten Dinner-Anzug, mein Schlafzimmer betrat und höflich meine Hand nahm.

»Ich freue mich nicht sonderlich auf die Gesellschaft deiner Verwandten, aber ich möchte lieber wissen, was sie so reden, sonst würde ich gerne mit dir hier oben essen.«

Ich nickte stumm. Mir fiel nichts ein. Unter Annettes Blick beugte er sich vor und küßte mich leicht auf die Stirn. »Ich schlage vor, du schläfst gleich nach dem Essen. Ich wünsche dir eine angenehme Nacht, Monique.«

Gleich darauf brachte mir Annette ein Tablett und bestand darauf, daß ich im Bett blieb und nicht zum Essen aufstand. Es blieb mir nichts anderes übrig, als schließlich nachzugeben. Es war beinahe komisch – auf der ganzen langen Reise von Paris hatte sie mich kräftig und gesund an Etiennes Seite gesehen, und doch war sie jetzt nur allzu bereit, mich zu verhätscheln, als wäre ich die schwindsüchtige Heldin irgendeines Kitschromans. Mit einem Zynismus, der mir sonst fremd war, dachte ich: Welch einen romantischen Hauch es ihrem Leben geben muß – eine gefallene Frau, noch dazu eine Gräfin, die von ihrem Gatten wieder in Gnaden aufgenommen wird. Nun, wenn es ihr Freude machte, mich zu verwöhnen, wollte ich ihr diese Freude nicht nehmen.

Ich hatte die gerade die ausgezeichnete Brühe, den zart gekochten Fisch und eine Hühnerbrust verzehrt und dachte insgeheim, daß ich für eine angeblich Kranke einen recht herzhaften Appetit zeigte, als es leise an der Tür klopfte und die Gräfinwitwe, ohne auf eine Antwort zu warten, das Zimmer betrat.

»Bist du sehr müde, meine Monique?« fragte sie besorgt. »Ich möchte dich nicht stören, wenn du dich ausruhen willst, *ma petite*, ich wollte nur noch einmal zu dir hereinschauen und dir einen Gutenachtkuß geben.« Sie kam an mein Bett, und Annette brachte unaufgefordert einen Sessel herbei. Die alte Dame setzte sich und blickte beifällig auf mein fast geleertes Tablett. »Das ist gut, das ist sehr gut, mein Kind, iß nur alles auf. Hat es dir geschmeckt?«

Ich dachte an eine von Etiennes Lektionen und erwiderte: »Kuchenbacken ist ja nicht Ernestines Stärke, aber ihre Suppe ist einfach unübertrefflich.«

Die Gräfinwitwe lächelte freundlich und streichelte meine Wange. »Ja, ich habe ihr gesagt, daß sie dir deine Lieblingssuppe kochen soll.«

Annette trug das Tablett fort, und die alte Dame nahm meine Hand in die ihre und hielt sie ganz fest. Sie sprach nicht, und ich spürte in meiner Kehle Tränen aufsteigen.

Zum erstenmal, seit ich Etiennes Plan zugestimmt hatte, empfand ich weder Furcht vor einem Mißerfolg noch Vertrauen auf das Gelingen, sondern ganz einfach Scham. Ich schämte mich schrecklich. Ich tat etwas ganz und gar Abscheuliches. Diese Frau liebte mich oder vielmehr Monique, und ich betrog sie und akzeptierte eine Liebe, die gar nicht mir galt und auf die ich kein Recht hatte. Am liebsten hätte ich ihr die Wahrheit gestanden.

Ich bin nicht Monique. Ich bin nicht Ihre Enkelin. Monique ist tot, und ich bin eine Lügnerin, eine Betrügerin, und ich habe nur eine Entschuldigung – ich habe Monique auch lieb gehabt.

»Madame...« begann ich zögernd und hielt sofort wieder inne. Sie war eine alte, gebrechliche Frau. Die Nachricht vom Tod, vom Selbstmord ihrer Urenkelin und Erbin, die sie geliebt hatte, würde ein solcher

Schock für sie sein, daß sie auf der Stelle tot umfallen konnte. Und dann wäre ich verantwortlich für ihren Tod. Meine Augen füllten sich mit Tränen, bis sie überflossen.

Ich glaube, es war nur natürlich. Nach der Hochstimmung meines gelungenen Einzuges und der widerspruchslosen Aufnahme in der Familie als Monique kam jetzt die unvermeidliche Reaktion. Alle anderen konnte ich täuschen, aber nicht diese Frau.

»Madame«, wiederholte ich stockend, »ich habe großes Unrecht getan...«

Die Gräfinwitwer drückte meine Hand. »Still, mein Kind, was immer gewesen ist, geht nur noch dich und Gott etwas an. Was mich betrifft, so bist du mein geliebtes Kind, wie du es immer gewesen bist.«

»Aber ich verdiene deine Liebe nicht – ich bin nicht die Monique, die du kennst. Sieh mich an.« Ich konnte nicht weitersprechen.

Sie richtete ihren Blick auf mich und sagte liebevoll: »Ich sehe nur, daß du müde und krank bist, *chérie*, und du darfst dich nicht selbst quälen.«

Mir wurde klar, daß es unmöglich war, ihr die Wahrheit auf schonende Weise beizubringen. Für sie war ich Monique, die sich jetzt wegen ihrer angeblichen Schande schwere Vorwürfe machte, und alles, was ich sagte, würde sie darauf beziehen oder nicht verstehen.

»Hier, mein Kind.« Die Gräfinwitwe reichte mir ein großes Taschentuch. »Trockne dir die Tränen, mein Kleines, und schlafe.«

Sie beugte sich vor und küßte mich sanft auf die Stirn, dann ging sie aufrecht aus dem Zimmer. Sofort kam Annette zu mir, um meine Kissen aufzuschütteln, und ich bat sie, das Licht zu löschen, weil ich gleich schlafen wollte.

Ich hatte befürchtet, die halbe Nacht wach zu liegen, weil mir so viele beunruhigende Gedanken durch den Kopf gingen, aber als nächstes war es bereits Morgen, und blasser Sonnenschein erhellte das Zimmer. Annette brachte mir Schokolade und knusprige Croissants zum Frühstück und teilte mir mit, daß der Graf ausgeritten wäre und Anweisung gegeben hätte, mich so lange schlafen zu lassen, wie ich wollte. Später ließ ich mir von Annette beim Ankleiden helfen und beschloß, mich ohne Etienne aus meinem Zimmer zu wagen.

Unten im Salon saß Onkel Louis in seinem Sessel am Kamin, genau wie am Vortag, und sekundenlang fragte ich mich, ob er die ganze Nacht über dort geblieben war. Er fragte mich, wie ich geschlafen hätte, und ich ging zu ihm und gab ihm den erwarteten Kuß auf die Stirn. Tante Sidonie saß vor einem Stickrahmen und stichelte nervös an etwas, das wie ein Kissenbezug aussah. Vor den beiden brauchte ich wenigstens keine Angst zu haben.

Kurz darauf allerdings erschien Onkel Gaston mit drei kleinen Hunden an der Leine, die sofort auf mich losstürzten. Ich vergaß im ersten Augenblick, daß ich ja Angst vor Hunden hatte, dann fiel es mir, etwas verspätet, ein, und ich raffte meine Röcke mit einem unfreundlichen Ausruf. Tante Isabelle, die Onkel Gaston auf den Fuß folgte, machte ein Gesicht, das Milch hätte sauer werden lassen können. »Du mußt deinem Onkel verzeihen, Monique«, sagte sie verdrossen. »Während deiner Abwesenheit hat er es sich angewöhnt, die Hunde hereinzubringen. Wir haben es ganz vergessen.«

»Nun, vielleicht habe ich ihm dann einen schlechten

Gefallen erwiesen, zurückzukommen«, entgegnete ich kühl. »O nein, Onkel Gaston, bemühe dich nicht, die Tiere hinauszubringen – ich werde gehen. Ich« – ich suchte rasch nach einem Vorwand – »ich muß nach meinem Sohn sehen.«

»Mütterliche Besorgnis ist ja etwas ganz Neues bei dir, meine liebe Monique«, bemerkte Tante Isabelle mit einem boshaften Lächeln, und Tante Sidonie blickte mit echter Verwunderung von ihrer Stickerei auf.

»Eine Tugend sollte gelobt werden, wann immer sie sich zeigt, Isabelle«, sagte sie freundlich.

»Ja, es kommt nur etwas unerwartet«, gab Isabelle zurück. »Aber du brauchst dich nicht hinaufzubemühen, Monique. Françoise bringt ihn sowieso gleich herunter, wie jeden Morgen.«

Ich war dankbar für die Ablenkung, als das Kindermädchen mit Klein-Etienne an der Hand ins Wohnzimmer kam. Der Kleine bedachte mich mit einem engelshaften Lächeln, lief sogleich zu den jungen Hunden hin und zog sie an den Ohren. Onkel Gaston sah mißmutig drein, sagte aber nichts. Er warf mir einen mißmutigen Blick zu. Monique hätte mit ihrer Abneigung vor Hunden das Kind zurückgerufen. Ich hatte jedoch nicht das Herz, dem Jungen das Spielen mit den niedlichen Hündchen, die offenbar an seine etwas rauhe Zärtlichkeit gewöhnt waren, zu verbieten. Meine Meinung von Onkel Gaston besserte sich in keiner Weise, aber von seinen Hunden war ich insgeheim selbst recht angetan.

Plötzlich wurde draußen Hufschlag laut, und das Kind wandte sich um und rannte mit fliegenden Locken zur Tür.

»Papa kommt! Papa kommt!«

Ich folgte dem Kleinen in etwas würdevollerem

Schritt. Die Hunde liefen ebenfalls hinaus. Als sich eines der Tierchen umdrehte, um an meinem Bein zu schüffeln, konnte ich mich nicht beherrschen, bückte mich und kraulte rasch ein wenig die Schlappohren. Als ich mich aufrichtete, sah ich an einer entfernten Tür der Halle Philippe stehen und mich beobachten. Ich muß wie ein Schulmädchen ausgesehen haben, das verbotenerweise genascht hat. Aber als er auf mich zukam, sagte er nur: »Es ist kalt draußen im Hof, Monique. Gib acht, daß weder du noch das Kind sich erkälten.«

Ich eilte der kleinen Gestalt Klein-Etiennes nach und wunderte mich mehr denn je. Etienne hatte mir eingeredet, daß das Leben des Kindes in Gefahr wäre, dennoch schien es umgeben von äußerster Fürsorge und Zärtlichkeit, selbst von Seiten des zynischen Philippe, sogar von der sauertöpfischen Isabelle.

Ich ergriff einen Umhang von den dreien oder mehr, die neben der Tür hingen, warf ihn über meine Schultern, rannte hinaus und fing den Jungen gerade noch ein, bevor er sich fast – und ohne jegliche Furcht – unter die Hufe einer großen Rotschimmelstute warf. Etienne, groß, schlank und windzerzaust, in einer Leder-Reitjacke und alten Breeches, winkte seinem Sohn zu, und der Kleine sah mich an und fragte etwas, das ich nicht verstand.

»Was hast du gesagt, mein Kleiner?«

»Nun, Monique« warf Etienne in scharfem Ton ein, »darf er mit Papa reiten oder nicht?« Er warf mir einen düsteren, warnenden Blick zu, und ich wußte, ohne mich umzuschauen, daß die anderen mir aus dem Salon gefolgt waren. Verwirrt sagte ich das Erstbeste, das mir in den Sinn kam: »Du bist sein Vater – entscheide du.«

Seine Stirnader schwoll an, und seine Augen blitzten

gefährlich. »Diese Unterwürfigkeit ist ja etwas ganz Neues bei dir, Monique.«

Jetzt weiß ich, daß er mich nur warnen wollte, meine Rolle besser zu spielen, aber in dem Augenblick schien mir, daß er halbwegs vergessen hatte, daß ich nicht Monique war. Kühl erwiderte ich: »Es ist kalt heute, und er ist noch so klein.«

Philippe lachte leise hinter mir. »Du hast es ihm früher doch schon erlaubt, Monique, laß ihn gehen.«

Etienne beugte sich vor. »Gib mir deinen Umhang, ich werde ihn darin einhüllen... Ruhig, Demoiselle«, begütigte er die nervöse Stute und hob den Jungen in den Sattel. Klein-Etienne quiekte vor Begeisterung. »Jetzt sitz ganz still«, mahnte sein Vater. Zu uns gewandt setzte er hinzu: »Ich reite nur zum oberen Feld, um nachzusehen, ob die Männer meine Anweisungen zum Schutz der Weinstöcke vor dem Frost ausgeführt haben.«

»Diese Landwirtschaftsmanie«, bemerkte Philippe lässig. »Man könnte meinen, der Wein wäre ein vergrabener Schatz.«

Etienne starrte ihn verächtlich an. »Damit ich meine Zeit mit – Schatzsuche verbringen kann, Philippe?«

Es entstand ein kurzes Schweigen, dann berührte Etienne mit dem Absatz die Flanke der Stute, winkte mir zu und ritt davon.

Philippe wandte sich zu mir und machte ein besorgtes Gesicht. »Der Junge ist wirklich noch sehr klein. Vielleicht sollte ich ihnen nachreiten, nur für den Fall eines Falles?«

Er beugte sich vor und kam mir so nahe, daß die anderen nicht hören konnten, was er sagte. Ich sah ihn verständnislos an.

»Du hast doch selbst gesagt, daß ich ihn gehen lassen sollte, Philippe.«

Er zuckte die Schultern. »Was hätte ich sonst sagen können? Meine Ansichten diesbezüglich haben sich nicht geändert. Aber vielleicht – hast du das vergessen. Nun, es ist nicht so wichtig. Ah, mein Pferd ist bereits gesattelt, wie du siehst. Willst du nicht mitkommen?«

Rasch erwiderte ich: »Nein, nicht heute.«

»Dann müssen wir ein andermal zusammen ausreiten.« Er winkte dem Knecht, sein Pferd zu halten, schwang sich in den Sattel und ritt Etienne nach.

»Monique, du hast ja Gänsehaut an den Armen. Du wirst dich erkälten und wieder krank werden«, schalt Tante Sidonie liebevoll, und ich ging gehorsam ins Haus zurück. Ein unbehagliches Gefühl ließ mich jedoch nicht los.

Was hatte Philippe gemeint?

Tante Sidonie versuchte mich in ein Gespräch über ihre Stickerei zu ziehen, aber ich war zu zerstreut – so als ob ich mit halbem Ohr auf etwas anderes horchen müßte.

Es wurde mir plötzlich bewußt, daß alle fast unglaublich natürlich wirkten. Fast *zu* natürlich. Onkel Gaston, das stimmte wohl, starrte mich immer noch eindringlich an, wenn er dachte, daß ich es nicht sah, aber davon abgesehen hatte ich den Eindruck, daß allgemein beschlossen worden war, so zu tun, als entspräche die von Etienne dargebotene Geschichte der Wahrheit. Ich war unvorhergesehen abgereist, meinem Mann entgegengefahren, und war unterwegs krank geworden. Es war beinahe lächerlich. Ich versuchte mir vorzustellen, wie sich meine eigene Familie

– oder Moniques Mutter, meine Tante Laura – in einem solchen Fall verhalten hätte, aber das gelang mir nicht.

Vielleicht war der Grund, daß Monique das Château Des Cars gehörte. Ihr Vater war der älteste der Brüder gewesen, und Monique, als seine Erbin, hätte all ihre Onkel und Tanten aus dem Haus weisen können, wenn sie wollte. Eigentlich merkwürdig der Gedanke, daß Etienne gar nicht wußte, daß all diese Menschen tatsächlich meine Verwandten waren, wenn auch nur entfernt verwandt durch die Heirat von Moniques Mutter, meiner Tante. Moniques Vater war mein Onkel gewesen, und deshalb – deshalb waren die Onkel Gaston, Louis und Philippe Verwandte von mir. Wenn Monique jedoch kinderlos gestorben wäre, hätte Etienne hier nichts mehr zu suchen gehabt; ich nahm an, daß dann Onkel Gaston der Erbe gewesen wäre. Unter diesen Umständen hätte man es ihm nicht übelnehmen können, wenn er den kleinen Etienne abgelehnt hätte. Er schien jedoch durchaus Interesse an dem Kind zu haben.

Ich überlegte gerade, unter welchem Vorwand ich mich auf mein Zimmer zurückziehen könnte, als auf einmal Tumult in der Halle entstand. Ich hörte Françoise aufschreien, und dann stürmte Philippe in den Salon. In den Armen trug er ein in einen Umhang gehülltes Bündel, und ich meinte, das Herz bliebe mir stehen, noch bevor er mir wütend zurief: »Hier ist dein Sohn, Monique! Dein lieber Mann hat ihn umgebracht!«

8

Manchmal erlebe ich jenen Augenblick in Alpträumen wieder: Philippe anklagend und mit funkelndem Blick vor mir, Françoises Schrei im Hintergrund. Ich trat rasch hinzu und entriß das Kind Philippes Armen. Der kleine Körper war schlaff, aber warm, und als ich hastig den Umhang entfernte und in das blutverschmierte kleine Gesichtchen blickte, hörte ich seine leisen, etwas mühsamen Atemzüge. Familienmitglieder und Dienstboten drängten sich um mich.

Nachdem der erste Schreck überwunden war, fuhr ich sie, das Kind noch immer an meine Brust gedrückt, unsanft an: »Steht nicht herum wie aufgeregte Hühner! Er ist nicht tot. Es ist zwar schlimm, aber so schlimm nun auch wieder nicht. Françoise, hole heißes Wasser, Handtücher und Leinwand. Isabelle, wir brauchen Decken – und nimm das Zeug von der Couch herunter, damit ich ihn hinlegen kann. Und schickt jemanden nach dem Doktor.«

Ich hielt inne. An der Tür stand mit schneeweißem Gesicht die zerbrechliche Gestalt der Gräfinwitwe.

»*Grandmère!*« Ich lief zu ihr und zeigte ihr das Kind. »Hab keine Angst, *Grandmère*, sieh doch, er lebt! Er ist nur verletzt!«

Die Tanten kamen herbei, stützten die alte Dame und führten sie zu einem Sessel, während ich den kleinen Etienne auf die Couch bettete. Françoise half mir sein Hemdchen aufknöpfen, und dann befühlte ich vorsichtig die kleinen Rippen und bewegte behutsam seine Hände und Füße. Danach tauchte ich ein Tuch in das warme Wasser und wusch ihm das Blut aus dem Gesicht. Dabei öffnete er die Augen und begann leise zu wimmern.

»Papa – Papa...«

»Mama ist hier, Liebling. Wo tut es dir weh?«

»Tut weh«, jammerte er und legte seine Hand an den Kopf. Er hatte eine große dunkle Schramme an der Schläfe und eine weitere auf der Wange. Das Blut stammte von einer Platzwunde in der Lippe. Am Körper und an den Beinen hatte er auch ein paar rote Schrammen, aber auf mein Geheiß bewegte er Hände und Füße, ohne daß ihm etwas wehtat, setzte sich schließlich auf und verlangte Milch. Françoise brachte ihm eine Tasse Milch, und als seine Platzwunde ausgewaschen und seine Schrammen mit Pflastern versehen waren, genoß er die Aufmerksamkeit, die ihm allerseits zuteil wurde.

Als ich in die Runde bleicher Gesichter blickte, zweifelte ich in meinem Herzen wieder an Etienne. Wie konnte er behaupten, daß sie dem Kind ein Leid antun wollten, wenn sie angesichts einer Verletzung des Jungen vor Schreck erstarrten und jetzt geradezu andächtig zusahen, wie der Kleine seine Milch trank? Ich hätte das Kind nicht mit Etienne reiten lassen dürfen. Was hatte Philippe gesagt? *Sollte ich ihnen nicht besser nachreiten, nur für den Fall eines Falles?*

In einem plötzlichen Wutanfall fuhr ich auf Philippe los. »Was fällt dir ein, du Lügner – du Grobian – du heimtückischer Kerl, mich derart zu erschrecken! Wolltest du mich mit dem Schock umbringen?« Ich machte eine vage Handbewegung zur Gräfinwitwe hin. »Wolltest du Großmutter um den Verstand oder um das Leben bringen?«

Langsam kam ich wieder zu mir und nahm die einzelnen Gesichter wieder wahr. Philippe sah ziemlich erschüttert aus und starrte mich bestürzt an. Dunkel erinnerte ich mich daran, daß Etienne gesagt hatte, ich besäße das gleiche aufbrausende Temperament wie Monique. Aus Onkel Gastons Gesicht war jegliche Farbe gewichen. Seine Augen waren weit aufgerissen, und er glich so sehr einer Leiche, daß er mir fast leid tat. »Onkel, du siehst elend aus. Trink ein Glas Wein«, sagte ich, trat an das Büfett und schenkte ihm Wein ein. Er nahm das Glas, aber seine Hand zitterte so heftig, daß er Wein auf den Boden verschüttete. Er schluckte mühsam.

Die Gräfinwitwe hatte sich inzwischen ein wenig erholt und winkte Tante Isabelles Riechfläschen beiseite. »Das Kind – Monique, wie geht es ihm? Sollten wir nicht den Arzt kommen lassen?«

»Ich habe bereits Pierre nach dem Doktor geschickt«, erklärte Philippe und strich dem Kleinen über die dunklen Locken. »Welch ein Glück, daß es nicht nötig war, den Priester zu holen. Er sieht jetzt wieder ganz wohl aus, aber ich finde, Doktor Joubert sollte ihn in jedem Fall untersuchen. Und du bist wirklich undankbar, Monique. Ich habe mir immerhin meinen besten Anzug verdorben und den Fuß verstaucht, um ihn dir so zurückzubringen.«

Er sank in einen Sessel, zog seinen Stiefel aus und lächelte spöttisch angesichts Tante Isabelles hochgezogener Brauen. Sein Fußgelenk war tatsächlich stark geschwollen und bot einen häßlichen Anblick, als er den Strumpf auch noch hochzog. Seine Hände waren schmutz- und blutverkrustet.

Plötzlich hielt ich den Atem an vor Schreck: »Etienne! Ist Etienne etwas passiert? Wie ist das überhaupt geschehen?«

»Viel ist geschehen«, erklärte Philippe nicht sehr aufschlußreich, »aber möchtest du dich gar nicht bei mir dafür bedanken, daß ich deinen Sohn lebend zurückgebracht habe?«

Ich schluckte meinen Ärger hinunter und sagte leise: »Doch, ich danke dir, Philippe. Françoise, haben wir noch etwas heißes Wasser und Bandagen für Monsieur Philippes Fuß?« Und mit einem Blick auf den kleinen Etienne, der neben Onkel Louis' Sessel auf dem Boden saß und an einem Keks knabberte, fügte ich hinzu: »Und vielleicht sollte das Kind jetzt besser in sein Zimmer zurück und ins Bett gesteckt werden.«

Der kleine Etienne protestierte heftig, aber Françoise nahm ihn energisch auf die Arme und trug ihn zur Tür. Noch bevor sie soweit kam, wurde jedoch die Tür aufgerissen und Etienne stürmte herein. Ein kalter Windzug bewegte die Vorhänge. »Monique! Philippe! Verdammt noch mal, wo ist... Tienne, oh!«

Er trat hastig zurück und blickte auf seinen Sohn in Françoises Armen. Er nahm ihr das Kind ab und fuhr vorsichtig mit der Hand über den kleinen Körper, berührte sachte die verschiedenen Verbände.

Etienne sah entsetzlich aus. Seine Kleider waren zerrissen und schlammbespritzt. Auch sein Gesich wies Schmutzstreifen auf, und aus seiner Nase tropfte immer noch etwas Blut. Seine Hände zitterten, und der kleine Etienne begann zu weinen. Seinem Vater liefen ebenfalls Tränen über das Gesicht. »Gott sei Dank! Gott sei Dank!«

Ich lief zu ihm hin. »Was ist geschehen, Etienne? Bist du verletzt? Ich hätte ihn nicht mit dir reiten lassen sollen. Es hätte ihn das Leben kosten können. Ich dachte, er wäre tot. Philippe hat gesagt...«

»Philippe hat gesagt...«, wiederholte Etienne höhnisch, überließ das Kind wieder Françoise und schickte das Kindermädchen hinaus. Dann stellte er sich vor Philippe hin. »Ja, du hast ja auch gut reden, du – du ...« Ihm fehlten sichtlich die Worte. »Du warst es schließlich, der uns beinahe umgebracht hätte. Du tauchst da plötzlich hinter uns auf, brüllst mir ins Ohr und erschreckst Demoiselle, bis sie uns abwirft!«

»Das ist deine Darstellung«, entgegnete Philippe gelassen. »Du weißt sehr gut, daß ich dich aus etwa dreißig Meter Entfernung angerufen habe. Kein Zweifel, daß du lieber mir die Schuld geben möchtest, daß dein Sohn sich halbtot gestürzt hat, weil du diese Teufelsstute nicht in der Gewalt hattest!«

»Halbtot gestürzt!« wiederholte Etienne voller Wut. »Monique, ich schwöre, es war nicht meine Schuld! Philippe hat das Pferd erschreckt!«

»Du lügst«, sagte Philippe ungerührt.

»Du würdest die Wahrheit nicht einmal erkennen, wenn sie dir mitten ins Gesicht starrt«, gab Etienne ergrimmt zurück. »Gott weiß, wer von uns lügt, und wer gern meinen Sohn ermorden ...«

»Etienne! Philippe! Hört auf, alle beide!« Ich trat zwischen die Männer und ergriff Etiennes Hand. »Erzähle mir, was vorgefallen ist. Erzähle es mir.«

»Philippe – oder der Teufel – hat mein Pferd erschreckt.« Etienne verzog bitter seinen Mund. »Tienne glitt herunter, und Demoiselle bäumte sich auf. Ich hatte Angst, sie würde den Jungen zertrampeln, und so warf ich mich vom Pferd und bedeckte ihn mit meinem Körper ...« Seine Stimme zitterte, und seine Brust hob und senkte sich heftig. »Dann streifte mich Demoiselle – oder Philippes Pferd – mit einem Huf am Kopf, und ich glaube, ich habe das Bewußtsein verloren. Als ich zu mir kam, war Philippe fort, und das Kind war fort, und ich mußte Demoiselle einfangen, um zurückzukommen.«

Die schwarzen Brauen zusammengezogen, blickte er Philippe finster an. »Er hat mich einfach da im Dreck liegen lassen, um von dem Pferd zu Tode gestampft zu werden.«

»Stimmt das?« fragte die Gräfinwitwe entsetzt, und Philippe ging zu ihr, kniete neben ihr nieder, nahm ihre Hand und küßte sie. »Beruhige dich, Großmutter«, murmelte er. »Und du, Etienne, benimm dich, wie es sich in einem anständigen Haus gehört und nicht wie in dem Gascogner Schweinestall, aus dem du stammst. Glaubst du, daß es mich auch nur im geringsten kümmert, ob dich ein Pferd zu Tode trampelt, das du nicht reiten kannst, du Mitgiftjäger, der hier vom Geld seiner Frau lebt? Wer will dich hier denn haben? Ich wollte nur Moniques Kind retten – und Monique Kummer ersparen.«

Er legte seinen Arm um meine Schultern. Verglichen mit dem wütenden Etienne wirkte er freundlich und gelassen, und am liebsten hätte ich mich an ihn gelehnt und mich bei ihm ausgeweint. Aber diese schrecklichen Beleidigungen, die er Etienne entgegenschleuderte, konnte ich nicht länger dulden. Pflichtbewußt entzog ich mich ihm und sagte streng: »Du sollst mit meinem Mann nicht so sprechen...«

»Ich habe nur die Wahrheit gesagt«, entgegnete Philippe. »Ich weiß es, Etienne weiß es. Wir alle wissen es, und du weißt es auch, Monique. Oder weshalb bist du sonst...«

Etienne schlug ihn mit der geballten Faust mitten ins Gesicht. Philippe, aus dem Gleichgewicht gebracht, stolperte rückwärts. Dann schlug er zurück und traf mit der Faust Etiennes Kinn. Etienne taumelte, und Tante Sidonie schrie auf. Onkel Gaston warf sich auf Philippe und hielt ihn zurück, während ich meine Arme um Etienne schlang – in der dumpfen Hoffnung, ihn dadurch wieder zur Vernunft zu bringen.

Und dann bemerkte ich, daß die Gräfinwitwe in ihrem Sessel zusammengesunken war. »Seht doch nur, ihr beiden, was ihr getan habt!« rief ich entsetzt. »Wollt ihr Großmutter umbringen?« Ich ließ Etienne los und lief zu der alten Dame hin. Ich hob ihren Kopf und rieb ihre welken Hände. »*Grandmère,* es ist ja schon gut!« Sie lehnte sich an mich und lächelte zaghaft. Als Philippe zu uns kam, wehrte ich ab. »Geh weg, Philippe, du solltest dich schämen!«

Ich ließ weder Philippe noch Etienne zu Wort kommen, half der alten Dame auf, reichte ihr meinen Arm und führte sie aus dem Zimmer. Oben übergab ich sie ihrer Zofe. Ich kehrte jedoch nicht in das große Wohnzimmer zurück – ich war nur zu dankbar gewesen, den anderen zu entkommen —, sondern flüchtete mich in mein Zimmer.

Wer hatte mir die Wahrheit gesagt – Etienne oder Philippe?

Konnte ich Etienne vertrauen? In einem Punkt hatte er mich nachweislich angelogen: daß alle hier den Tod von Moniques Kind wünschten. Konnte ich danach überhaupt noch etwas von dem glauben, was er mir erzählt hatte? Aber wenn ich Etienne nicht trauen konnte, dann war ich allein – allein an einem fremden Ort unter Fremden, die sich untereinander mit alten Konflikten herumschlugen, von denen ich nichts wußte.

Wenn Etienne aber gelogen hatte, weshalb hatte er mich dann hergebracht? Welches Spiel spielte er?

Nein, Philippe mußte verrückt sein! Würde Etienne seinem eigenen Sohn ein Leid zufügen? Und was konnte er dadurch gewinnen? Es stand mit Gewißheit fest, daß

Etienne nach dem Tod seines Kindes nur einen sehr geringen Bruchteil des Vermögens erben würde, das er sonst – nach Moniques Tod – insgesamt für seinen Sohn verwalten könnte. Es ergab einfach keinen Sinn.

Aber dann ergab überhaupt nichts einen Sinn, wenn ich es recht bedachte. Mit einer lebendigen Monique war Etienne immer noch der gehaßte Mitgiftjäger, der arme Mann, der eine Erbin geheiratet hatte und vom Geld seiner Frau lebte. Mit einer toten Monique bekam er das Vermögen seines Sohnes in die Hand.

War Monique überhaupt tot? Oder lebte sie irgendwo, in aller Stille, mit einem anderen Mann zusammen? Etienne war stolz. Wenn er hierher zurückkam, um für seinen verlassenen Sohn zu sorgen und eines Tages auch Monique zurückkehren sollte – was dann? Wie konnte er dann eine falsche Monique hierherbringen? Und warum?

Damit sie vor den Augen der Familie sterben konnte? Damit alle wußten, daß sie tatsächlich tot war?

Das Kind war fast getötet worden, und zwar durch einen Unfall, der sich nur allzu leicht arrangieren ließ. Ich wußte nicht, ob Philippe das Pferd wirklich erschreckt hatte, wie Etienne behauptete, oder ob er log. Ich wußte überhaupt nicht mehr, was und wem ich glauben sollte. Würde der nächste Unfall – meiner sein?

Nach langer Zeit hörte ich Etienne hereinkommen, aber weder rührte ich mich, noch gab ich einen Laut von mir; ich hörte, wie Annette ihm mitteilte, ich hätte Kopfschmerzen gehabt und wäre schließlich eingeschlafen. Etienne trat zu meinem Bett und flüsterte: »Monique? Bist du wach?« Ich gab jedoch keinen Laut von mir. Ich brauchte Zeit zum Nachdenken – Zeit, um ihm wieder Vertrauen schenken zu können. Sonst mochte es passieren, daß meine Rolle, die zu spielen ich hier übernommen hatte, mit einem pompösen Begräbnis im Familiengrab ihren Abschluß fand.

Aber daran dachte ich zu diesem Zeitpunkt weniger als danach. Etienne hatte mich bezaubert, und ich war seinem Charme wie ein naives Schulmädchen erlegen. Die jungen Leute glauben sowieso nie an den Tod, bis er ihnen ins Gesicht starrt und sie seinen eisigen Hauch im Nacken spüren.

Ich fühlte, daß Etienne eine ganze Weile über mich gebeugt stand – ob er wohl wußte, daß ich gar nicht schlief? Endlich wandte er sich mit einem tiefen Seufzer ab, und ich war allein. Aus dem Nachbarzimmer vernahm ich Stimmen und Wassergeplätscher; vermutlich versorgte sein Diener seine Schrammen und Schnitte.

Ich muß dann wohl eingeschlafen sein, denn als ich die Augen aufschlug, beugte sich Annette über mich. »Madame, Sie müssen sich zum Essen umziehen, wenn Sie nicht zu spät kommen wollen.«

Zerschlagen erhob ich mich, wusch mir den Schlaf aus den Augen und ließ mich von Annette ankleiden. Heute mußte ich der Familie beim Dinner gegenübertreten, da gab es kein Entrinnen. Aus Höflichkeit erkundigte ich mich nach meinem Mann, und Annette teilte mir mit, daß Monsieur sich zurückgezogen hätte.

Ich war eben angezogen, als Françoise an die Tür klopfte und fragte, ob ich kommen würde, um dem kleinen Etienne gute Nacht zu sagen, und erst jetzt fiel mir ein, daß man ja nach einem Arzt geschickt hatte.

»Wie geht es ihm?«

»Der Doktor sagt, daß er sich nichts Ernstliches getan hat, Madame, aber er meint auch, es wäre ein

Wunder, daß die Rippen nicht gebrochen sind. Die Heilige Jungfrau hat Ihren Sohn beschützt, Madame.«

Etienne rief aus dem Nebenzimmer: »Monique, kannst du einen Augenblick herkommen, bevor du gehst?«

Ich ging zu ihm hinüber. Er lag im Morgenmantel auf dem Bett. Sein Kopf war verbunden und sein Gesicht verschwollen. Um die Augen herum zeigten sich dunkle Flecken. Ich unterdrückte bei seinem Anblick einen Aufschrei und bemerkte nur spitz: »Hast du das Philippe zu verdanken? Du verdienst es – prügelt euch herum wie zwei Schuljungen!«

»Wie Schuljungen bestimmt nicht«, entgegnete Etienne und versuchte zu lächeln, was kläglich mißlang. »Nein, das war Demoiselles Werk. Bist du schon einmal von einem Pferd getreten worden? Nein, natürlich nicht, ich sehe es dir an. Gib dem Kind einen Kuß von mir, Monique, und sag ihm, daß Papa heute nicht zu ihm kommen kann.«

Als ich ihn so sah, wurde ich etwas milder gestimmt. Es mochte schließlich doch wahr sein, daß er versucht hatte, das Kind mit seinem eigenen Körper zu decken und auf diese Weise so scheußlich zugerichtet worden war. »Ich werde es ihm sagen«, versprach ich. »Wirst du heute nicht zum Essen hinunterkommen?«

»Mit diesem Gesicht? Kaum. Außerdem fürchte ich, daß einer meiner Zähne gelockert ist, also werde ich sowieso nur eine Suppe zu mir nehmen und meine Wunden pflegen.« Er verzog den Mund zu einem kleinen Lächeln und fügte hinzu: »Es sei denn, mein liebendes Weib möchte mein selbstgewähltes Exil mit mir teilen?«

Es klang so verlassen, daß ich beinahe nachgegeben hätte, aber ich zwang mich, hart zu bleiben.

»Du bist nicht brav gewesen und verdienst keine Gesellschaft«, erwiderte ich leichthin und ging, um dem kleinen Etienne gute Nacht zu sagen.

Erst danach, auf dem Weg ins Speisezimmer, fiel mir ein, daß ich der Familie nun allein gegenübertreten mußte – ohne Etienne, der mir über gefährliche Klippen hätte hinweghelfen können.

9

Ich glaube, jeder, der einmal Gesang studiert hat, um aufzutreten, hat einen gewissen Hang zum Dramatischen. Trotz der Gefahren des Tages war ich irgendwie angenehm aufgeregt, als ich die große Marmortreppe hinunterging. Mein blauseidenes, tiefausgeschnittenes Abendkleid floß über die Stufen. Über einen Arm hatte ich einen Spitzenschal geworfen. Ich kam mir vor wie irgendeine Opernheldin, die leichtfüßig in ein Drama – oder in ihr Verderben schreitet.

Aber wer sollte mir eigentlich etwas anhaben? Soweit ich bisher gesehen hatte, war Monique von allen geliebt und aufrichtig wieder in ihrer Mitte aufgenommen worden – ausgenommen vielleicht Onkel Gaston. Er war es, der den Besitz geerbt hätte, wäre Monique kinderlos gestorben, das erklärte vielleicht, weshalb er mich immer so merkwürdig ansah – so als hätte er mich bereits tot und begraben gesehen und als wäre ich plötzlich wieder auferstanden, um ihn als Gespenst zu erschrecken. Er sah wirklich häufig aus wie jemand, der an seinem eigenen Verstand zweifelt. Bei diesem Gedanken lief mir nun doch ein kalter Schauer den Rücken hinunter. Hatte er vielleicht von Moniques Selbstmord gehört? Wußte er, daß ich eine Betrügerin war? Oder glaubte er tatsächlich, ich sei Monique?

Im Speisezimmer waren bereits alle versammelt. Sie drehten sich um, als ich eintrat: Onkel Gaston mit jenem merkwürdigen, verschreckten Seitenblick, die Gräfinwitwe mit einem liebevollen Lächeln; die anderen lagen in ihrem Ausdruck irgendwo dazwischen.

Onkel Louis, der nun für das Diner angezogen war und sein Gewicht auf einen dicken, eisenbeschlagenen Stock stützte, fragte: »Wo ist Etienne? Verdammt noch mal, müssen wir die halbe Nacht auf das Essen warten?«

»Bin ich spät dran, Onkel? Das tut mir aber leid. Etienne wollte nicht zum Dinner kommen, weil er sich noch schlecht fühlt; er ist zu Bett gegangen.«

Philippe zeigte ein spöttisches Jungenlächeln. »Und deshalb muß ich dich um Verzeihung bitten, Monique, wenn ich schuld bin, daß dein –«

»Das bist du nicht«, sagte ich kühl. »Ich fürchte, die Schuld an Etiennes Blessuren muß Demoiselle auf sich nehmen.«

»Oder das Verdienst«, erwiderte Philippe mit höflichem Grinsen. »Komm schon, Monique, die Köchin verzweifelt sonst.« Er wollte mir den Arm reichen, aber ich sagte mit Würde: »Ich bin noch jung und gesund. Biete der Großmutter deinen Arm.« Das tat er dann auch und geleitete sie mit Sorgfalt zu ihrem Stuhl; für mich hatte er keinen Blick mehr übrig, so daß der Diener meinen Stuhl zurechtrücken mußte.

»Wie geht es dem Kind?« erkundigte sich die Gräfinwitwe, und ich erwiderte, daß es dem Kleinen ausgezeichnet zu gehen schien, als er zu Bett gebracht wurde. Philippe und Onkel Gaston unterhielten sich über die

Weinernte. Tante Sidonie versuchte mich in ein Gespräch über Reisen zu dieser Jahreszeit zu ziehen, und die übrigen widmeten sich schweigend der Suppe, den Fischfilets und dem Braten. Wir waren beim Salat, als Etiennes Name wieder fiel.

»Nach seinem Sturz von Demoiselle ist er natürlich nicht mehr zu den Weinfeldern gekommen«, sagte Onkel Gaston. »Ich bin hingeritten, und der Wein sieht aus wie immer. Falls er irgendwelche Anweisungen gegeben hat, so sind sie offenbar ignoriert worden.«

»Was hat er hier auch Anweisungen zu geben?« wollte Tante Isabelle wissen, aber sie bedachte mich dabei mit einem raschen Seitenblick, als ob sie hoffte, ich wäre noch in meine Unterhaltung mit Tante Sidonie vertieft. Onkel Louis, der wie ein großes Kaninchen Salat mampfte, schluckte eine gewaltige Portion hinunter, wischte sich die Lippen mit der bestickten Serviette und sagte: »Und warum, zum Teufel, sollte er keine geben? Du wirst dich wohl erinnern, daß der Wein von den Nordfeldern um die Hälfte mehr einbringt, seit Etienne sich darum kümmert. Der Junge ist kein Dummkopf.«

Philippe kräuselte verächtlich die Lippen. »Wir könnten ja auch einen gelernten Weinbauern engagieren, der alles beaufsichtigt.«

»Selbstgetan ist wohlgetan«, gab Onkel Louis zurück, »und was *dich* betrifft, Philippe, so kümmerst du dich so wenig um den Wein, daß die Trauben geradesogut am Stock verfaulen könnten.«

»Ich bin nicht als Sohn eines Bauern geboren, und ich beabsichtige auch nicht, mich als solcher zu benehmen.«

Zu Etiennes Verteidigung herausgefordert, erklärte ich hitzig: »Besser ein fleißiger Bauernsohn als ein Müßiggänger.«

Philippe lächelte. »Deine amerikanische Erziehung hat dein Gefühl für das, was *comme il faut* ist, verdorben, Monique.«

»Ich finde es ganz richtig, daß Monique ihren Mann verteidigt«, bemerkte Tante Sidonie.

»Er braucht keine Verteidigung«, gab ich zurück und ging dann rasch zum Angriff über. »Und was hast du getan, das eines Edelmannes Sohn würdig war?«

Er zuckte gleichmütig die Schultern. »Oh, ich bin zum Meer und zum alten Turm hinuntergeritten. Ich dachte, ich könnte vielleicht ein paar Vögel schießen, aber ich sah nichts als einige Krähen, die an den Knochen irgendeines armen Geschöpfes herumpickten.«

Er blickte mich dabei voll an und lächelte. Und ich hatte plötzlich das Gefühl, daß ich mich irgendwie verraten hatte. Philippe wußte, daß zwischen ihm und Monique etwas gewesen war, das sie unmöglich vergessen haben konnte, daß er mir ein Stichwort gegeben, auf das ich nicht reagiert hatte. Aber sein Lächeln wirkte dennoch freundlich, eher eine sanfte Warnung als eine Drohung.

»Du solltest vorsichtig sein, wenn du im Sunpf reitest«, meinte Onkel Louis, »sonst denkt Monique noch, daß du nach dem Familienschatz suchst, wie?«

»Wenn Philippe einen vergrabenen Schatz findet, kann er ihn gern behalten«, sagte ich leichthin, bevor mir einfiel, daß nun schon zum zweitenmal ein vergrabener Schatz erwähnt wurde und ich vorsichtig sein mußte. Schnell setzte ich hinzu: »Aber erst mal muß er ihn natürlich finden.«

»Das ist ein ziemlich risikoloses Angebot, fürchte ich«, bemerkte Philippe und wechselte das Thema.

Mir war auf einmal ganz heiß vor Angst, einen entscheidenden Fehler gemacht zu haben. Ich rührte kaum mein Dessert an und entschuldigte mich vor dem Kaffee, der im Salon eingenommen wurde. »Ich glaube, ich sollte nachsehen, ob Etienne etwas braucht.«

»Aber gewiß, mein Kind«, sagte die Gräfinwitwe freundlich. »Sollen wir dir Kaffee aufheben?«

»Nein, danke, ich werde dann gleich zu Bett gehen.« Ich empfing ihren leichten Kuß auf die Wange, wünschte den anderen eine gute Nacht und eilte nach oben. Ich wußte, ich würde mich erst wieder sicher fühlen, wenn ich in meinem Zimmer war.

»Bist du es, Monique?« rief Etienne, als ich die Tür öffnete.

»Ja, ich wollte sehen, ob du irgend etwas brauchst.«

»Du bist sehr freundlich«, sagte er höflich.

»Aber nein – oh, Etienne, wie geschwollen dein Gesicht ist!« Ich war aufrichtig erschrocken. »Kann ich irgend etwas für dich tun?«

»Nein, danke, ich habe alles, was ich für die Nacht brauche.« Es klang kühl und abweisend, und am liebsten hätte ich auf dem Absatz kehrtgemacht. Aber dann fiel mir ein, daß ich ihn unbedingt nach dem Schatz fragen mußte, und so blieb ich.

»Etienne, ich muß dich etwas Wichtiges fragen.«

Sein Blick wurde sofort wachsam. »Sieh nach, ob das Mädchen hier irgendwo in den Räumen steckt.«

Nach gründlicher Inspektion kehrte ich zurück. »Nein, sie ist nicht da. Wahrscheinlich ist sie unten beim Essen in den Dienstbotenräumen.«

»Und ich habe meinem Diener auch zum Essen geschickt, also sind wir sicher. Was gibt es, Laura?« Er stützte sich auf einen Ellenbogen auf, und mein eigener Name klang mir auf einmal so fremd, daß ich nicht sogleich antwortete. Etienne setzte verdrossen hinzu: »Ich habe immerhin versucht, dir einen Vorwand zu geben, damit du nicht allein zum Essen gehen mußtest.«

»Ja, das ist mir klar, und das war auch sehr lieb von dir, aber ich hoffe, es ist alles gut gegangen. Etienne, was hat es mit diesem vergrabenen Schatz auf sich?«

Er sah mich scharf an. »Was hast du gehört?«

Ich wiederholte den Wortwechsel zwischen Gaston, Philippe und mir, und Etienne lachte erleichtert. »Nun, es ist kein Schaden entstanden«, meinte er, »obgleich ich nicht daran zweifle, daß dieser Halunke Philippe nur allzu gern heimlich den Schatz an sich bringen möchte. Du mußt wissen, daß keiner von ihnen mehr als ein paar hundert Francs besitzt, abgesehen von dem, was Monique ihnen gibt. Wenn er aber den Schatz finden könnte...«

»Dann gibt es also wirklich einen Schatz?«

Etienne nickte. »Es sei denn, es ist nur eine alte Familienlegende oder er ist vor langer Zeit zufällig von jemandem gefunden und ausgegraben worden. Monique nahm diese Geschichte von dem Schatz allerdings sehr ernst.«

»Erzähle mir davon, Etienne!«

Etienne überlegte einen Augenblick, dann sagte er: »Du weißt sicher, daß die Leute seit dem Mittelalter, wann immer feindliche Soldaten das Land überfielen, ihren Familienschatz irgendwo versteckten, die Armen in ihren Hütten ebenso wie die Reichen in den Schlössern. Ob es sich nun um den Silbernapf eines Babys oder um ein großes goldenes Dinner-Service oder den gesamten Familienschmuck handelte, es wurde im Brunnen versteckt oder auf den Feldern vergraben oder sonst was.« Er machte eine Pause und sah mich an. »Wieviel weißt du über französische Geschichte?«

»Nur, daß da eine Revolution war«, erwiderte ich.

Er lachte. »Und zwar nicht lange nach eurer in Amerika – nur war unsere sehr viel blutiger. Jeder, der einen Adelstitel besaß, machte, daß er so schnell wie möglich aus dem Land kam. Als dann der König und die Königin guillotiniert wurden, fanden es sogar jene, die bis dahin ausgeharrt hatten, an der Zeit, zu emigrieren. Nun, und unter diesen ehrenwerten aristokratischen Emigranten befand sich auch ein gewisser Philippe Des Cars, der sich absetzte, solange es noch einigermaßen gefahrlos möglich war. Er konnte zwar nur mitnehmen, was er in seinen Taschen tragen konnte. Offenbar blieb noch eine Menge übrig, und das vergrub er auf seinem Besitz. Er nahm seine Familie mit nach Kanada – während der Revolution waren die Engländer recht freundlich zu französischen Emigranten. Jedenfalls brachte er es drüben zu Wohlstand und kehrte nie mehr nach Frankreich zurück. Im Jahre 1819, als Louis XVIII. sicher auf dem Thron saß, kam dann jedoch sein Sohn in die Heimat zurück. Er hatte keine Mühe zu beweisen, daß er ein Royalist war – er hatte Royalisten im Exil mit Geld unterstützt und so weiter –, und so gab ihm der König Des Cars wieder, das die ganze Zeit über herrenlos und verlassen gewesen war. Philippe Des Cars der Jüngere ließ sich hier nieder, baute das Schloß wieder auf und lebte herrlich und in Freuden. Soweit ist die Geschichte allgemein bekannt, den Rest hat mir Monique erzählt.

Anscheinend hatte der alte Des Cars in Kanada ein größeres Vermögen erworben als irgend jemand wußte, und so begann der Sohn nach und nach die besseren Weinberge der Umgebung aufzukaufen. Er verzichtete sogar darauf, den Familienschatz auszugraben – er wollte ihn für schlechte Zeiten aufbewahren. Bevor er starb, verriet er seinem ältesten Sohn das Versteck, und dies wurde zur Tradition. Moniques Vater Charles war der Älteste seiner Generation, aber Charles hatte keinen Sohn, und auch seine Brüder hatten keine Kinder. Monique war seine Erbin, und als er starb, erzählte er ihr, wo der Familienschatz begraben war – oder zumindest behauptete sie das.«

»Aber jetzt ist Monique tot«, sagte ich. »Bedeutet das, daß nun niemand weiß, wo sich der Schatz befindet?«

Etienne nickte. »Es sei denn, sie hätte es jemandem erzählt. Mir hat sie es jedenfalls nicht mitgeteilt, obgleich sie vor Etiennes Geburt anbot, es mir zu erzählen. Sie hatte Angst – wie vermutlich alle Mädchen –, sie könnte im Kindbett sterben. Ich wollte es jedoch nicht wissen – ich wollte nicht, daß sie ans Sterben dachte. Ich fürchtete, wenn sie es mir sagte, würde sie das Gefühl haben, daß sie sterben müßte. Und jetzt ist sie nicht mehr da, und wenn sie es nicht jemandem gesagt hat, ist der Schatz für immer verloren.«

»Könnte Monique nicht irgendwo aufgeschrieben haben, wo er versteckt ist? Führte sie kein Tagebuch?« fragte ich.

Etienne schüttelte den Kopf. »Ich weiß nicht. Ich bin ihre Papiere noch nicht durchgegangen. Wahrscheinlich sollte ich das tun.«

»Sie würde wollen, daß du es weißt – für Etienne«, sagte ich rasch.

»Vielleicht hast du recht«, meinte er und richtete sich auf. »Aber warte...« Die Tür zu meinem Zimmer wurde geöffnet. »Das muß Annette sein. Wir müssen warten, bis sie gegangen ist.«

Ich versuchte, meine Aufregung zu verbergen, während ich mich von Annette entkleiden und mir das Haar bürsten ließ. Endlich war sie fertig und ging, und Etienne und ich machten uns wie zwei Verschwörer ans Werk.

»Viel Hoffnung habe ich nicht«, warnte er. »Diese Blutsauger haben doch bestimmt längst all ihre Sachen genau danach durchsucht, kaum daß sie fort war. Aber wir können ja mal nachsehen.«

Die halbe Nacht durchwühlten wir Moniques Kleiderschrank, ihren alten Schreibtisch, ihre Kommoden. Wir fanden Schneiderrechnungen, eine flaumige Haarlocke von Klein-Etienne, ein Album mit Kopien ihrer Hochzeitsanzeigen, ein steifes Hochzeitsfoto von Monique und Etienne und sogar – und das gab mir einen scharfen Stich – ein paar Briefe, die ich ihr als Kind einmal geschrieben hatte. Aber wir fanden kein Tagebuch und auch keine Notiz, die als Hinweis auf das Versteck des Schatzes verstanden werden konnte. Etiennes Gesicht wurde immer enttäuschter, und schließlich sagte er: »Sie hat also nichts niedergeschrieben, oder sie hat es vernichtet oder mitgenommen, und wir werden es nie erfahren.«

Nichts davon paßte zu der Monique, die ich gekannt hatte, aber das sagte ich nicht. Etiennes Eifer bei dieser Schatzsuche hatte mich etwas erschreckt. Aber vermutlich konnte man ihm das nicht übelnehmen – er war arm, und ich hatte gemerkt, wie sehr es ihn verbitterte, von der Großmut seiner Frau zu leben. Zu guter Letzt gaben wir auf, wünschten einander gute Nacht, und Etienne ging in sein Zimmer hinüber.

Ich lag noch lange wach und dachte über Etienne nach. Meine letzten Gedanken aber galten Philippe.

Philippe hatte gewußt... Philippe durchschaute mich...

Sein hübsches Gesicht und sein tröstendes Geflüster war das letzte, das mir vorschwebte, bevor ich in den Schlaf hinüberglitt.

Und es war dann wieder Philippe, der sich in meinem Bewußtsein in den Vordergrund drängte, als ein weiterer Unfall mit einem Pferd mir klar machte, daß ich mich tatsächlich in tödlicher Gefahr befand.

Ich stand früh auf und nahm mir Zeit, ehe ich hinunterging, um mich zu versichern, daß der kleine Etienne seinen Sturz gut überstanden hatte.

»Es ist höchste Zeit, daß Etienne reiten lernt«, meinte Onkel Gaston. »Ich war noch nicht drei, als ich ein Pony bekam, und mit fünf soll ich schon gut im Sattel gesessen haben. Wie alt warst du, Monique, als du dein erstes Pony erhalten hast?«

In eine derartige Falle ging ich nicht. »Ich habe es vergessen.«

»Na ja, – also, Etienne, soll das Kind nun ein Pony bekommen?«

Etienne, der hinter einer Zeitung an seinem Brötchen kaute, entgegnete: »Das liegt bei seiner Mutter.«

»Monique?«

Insgeheim verfluchte ich die langgeübte Gewohnheit, mit der Etienne solche Entscheidungen mir überließ. Natürlich konnte er sein seit Jahren bekanntes Verhalten nicht plötzlich ändern, aber gelegentlich schien er zu vergessen, daß ich nicht die echte Monique war.

»Er sollte meiner Meinung nach zuerst ein möglichst kleines Pony erhalten«, äußerte ich.

Philippe lachte: »Wenn er dann fällt, hat er nicht so

weit! Sollen wir die Stallknechte beauftragen, sich nach einem tüchtigen kleinen Pony umzusehen?«

Ich kratzte mein dürftiges Wissen vom Reitsport zusammen und sagte: »Aber kein junges, sondern eines, das gut gezogen und daran gewöhnt ist, kleine Kinder zu tragen.«

»Da hast du recht. Wir werden schon einen gemütlichen Schaukelstuhl für den kleinen Kerl finden«, stimmte Onkel Gaston zu.

»In der Zwischenzeit, Monique«, sagte Philippe zu mir, »könntest du mich bei einem Ausritt ans Meer begleiten. In dieser Jahreszeit ist es oben am Hügel besonders schön.«

Nun fand ich das Wetter zwar ziemlich unfreundlich, aber ich wußte nicht, ob Monique das auch gefunden hätte, und so versuchte ich auszuweichen: »Ich möchte eigentlich nicht fort, das Kind könnte mich brauchen...«

»Der Kleine ist in guten Händen«, sagte Onkel Louis. »die frische Luft wird dir guttun, Monique, damit du etwas mehr Farbe bekommst.«

Etienne legte seine Zeitung beiseite und erklärte entschlossen: »In diesem Fall, Monique, werde ich mir die Zeit nehmen, dich selbst zu begleiten. Philippe braucht sich also nicht zu bemühen.«

»Na, so etwas, alter Junge, bist du etwa eifersüchtig auf den Onkel deiner Frau? Man könnte meinen, du hättest Angst...« Philippe hielt mitten im Satz inne, als wäre ihm selbst gerade sein *faux pas* aufgefallen. Ich war eigentlich überzeugt, daß er nur gescherzt hatte, aber Etiennes Gesicht war dunkel und verzerrt vor Wut. Ich hatte Angst, daß er Philippe jeden Augenblick an die Kehle springen würde, und Philippe sagte rasch: »Nun, ich reite heute morgen sowieso aus, und da dachte ich,

Monique könnte mit mir kommen, und das spart dir dann die Mühe. Kannst du überhaupt reiten, nach gestern? Dein Gesicht sieht übel zugerichtet aus.«

Etiennes Gesicht wurde langsam wieder normal – so normal es möglich war in Anbetracht seiner blauschwarzen Flecken und Schrammen. »So schlimm ist es nicht«, entgegnete er ruhig. »Ich werde mich euch anschließen.«

Er sprach so bestimmt, daß nichts mehr dazu zu sagen war. Außerdem hätte *ich* sowieso nichts dazu sagen können – weder als Monique noch als Laura, und so murmelte ich nur: »Ich werde mich umziehen.«

Ein Reitdreß war nicht unter den Sachen, die Etienne für mich in Paris hatte machen lassen, und so war ich gezwungen, eines von Moniques Reitkleidern anzuziehen. Ich wählte ein dunkelblaues mit Lederaufschlägen und Manschetten. Als ich das Kleid dann anhatte, beschlich mich wieder jenes unheimliche Gefühl, in der Haut einer anderen zu stecken. Halb hysterisch fragte ich mich, ob Moniques Geist, zurückgekehrt zu denen, die sie auf Erden geliebt, mich jetzt wohl sah. Auch Etienne warf mir einen fast entsetzten Blick zu, als ich die Treppe herunterkam, so als hätte er tatsächlich Moniques Geist vor Augen, aber er sagte nur: »Bist du fertig, meine Liebe?«

Dann nahm er meinen Arm und führte mich in den Hof.

Demoiselle stand gesattelt neben Philippes großem Wallach, und Philippe führte gerade eine kleine braune Stute mit einem Damensattel aus dem Stall. Aber Etienne hatte mich zu gut unterwiesen, um in diese Falle hineinzugehen – oder war es Moniques Geist, der mit gebieterischer Gewißheit aus mir sprach?

»Warum, in aller Welt, hat man mir dieses Pferd gesattelt? Bring mir sofort mein eigenes!«

»Ich hatte es so angeordnet«, erklärte Philippe und – bildete ich mir das nur ein? – streifte mich mit einem halb neugierigen, halb verwirrten und auch etwas enttäuschten Blick. Hastig und ein wenig entschuldigend setzte er hinzu: »Ich dachte nur, weil du kürzlich krank warst, wäre es besser. Riquette ist doch viel sanfter als Columbine.«

Ich warf den Kopf trotzig zurück und gab dem Stallknecht ein Zeichen. Etienne sagte scharf: »Bring Madames Pferd heraus, Pierre!« Der Knecht führte die kleine braune Stute Riquette fort. Zu Philippe gewandt, sagte Etienne: »In Zukunft überlasse es doch bitte meiner Frau zu entscheiden, welches Pferd sie reiten will!«

Das seltsame Hochgefühl, eine andere Persönlichkeit zu sein, schwand augenblicklich dahin, als Pierre mit einer sehr hohen pechschwarzen Stute zurückkam, die nervös den Kopf hin- und herwarf und mich erschreckt anstarrte. Statt dessen bekam ich Angst, und etwas davon muß sich wohl auf meinem Gesicht gezeigt haben, denn Philippe sagte: »Etienne, es ist natürlich deine Sache, aber willst du das Mädchen wirklich auf dieses riesige Untier steigen lassen?«

Philippe sah mich an, und in der Tiefe seiner blauen Augen war etwas, das ich nicht verstand. Ich sah nur, daß der übliche Spott aus seinem Blick verschwunden und dies ihm sehr ernst war. Er warf dem Stallknecht die Zügel seines eigenen Pferdes zu und trat zu mir. »Ich bitte dich, *ma fille,* laß dich nicht von Etienne dazu überreden. Columbine wird dich umbringen. Sieh mal, ich würde sie nicht einmal selbst reiten – und du?«

Er stand so, daß Etienne sein Gesicht nicht sehen

konnte, und mit einem Gefühl gemischt aus Furcht und Ärger wurde mir klar: Philippe wußte Bescheid!

Jetzt war ich mir sicher. Er *wußte*, daß ich nicht Monique war und versuchte, mich in eine Falle zu locken. Etienne hatte mir erzählt, daß Monique nie ein anderes Pferd als Columbine geritten hatte. Sie hätte gelacht bei dem Gedanken, ein anderes Pferd zu reiten. Sie hatte diese Stute selbst zugeritten. Nun, ich saß tatsächlich in der Falle. Warum hatte sich Etienne denn nur nicht Philippe angeschlossen, als dieser die kleine braune Stute herausbrachte und sagte, nach meiner kürzlichen Krankheit wäre sie besser für mich als ein so temperamentvolles Pferd wie Columbine?

Ich blickte Etienne bittend an.

Aber er schien wieder mal vergessen zu haben, daß ich nicht Monique war. Jedenfalls sagte er ungehalten: »Weshalb sollte Monique ein anderes Pferd reiten? Wenn sie der Meinung wäre, mit Columbine nicht fertig zu werden, hätte sie doch Riquette nicht zurückgeschickt, oder?«

Jetzt war es ihnen beiden gelungen, mich in eine Lage zu bringen, aus der es kein Zurück gab. Ich zitterte innerlich, als ich zu der großen schwarzen Stute aufblickte, die wild mit den Augen rollte. Sie gefiel mir überhaupt nicht. In diesem Augenblick hätte ich Etienne mit Freuden ermorden können, weil er mich in diese Situation hineinmanövriert hatte. War ich zuerst auf Philippe wütend gewesen, weil er mich in eine Falle locken wollte, so galt mein ganzer Zorn jetzt Etienne, der für mich keinen Ausweg gefunden hatte. Voller Verzweiflung ließ ich mir von Philippe hinaufhelfen. Bevor er mir die Zügel reichte, sagte er leise: »Du hast es so gewollt, mein Mädchen.«

Aber als ich oben saß, stand Columbine recht brav da, bis auch Philippe im Sattel war. Einer der Knechte war herbeigeeilt, um Etienne zu helfen, aber plötzlich schwankte Etienne, wurde totenblaß und griff sich an den Kopf. Er wäre gefallen, hätte der Knecht ihn nicht aufgefangen.

»Was ist denn mit dir los?« fragte Philippe.

Und ich schrie auf: »Etienne! Bist du verletzt?«

Der Knecht, der ihn stützte, erklärte: »Monsieur ist nicht in der Verfassung zu reiten. Sie hätten wirklich vernünftiger sein sollen.« Er sprach mit dem Vorrecht eines Mannes, der im Dienst der Familie alt geworden ist. »Sie hatten einen schweren Sturz und hätten gar nicht erst aufsteigen dürfen.«

»Ach, zum Teufel, mir fehlt gar nichts«, behauptete Etienne eigensinnig, aber er schwankte immer noch bedenklich, und schließlich gab er nach, wenn auch höchst widerwillig, wie ein Mann, der Krankheit und körperliche Unfähigkeit nicht gewöhnt ist. »Verdammt noch mal! Dann... Nun, ja, wahrscheinlich hast du recht, Pierre. Bring Demoiselle wieder weg und hilf mir ins Haus.«

Ich fragte, ob Etienne mir vielleicht dadurch eine Möglichkeit verschaffen wollte, aus dieser unmöglichen Situation herauszukommen, aber als ich Philippe die Zügel gab, um abzusteigen, begegnete ich seinem spöttischen Blick, und ich wußte, daß mir nichts anderes übrig blieb, als zu reiten.

Etienne sah mich kurz an. »Ich möchte dir nicht deinen Ausritt verderben, Monique. Wenn du möchtest, dann reite nur.«

»Siehst du, er gibt dir sogar seine Erlaubnis«, sagte Philippe. »Aber natürlich habe ich volles Verständnis, wenn du bei ihm bleiben willst.«

Das machte es noch unmöglicher, dazubleiben. Warum hatte Etienne mir nicht einfach verboten, mit Philippe auszureiten? Oder hatte auch er die Skepsis in Philippes Augen bemerkt und gewußt, daß sie nur auf diese Weise zu beschwichtigen war?

Nein, es gab kein Entrinnen. Ich wandte mich ab, um vor Philippe meine Angst zu verbergen und antwortete: »Danke, Etienne, aber versprich mir, daß du gut auf dich acht gibst.«

»Ich verspreche es. Und du reite bitte vorsichtig, Monique.«

Ich hatte einen sofortigen Kampf mit der unruhigen Columbine befürchtet, aber zu meiner großen Überraschung und Erleichterung blieb sie ganz ruhig, als ich sie mit meinen Absätzen berührte, und ich ritt in leichtem Galopp neben Philippe, bis wir die Mauern von Des Cars hinter den Bäumen nicht mehr sehen konnten.

Oben auf dem Hügel hielten wir an und blickten über das weite Marschland, das sich vor uns ausbreitete, zu dem alten Normannenturm und zur entfernten, von Wellen bewegten See hin. Moniques Seitensattel war sehr gut, und es fiel mir wesentlich leichter, meinen Sitz zu halten, als auf den Mietpferden, die ich seit Jahren geritten hatte. Neugierig und auch irgendwie fasziniert blickte ich auf den alten Turm.

»Können wir zu dem alten Turm reiten, Philippe?«

Er sah mich merkwürdig erschrocken an, erwiderte aber nur: »Ja, wenn du möchtest.«

Und dann ritten wir den Hügel hinunter. Schließlich verfielen wir in schnellen Trab, und ich begann mich gerade in Sicherheit zu wiegen, da alles so gut ging, als Columbine erschrak, zur Seite scheute und durchging.

Ich weiß heute noch nicht, wie es geschah. Philippe

sagte nachher, ein Kaninchen wäre plötzlich aus einem Gebüsch am Straßenrand herausgeschossen. Jedenfalls fiel Columbine in schnellen Galopp, und ich stieß einen Schrei aus und hielt mich verzweifelt fest. Hinter mir hörte ich Philippe fluchen und sein Pferd antreiben, aber der Wallach hatte keine Chance, mit Columbine Schritt zu halten, die in gestrecktem Galopp dahinraste wie ein Rennpferd. Ich klammerte mich an ihren Rücken, den Kopf gesenkt, viel zu verängstigt, mehr zu tun als mich festzuhalten. Der Wind sauste an meinen Ohren vorbei, und das wilde Pochen meines Herzens übertönte beinahe das Donnern der Hufe. Ich hörte Philippe rufen – die Worte verstand ich nicht –, und dann war da etwas Braunes vor meinen Augen. Ich fing an zu gleiten, und der Boden kam mir entgegen. Ich schlug hart auf und verlor das Bewußtsein.

Als ich wieder zu mir kam, lag mein Kopf in Philippes Schoß. Mein Arm brannte und klopfte, und meine Stirn war naß. Philippe kühlte sie mit seinem angefeuchteten Taschentuch. Und in seinen Augen las ich, wie ich hätte schwören können, ehrliche Besorgnis.

»Gott sei Dank, daß du lebst«, sagte er mit Nachdruck. »Nach dem, was gestern geschehen ist, hätte Etienne felsenfest behauptet, ich hätte dich ermordet.«

»Es ist schon wieder gut. Mir fehlt nichts«, erwiderte ich zittrig. Dann fragte ich, engedenk dessen, was Monique gesagt haben würde: »Was ist mit Columbine?«

»Ihr ist nichts passiert, diesem Teufelsbraten. Da, sieh selbst.« Philippe deutete in die Richtung, wo Columbine mit gesenktem Kopf, als schäme sie sich, an dem trockenen Gras neben der Straße zupfte.

»Es war meine Schuld«, sagte ich rasch. »Ich habe die Zügel verloren.«

»Ich glaube, ein Kaninchen ist ihr zwischen die Füße gelaufen«, meinte Philippe, »aber ich dachte, du würdest schon mit ihr fertig werden.«

Ich schüttelte reumütig den Kopf. »Das dachte ich auch.«

»So, und nun zu dir – bis du verletzt, meine Liebe?«

Dieses »meine Liebe« war eine Überraschung von ihm, aber dann mußte ich daran denken, daß er ja immerhin Moniques Onkel war, wenn er auch nur fünf oder sechs Jahre älter gewesen sein konnte als sie. Ich versuchte, mich aufzusetzen. »Ich weiß nicht. Mein Arm...«

Vorsichtig bewegte er meinen Arm. »Nichts gebrochen, aber offenbar ist das Handgelenk verstaucht. Wahrscheinlich hast du den Sturz damit aufgefangen. Der Ärmel ist zerrissen, und mir scheint, du hast deinen Ellenbogen aufgeschlagen. Komm, zieh deine Jacke aus und laß mich das mal ansehen.«

Ich blickte ihn an, unfähig, meine entrüstete Überraschung zu verbergen, und er setzte unwirsch hinzu: »Na, komm schon. Man sollte meinen, ich hätte dich noch nie im Hemd gesehen, oder läßt du dich neuerdings von Etiennes krankhafter Eifersucht beeinflussen? Wie, zum Teufel, kannst du immer noch so loyal zu ihm stehen, wenn er dich durch diese Geschichte hier beinahe ums Leben gebracht hat?«

Ich überlegte fieberhaft: Hatte Etienne tatsächlich versucht, mich in einen schweren Unfall zu verwickeln? Aber wie hätte er sicher sein können, daß ich getötet und nicht nur verletzt würde? Und wenn ich nur verletzt war, bestand die Gefahr, daß ich sein Spiel nicht länger mitspielen wollte und statt dessen den anderen alles erzählen würde. Nein, das konnte nicht sein.

»Was immer du auch über Etienne sagst«, erwiderte ich sanft, »und was immer geschieht, er ist mein Mann.«

Und das, dachte ich plötzlich, ist die Wahrheit. Es gab Zeiten, da ich die kurze Zeremonie fast vergessen hatte, die uns vereinte, aber wenigstens in diesem Punkt brauchte ich nicht zu lügen.

Philippe untersuchte vorsichtig meinen Arm. Schließlich erklärte er: »Du mußt schnellstens nach Hause. Das wird bei mir offenbar zur Gewohnheit – gestern das Kind, heute du. Hast du Angst, wieder Columbine zu reiten? Dann könntest du dich seitwärts auf meinen Sattel setzen, und ich führe Columbine hinter uns her.«

Ich zögerte, blickte auf die schuldige Stute und sagte dann – als hätte Moniques Geist wieder Besitz von mir ergriffen – unwillkürlich das Richtige, und Philippe starrte mich wieder bestürzt an. »Aber nein, ich habe doch keine Angst. Arme Columbine, sie war verängstigt. Sie würde mich nicht verletzen.«

Aber mein Arm hing schlaff und schmerzend an meiner Seite und verweigerte mir den Dienst, als ich versuchte, die Zügel zu nehmen und aufzusteigen. Philippe hob mich schließlich hinauf, bestieg sein eigenes Pferd und nahm Columbines Zügel. Er wies mich an, mich mit meiner gesunden Hand am Sattelknopf festzuhalten, und führte Columbine dann langsam heimwärts.

»Es tut mir leid, daß ich dir den Ausritt verdorben habe, Philippe«, sagte ich kleinlaut.

»Das ist nicht deine Schuld«, entgegnete er, ohne mich anzusehen.

»Ich wollte zum Turm.«

Daraufhin drehte er sich zu mir um und sah mir gerade in die Augen. Ich meinte, einen Schimmer von Triumph in seinen Augen zu entdecken. Was hatte ich gesagt, das alles wieder verdarb? Noch vor wenigen Minuten, so hätte ich schwören können, hatte er seinen Verdacht so gut wie fallengelassen und gedacht – nein, *gefürchtet* –, daß ich Monique sei.

Was war zwischen Philippe und Monique gewesen? Diese Frage beschäftigte mich vor allem auf dem Heimritt. Dann dachte ich daran, daß Etienne ärgerlich sein würde, daß ich meine Rolle nicht besser spielte. Er hatte mir gesagt, daß Monique zu Pferd völlig furchtlos bis tollkühn gewesen war, und in der Tat, so war sie schon als Kind, während ich immer die Schüchterne gewesen war. Ich tröstete mich ein wenig damit, daß mitunter auch ein guter Reiter abgeworfen wurde, aber trotzdem...

»Etienne wird ziemlich böse werden, daß ich nicht besser auf dich aufgepaßt habe«, meinte Philippe.

»Ich werde ihm sagen, daß es nicht deine Schuld war.«

Philippe lachte kurz auf. »Und du meinst, das wird er dir glauben?«

Er sagte nichts mehr, bis er mich im Hof von Columbines Rücken herunterhob. Dann murmelte er sanft: »Monique.«

Er zog mich an sich. Seine Hände lagen auf meinen Schultern, und seine Augen blickten tief in die meinen. Sekundenlang dachte ich, er würde mich küssen, aber Pierre, der Knecht, humpelte aus dem Stall zu uns, und Philippe ließ mich abrupt los und berichtete ihm, daß Madame abgeworfen worden wäre. Und im nächsten Augenblick standen dann alle Tanten und Etienne ängstlich besorgt um mich herum.

Ich wies Riechsalz zurück, überließ es Philippe, den anderen zu erzählen, was geschehen war, und ging hinauf in mein Zimmer. Ich verlangte nur nach Annette und einer Schüssel heißen Wassers. Mein Kleid war zerrissen, mein Handgelenk geschwollen und die Haut von meinem Ellenbogen abgescheuert. Eine feste Bandage um das Gelenk und ein heißer Kräuterumschlag auf den Ellenbogen minderten jedoch bald die Schmerzen, und ich hatte Annette gerade fortgeschickt, als Etienne in mein Zimmer stürmte.

»Sag mal, kann ich dich keine fünf Minuten aus den Augen lassen? Warum, zum Teufel, reitest du das verdammte Pferd, wenn du nicht damit umgehen kannst?«

Mit einiger Bitterkeit erwiderte ich: »Du hast mir ja keine andere Wahl gelassen.«

»Und glaubst du etwa, ich hätte dich mit diesem Laffen Philippe nicht gesehen? Nimm dich in acht, er mag zwar den liebevollen Onkel spielen, aber ich traue ihm nicht.«

In plötzlicher Wut fuhr ich auf ihn los. »Kannst du mir einen Grund nennen, weshalb ich *dir* vertrauen soll? Dies ist der zweite Unfall in zwei Tagen – gestern das Kind, heute ich –, und beide Male hast du drauf bestanden, daß wir reiten!«

Etienne packte meinen Arm. Ich schrie vor Schmerz auf, aber er zog mich unerbittlich näher. »Antworte mir: Hat dieser verfluchte Philippe dich geküßt? Hat er?« Seine Stimme wurde immer lauter vor Zorn. »Hat er?«

Ich zitterte am ganzen Körper, aber es gelang mir, seinem Blick standzuhalten. »Nein, hat er nicht. Aber was wäre, wenn er mich nun geküßt hätte?«

»Verdammt!« Etienne knirschte mit den Zähnen. »Du bist meine Frau. Vergiß das nicht: meine Frau!«

Seine Hände gruben sich in meine Schultern, als wolle er damit die Erinnerung an Philippes Berührung auslöschen. Sein Mund preßte sich hart auf den meinen in einem wilden, brutalen Kuß. Dieser Kuß hatte nichts mit Liebe zu tun, sondern mit Rache, Bestrafung und dem Wunsch, Schmerzen zufügen zu wollen. Seine Umarmung war so grob, daß ich kaum Luft bekam. Endlich ließ er mich los, wandte sich ab wie ein Betrunkener und verließ das Zimmer. Der Krach der zuschlagenden Tür erschütterte das ganze Haus.

Ich fiel auf mein Bett und weinte mir die Augen aus – und um mein Leben hätte ich nicht sagen können, warum.

10

Später an diesem Tag entdeckte ich, daß mein Zimmer durchsucht worden war. Ich wollte aus meiner Kommode ein Päckchen Haarnadeln holen, aber sie lagen nicht an ihrem Platz; statt dessen fand ich dort ein rosa Band. Und als ich mir die Schublade genauer ansah, stellte ich fest, daß überhaupt ein ziemliches Durcheinander herrschte. Beunruhigt läutete ich Annette.

»Was hast du in den Schubladen meiner Kommode angerichtet, Annette?«

»Wieso, Madame? Ich habe nur Ihre sauberen Taschentücher hineingelegt«, begann sie, aber dann starrte sie mit offenem Mund in die Schublade. »Was ist denn da passiert, Madame? Die Zimmermädchen wissen sehr gut, daß sie nicht an Madames Sachen gehen würfen. Wenn eine von ihnen hier herumgewühlt hat...« Sie unterzog die Schubladen einer gründlichen Überprüfung. »Es fehlt nichts, nicht einmal eine Haarnadel oder ein Kamm, Madame. Wer kann denn nur eine solche Unordnung angestellt haben? War das Kind vielleicht hier in Ihrem Zimmer?«

Françoise, sofort befragt, beteuerte jedoch, daß der Kleine den ganzen Morgen über mit den Hunden draußen gespielt und daß sie ihn nicht einen Augenblick aus den Augen gelassen hätte. »Wie hätte er denn zu den Schubladen heraufreichen können? Die Stühle sind für ihn viel zu schwer.«

Ich gab ihr recht und entließ sie. Annette brachte unterdessen wieder Ordnung in meine Sachen. Plötzlich wünschte ich jedoch, ich hätte ihr gesagt, sie solle alles so lassen, wie es war. Das war etwas, was Etienne sehen sollte.

Dies war nämlich nicht das Werk eines Zimmermädchens, das auf ein hübsches Band oder irgendeinen Flitter aus war, und mit Schrecken wurde mir klar, was das zu bedeuten hatte. Ich war nur froh, daß ich meinen amerikanischen Paß und meine anderen Papiere bei Nanon in Paris gelassen hatte. Nichts, aber auch nichts konnte mich hier als Laura Monteith identifizieren.

Aber wer konnte ungesehen in mein Zimmer gelangen? Etienne selbst? Auf einmal hatte ich Angst, zu ihm zu gehen. Hatte er sich vielleicht selbst überzeugen wollen, daß nichts mich als Laura Monteith verraten konnte? Von neuem überkamen mich Zweifel.

Ich fühlte mich sehr allein. Und wie die Stimme der Versuchung lockte mich der Gedanke: Philippe wußte, daß ich nicht Monique war. Was konnte es dann schaden, wenn ich ihn ins Vertrauen zog? Wenn er Monique geliebt hatte – und es hatte den Anschein –, dann würde er mir vielleicht helfen, herauszufinden, was wirklich mit Monique geschehen war und welches Spiel Etienne eigentlich spielte.

Wenn ich an seine Freundlichkeit dachte, an die Besorgnis in seinen Augen, die Art, wie er mich gewarnt hatte, das gefährliche Pferd zu reiten – ja, mit Philippe konnte ich gefahrlos reden.

Und doch: Ich hatte Etienne versprochen zu schweigen. Selbst wenn Etienne ein Wahnsinniger wäre – ich schuldete es ihm, noch etwas länger zu ihm zu halten.

Annette wandte sich mit zufriedenem Lächeln zu mir um. »Alles wieder in Ordnung, Madame.« Ich entgegnete, etwas geistesabwesend: »Nun, es war ja nicht so schlimm, wenn nichts fehlt.«

»Vielleicht hat Monsieur nach etwas gesucht«, meinte Annette unbekümmert. »Männer können nie etwas in der Schublade einer Dame finden.«

»So wird es sein«, stimmte ich zu und beließ es dabei.

Ich hätte Etienne wahrscheinlich davon erzählt, aber dann hatte ich andere Sorgen als die Durchsuchung meines Zimmers, denn Tante Sidonie teilte mir gewichtig mit, daß sie Pater Desmoulins zum Dinner eingeladen hatte.

»Er hatte dich doch immer so gern, Monique«, meinte sie und ich sah mich zu meinem größten Unbehagen plötzlich einer Zusammenkunft mit Moniques Gemeindepfarrer und Beichtvater gegenüber.

Ich traf Etienne vor dem Essen nicht mehr, und als wir uns zu Tisch setzten, war sein Ausdruck undurchdringlich. Er konnte mir jetzt nicht helfen. Neben mir, zu meiner Rechten, saß bereits Pater Desmoulins.

Aber das Essen verlief ohne Zwischenfälle, wie eigentlich auch nicht anders zu erwarten war. Der Pater, ein kleiner, noch nicht alter Mann, aber schon runzlig und angegraut, als wäre er in seinem Beruf vorzeitig gealtert, erwies sich als höflich und gewandt, bereit, die Unterhaltung auf Allgemeines zu beschränken. Wir sprachen über die schlechten Straßenverhältnisse im Winter, über die Kaninchen und Vögel, und schließlich nahm er mir das Versprechen ab, ein paar alte Sachen für eine arme Frau der Gemeinde herauszusuchen, die gerade Zwillinge geboren hatte und deren Mann seit Monaten krank war.

»Irgendwo liegen bestimmt noch Etiennes Babysachen herum«, schlug Etienne vor. »Er hatte wahrhaftig genug Zeug für Zwillinge. Françoise wird wissen, wo sie sind.«

Tante Isabelle sagte mit vor Mißbilligung schwabbelndem Kinn: »Es wäre höchst unpassend, diese feinen Sachen jemandem aus dem Dorf zu geben.«

»Ach was, Tante«, entgegnete Etienne, »Babywindeln ist es gleich, ob sie nun den Popo eines Holzfällerbabys oder den eines Königskindes bedecken. Laß Monique nur machen.«

»Françoise wird Ihnen heraussuchen, was Sie brauchen können«, erklärte ich und dachte nicht mehr daran. Nach dem Essen jedoch erhob sich Pater Desmoulins und sah mich forschend an.

»Madame, ich möchte mit Ihnen unter vier Augen sprechen, wenn Sie gestatten.«

Hilfesuchend sah ich mich nach Etienne um, aber er hatte sich Onkel Louis angeschlossen, und so war ich dem Priester ausgeliefert.

»Kann das nicht warten?« fragte ich nervös.

»Nein, Madame, das kann es nicht«, betonte er, und ich fürchte, ich konnte meinen Unwillen kaum verbergen, als ich ihm gestattete, mir in das Musikzimmer zu folgen.

Ich blieb neben dem Piano stehen und fragte gereizt:

»Handelt es sich um einen weiteren Wohltätigkeitsfall?«

»Madame ist wohltätig – aber nicht durch Wohltätigkeit und gute Werke wirst du wiedergutmachen, meine Tochter«, sagte er und ging plötzlich zum vertrauten »du« über. »Ich bin heute abend nicht wegen des ausgezeichneten Essens hergekommen und auch nicht, um an deine Wohltätigkeit zu appellieren – obgleich ich dir im Namen von Mère Gouart danke –, sondern um über deine Seele zu sprechen, meine Tochter. Werde ich die Freude haben, dich am Sonntag bei der Messe zu sehen?«

»Vermutlich«, antwortete ich, ohne weiter darüber nachzudenken.

Seine Stirn legte sich in tiefe Falten. »Madame, ich bitte Sie, das ernstzunehmen. Was immer man sich für Geschichten erzählt, das geht mich nichts an. Klatsch kümmert mich nicht. Meine Sache ist die Sache Gottes, und Er läßt nicht mit sich spaßen. Es ist mir sehr ernst, Madame – werde ich am Samstag Ihre Beichte hören, damit ich Sie wieder in die Kirche aufnehmen kann?«

Der Schreck durchfuhr mich wie ein Blitz. Daran hätten wir denken müssen: Etienne und ich! Das war etwas, was er nicht vorausgesehen hatte!

Ich hatte keine Ahnung, wie man eine Beichte ablegte, und außerdem hätte ich eine solche Täuschung auch nicht über mich bringen können. Überhaupt wußte ich von der Beichte nicht mehr, als daß Monique in unserer Kindheit jeden Samstagnachmittag zur Beichte gegangen war. Ich hatte sie auch nie weiter darüber befragt – für mich war das ganz einfach ein Teil dieser unverständlichen Angelegenheit, katholisch zu sein. All das schoß mir durch den Kopf, während ich nach einem Vorwand suchte, um Zeit zu gewinnen. Ich mußte unbedingt zuerst mit Etienne sprechen.

»Hochwürden, Sie müssen mir etwas Zeit lassen.«

»Wie können Sie einem Diener Gottes sagen, er muß?« gab er streng und würdevoll zurück, aber seine Augen blickten gütig. »Meine Tochter, ich bitte dich. Es würde einen Skandal im Dorf verursachen, wenn du dich, wieder zurückgekehrt, der Beichte enthältst und der Messe fernbleibst. Und bis ich dir nicht die Beichte abgenommen habe und weiß, daß du bereust, muß ich dir den Zutritt zur Kirche verweigern. Überlege dir wohl, mein Kind, ob du es verantworten kannst, noch einen weiteren Skandal über deine Familie und vor allem über deine fromme alte Urgroßmutter zu bringen.«

Verzweifelt und in die Enge getrieben suchte ich nach einem Ausweg und sah keinen. Was sollte ich tun? Eine innere Stimme flüsterte: *Zeit gewinnen, Zeit gewinnen ...* Einer plötzlichen Eingebung folgend, griff ich mit einer Hand an meine Stirn und klammerte mich mit der anderen am Piano fest.

»Ich – ich glaube, ich werde ohnmächtig«, flüsterte ich und ließ mich fallen. Mit einem leisen Schrei fing er mich auf und legte mich in einen tiefen Sessel. Dann hörte ich ihn laut um Hilfe rufen. Als Etienne und Tante Isabelle ins Zimmer stürzten, ließ ich mir Riechsalz unter die Nase halten, ein Glas Wein einflößen und mit Tante Isabelles Fächer Kühlung zufächern, während Etienne den kleinlauten Priester schalt, weil er mich aufgeregt hatte, und das nach meinem Sturz am Morgen.

Es war eine tadellose Bühnenohnmacht gewesen, aber ich hoffte, daß der gute Pater Desmoulins das nicht bemerkt hatte. Er entschuldigte sich sehr liebenswürdig, aber seine Augen waren mit beunruhigender Eindringlichkeit auf mich gerichtet, als er sich verabschiedete. »Gute Nacht, Madame. Ich werde wiederkommen, wenn Sie sich erholt haben.«

Ich hegte nicht den geringsten Zweifel, daß es ihm ernst war.

Ich ließ mich von Annette in mein Zimmer hinaufbringen, auskleiden und in einen Morgenrock hüllen. Dann legte ich mich auf Moniques Bett und fühlte mich äußerst unbehaglich. Wie sollte es uns gelingen, den Priester zu täuschen?

Ich steckte die Hand in die Tasche des Morgenrocks und fand dort ein Stückchen Papier. Einen Augenblick lang starrte ich verständnislos darauf; es gehörte mir nicht. Und dann sah ich, daß ich den Morgenrock auch nicht kannte. Offenbar war es einer von Monique. Ich betrachtete den Zettel noch einmal im Licht der Kerze.

Er war zerknittert und schmutzig, als hätte man ihn in der geballten Faust gehalten, und es war auch nur ein Fetzen, am Rand einer größeren, beschriebenen Seite herausgerissen. Aufgeregt erkannte ich Moniques Handschrift:

habe Angst
Etienne, wenn
vierter Stock
Turm
Mauer

Alles, was rechts von diesen Worten gestanden hatte, war abgerissen worden. War es ein Brief gewesen, den man ihr entrissen hatte? Wurde das übrige Schreiben vernichtet? Jetzt wußte ich wenigstens eins: daß Monique Angst gehabt hatte. Aber vor wem?

Und plötzlich war mir klar, daß ich es nicht wagen konnte, Etienne dieses Stückchen Papier zu zeigen.

Jetzt fühlte ich mich doppelt allein – und verurteilt, Etiennes Spiel gegen die Leute im Schloß mitzuspielen, während ich gleichzeitig versuchen mußte, ihn bei seinem eigenen Spiel zu überlisten. Und niemand stand mir zur Seite, außer vielleicht der toten Monique.

Denn jetzt zweifelte ich nicht länger daran, daß sie tot war.

11

In dieser Nacht schloß ich kaum die Augen, und am Morgen hatte ich dann echte, nicht vorgetäuschte Kopfschmerzen, und war froh, im Bett bleiben und mich hinter zugezogenen Vorhängen vor allen verbergen zu können. Irgendwann kam die Gräfinwitwe auf Zehenspitzen in mein Zimmer, um zu sehen, ob ich etwas brauchte, aber ich schloß die Augen und stellte mich schlafend.

Natürlich konnte ich mich nicht ewig hier verstecken; früher oder später mußte ich meine Rolle wieder aufnehmen und mich den anderen stellen, auch Philippe, und vielleicht auch dem Priester. Aber schlimmer als alles andere war, daß ich Etienne mit all meinen neuen Zweifeln und Befürchtungen gegenübertreten mußte.

Als ich allein war, betrachtete ich noch einmal gründlich das abgerissene Stück Papier. Wem hatte Monique geschrieben? Wer hatte ihr den Zettel aus der Hand gerissen?

Etienne. War es Etienne, den sie fürchtete, oder hatte

sie ihm geschrieben, ihn um Hilfe bitten wollen? *Turm.* Ich wußte, wo der Turm war, aber was hatte er damit zu tun? *Vierter Stock.* Ich wußte, daß dieser Teil des Schlosses keinen vierten Stock besaß, aber der alte Flügel war fünf Stockwerke hoch.

Etienne hatte mir eine Skizze des bewohnten Teils des Châteaus angefertigt, aber von dem alten Flügel hatte er mir lediglich erzählt, daß er verschlossen und nicht instandgehalten war und daß man sich allgemein erzählte, daß es dort spukte.

Am späten Nachmittag, als es bereits zu dämmern begann, beschloß ich, mir diesen alten Flügel wenigstens einmal anzusehen. Wenn ich von Dienstboten gesehen wurde, würden sie mich entweder als ihre Herrin erkennen, die in ihrem eigenen Schloß natürlich hingehen konnte, wo sie wollte, oder sie würden mich für das Familiengespenst halten und nicht zu genau nachforschen. Ich erinnerte mich plötzlich daran, daß Tante Sidonie erwähnte, daß man das Gespenst wieder im alten Flügel hätte umgehen sehen. Ich glaubte nicht an Gespenster, und wenn es etwas anderes als abergläubischer Unsinn sein sollte, dann bedeutete das nur, daß jemand den ›Spukflügel‹ für irgendwelche Zwecke benutzt hatte, die er oder sie geheimhalten wollte.

Und was die übrigen Familienmitglieder betraf – nun, wenn sie mich als Monique akzeptierten, konnten sie mich kaum daran hindern, in meinem Haus herumzuspazieren. Und wenn, wie ich jetzt argwöhnte, mindestens einer unter ihnen wußte, daß ich *nicht* Monique war, so würde er kaum wagen, seinen Verdacht laut zu äußern, da man ihn sonst herausfordern und nach dem Verbleib der echten Monique befragen würde.

Ich nahm eine Kerze mit, huschte den langen Korridor

entlang und probierte die Tapetentür, die in den alten Flügel führen sollte.

Zunächst widerstand sie meinen Bemühungen, und ich dachte schon, sie wäre verschlossen, aber dann gab sie mit quietschenden Angeln nach. Bestürzt wartete ich, ob jemand kam, um nach der Ursache des Lärms zu forschen, aber niemand erschien. Zweifellos waren alle damit beschäftigt, sich zum Dinner umzuziehen, und mich vermuteten sie in meinem verdunkelten Zimmer. Ich schlüpfte in den alten Flügel und schloß die Tür hinter mir wieder.

Überall lag dicker Staub und angehäufter Schmutz. An einigen Fenstern hingen noch verblaßte, fadenscheinige Vorhänge, aber die meisten Räume waren vollkommen kahl und unmöbliert, und auf den Böden lag der Staub von Jahren. Im ersten und zweiten Stock sah es ähnlich aus. Erst im dritten Stock, den Amerikaner als den vierten bezeichnet hätten, entdeckte ich Spuren. In zwei Räumen gab es Stellen, die fast staubfrei waren, aber das mußte nicht unbedingt etwas bedeuten. Es war immerhin möglich, daß jemand hergekommen war und einen alten Tisch oder eine alte Kommode herausgeholt hatte.

Es wurde jetzt rasch dunkel. Der kurze Winternachmittag neigte sich seinem Ende zu, und meine Kerze spendete nur wenig Licht. Mir wurde ein wenig bange zumute. Es war sehr still hier, von einem gelegentlichen Rascheln abgesehen, das sehr wohl von Mäusen oder Ratten herrühren mochte. Nach meinem Engagement in einem alten Pariser Theater hatte ich keine Angst mehr vor Nagetieren, aber der Gedanke, ihnen im Dunkeln zu begegnen, war mir trotzdem unangenehm. Es war so still, daß meine Angst wuchs. Die Mauern mußten unheimlich dick sein, denn ich hörte keinen Laut aus dem anderen Flügel, obgleich die Dinner-Glocke vor einiger Zeit geläutet haben mußte. Ich entschloß mich, umzukehren. Diese Expedition in dem verlassenen Teil des Schlosses war eine ziemlich schwachsinnige Idee gewesen. Klein-Etienne würde nach Mama verlangen – nein, auch Francoise war gesagt worden, daß ich mich nicht wohl fühlte und schlief. Dennoch mochten Etienne oder die Gräfinwitwe kommen, um nach mir zu sehen, und wie sollte ich ihnen dann meine Abwesenheit erklären?

Plötzlich blieb ich wie angewurzelt stehen. Waren das nicht eben Schritte auf der Treppe gewesen?

Nein. Alles war totenstill. Ich erschauerte unwillkürlich. Die meisten Türen zu beiden Seiten des langen Korridors standen offen oder angelehnt. Staub lag auf den Schwellen und Spinnweben zogen sich über die Ecken. Aber dann kam ich zu einer geschlossenen Tür. Ich zögerte, sie zu öffnen – ich mußte an Blaubart und seine sieben toten Frauen hinter der verschlossenen Tür denken –, aber dann lachte ich über mich selbst. Was konnte hier schon verborgen sein? Alles Wertvolle war sicher längst aus diesem Flügel entfernt worden. Ich stieß die Tür auf, hielt die Kerze hoch und blieb staunend stehen.

Das Zimmer war möbliert, spärlich zwar, aber immerhin möbliert mit einem Bett, einem Tisch und zwei Stühlen – und es war sauber gefegt. Das Bett war sogar bezogen, wenn auch nicht ganz frisch, soweit ich sehen konnte, und nirgends entdeckte ich Staub. Was, in aller Welt, ging hier vor sich?

Auf dem Tisch lag ein Buch. Es war eine französische Bibel, und auf der Innenseite las ich in der vertrauten Schrift den Namen *Monique Bernarde Des Cars de Montigny*. Die Seiten raschelten, als ich sie umblätterte; heißes

Wachs tropfte von der Kerze auf den Tisch. Und dann sah ich ein Blatt Papier zwischen zwei Seiten der Bibel, und es überraschte mich nicht, daß eine Ecke des Schreibens abgerissen war, das die vertrauten Schriftzüge trug. Ich hielt die Kerze näher heran, um die Worte zu entziffern.

Und dann hörte ich hinter mir einen Schritt. Ich schrie auf, und im gleichen Augenblick traf mich etwas auf den Hinterkopf. Mir war, als stürze ich in einen tiefen, dunklen Schacht, und als ich das Bewußtsein verlor, versuchte ich noch verzweifelt, die Kerze festzuhalten.

Als ich die Augen aufschlug, sah ich Flammen aufzüngeln, und dann war da eine dunkle Gestalt, die mit einer Decke auf die Flammen einschlug. Ich schrie auf und zuckte zurück, aber der Mann achtete nicht auf mich, bis er das Feuer bekämpft und das brennende Bettzeug ausgeschlagen hatte.

Dann nahm er einen anderen Kerzenleuchter vom Tisch und kam zu mir herüber.

»Großer Gott, du bist es!« rief er bestürzt.

Ich schrak zurück, als ich Etienne erkannte, und ich muß wohl blaß geworden sein, denn er sagte rasch: »Du brauchst keine Angst zu haben, niemand wird dir etwas tun. Was ist geschehen?«

»Das solltest du doch am besten wissen«, erwiderte ich verärgert und faßte an meinen Hinterkopf. »Warum hast du mich niedergeschlagen?«

»Ich – dich niedergeschlagen?« Etienne starrte mich an, als hätte ich meine fünf Sinne nicht beieinander. Im Kerzenschein sah sein zerschundenes Gesicht beinahe unmenschlich aus. »Hast du den Verstand verloren? Ich habe überhaupt niemanden niedergeschlagen. Ich sah

Licht in diesem Flügel und dachte an Einbrecher. Als ich hier heraufkam, sah ich jemanden am Tisch stehen – aber ich dachte, es wäre ein Mann –, und dann bemerkte ich, daß die Bettlaken brannten und lief hin, um das Feuer auszuschlagen. Ich dachte, wer immer es gewesen war, muß in der Dunkelheit an mir vorbei herausgeschlüpft sein, aber ich wollte nicht hinterher, bevor das Feuer nicht gelöscht war. Dieses alte Holz hier brennt wie Zunder, und ich fürchtete, daß es sich zu schnell ausbreiten würde, wenn ich erst fortginge, um Hilfe zu holen. Ich hätte mir nie träumen lassen, daß du es warst. Bist du ohnmächtig geworden?«

»Nein«, antwortete ich fest. »Jemand hat mich niedergeschlagen.« Ich betastete vorsichtig meinen Kopf, und meine Finger wurden feucht. Ich hielt sie Etienne hin; an den Fingerspitzen klebte Blut.

»Hast du dir den Kopf aufgeschlagen, als du hingefallen bist?« fragte er.

Wieder schüttelte ich den Kopf. »Ich wurde niedergeschlagen. Als ich den Brief lesen wollte ...«

»Welchen Brief?«

»Da war ein Brief in Moniques Handschrift.« Ich fühlte mich zu schwach, um vorsichtig zu sein.

Etienne starrte mich an. »Träumst du? Hier ist kein Brief.« Und als ich ihm alles erzählte, schüttelte er den Kopf. »Kein Brief und keine Bibel. Ich weiß, was für eine Bibel du meinst. Pater Desmoulins hat sie Monique nach der Geburt des Kindes geschenkt. Ich dachte, sie wäre in ihrem Zimmer, bei ihren anderen Sachen. Du mußt hingefallen oder ohnmächtig geworden sein und das alles geträumt haben, und im Fallen hat deine Kerze das Bettzeug in Brand gesetzt.«

»Vielleicht.« Ich war immer noch nicht sicher, ob nicht

Etienne der Schuldige war. Konnten mir zwei verschiedene Personen hierher gefolgt sein? »Aber ich habe nicht geträumt, daß dieses Zimmer hier benutzt worden ist, und zwar in letzter Zeit. Sieh doch selbst – die Laken auf dem Bett, der Tisch geschrubbt, der Boden sauber gewischt...«

»Du hast recht«, sagte er langsam, »aber das muß ja nicht unbedingt etwas mit Monique zu tun haben, nicht wahr? Sie hat das Schloß verlassen – daran besteht kein Zweifel, Laura. Sie würde sich bestimmt nicht in diesem Zimmer verstecken. Aber du hast recht, das Zimmer ist benutzt worden. Wahrscheinlich hat dieser Taugenichts Philippe eine Frau hier gehabt. Oder« – er zog eine Grimasse – »einer von den Dienstboten hat irgendeinen armen Verwandten hier versteckt.«

Ich glaubte nicht, daß irgendeiner der Dienstboten das gewagt haben würde. Sie wurde alle gut behandelt und hätten bestimmt nicht durch so etwas ihre gute Stellung aufs Spiel gesetzt. Und was Philippe anging, vielleicht hielt er sich eine Frau hier – aber hätte er dann riskiert, mich umzubringen und das halbe Schloß über unseren Köpfen abzubrennen, nur um eine kleine Liaison geheimzuhalten?

Ich zog es vor, diese Gedankengänge nicht weiter zu verfolgen. Ich war noch immer keineswegs überzeugt, daß nicht Etienne selbst für den Schlag verantwortlich war, und falls ich recht hatte, war alles Reden sowieso nutzlos. Für mich war es sicherer zu schweigen.

»Komm, wir wollen zurückgehen, Laura«, sagte Etienne. »Ich habe mir die Hand verbrannt, und ich möchte eine Salbe und einen Verband haben.«

Ich lächelte, ein recht kümmerliches Lächeln. »Das waren zwei harte Tage für uns beide, nicht wahr?«

Er lachte kurz auf. »Ja, das kann man wohl sagen, aber so Gott will, werden wir nicht mehr lange bleiben. Wir werden fortgehen, sobald wir Pässe bekommen.«

Ich blickte mich noch einmal um, in der Hoffnung, den Brief irgendwo zu entdecken, aber da war nichts, und schließlich ließ ich mich von Etienne in den bewohnten Teil des Hauses zurückführen. Ungesehen schlüpften wir durch die tapetenverkleidete Tür. Wir gelangten in mein Zimmer, es war leer; die Dienstboten waren wohl beim Mittagessen. Als ich noch Etiennes mit Brandblasen übersäte Haut einsalbte und verband, hörte ich Annette mit leichten Schritten hereinkommen.

»Möchte Madame sich für das Mittagessen anziehen – oh! Sie sind ja auf, Madame, geht es Ihnen besser?«

»Ja, danke, viel besser«, erwiderte ich, wobei ich mich anstrengte, nicht an die Beule auf meinem Kopf zu denken. doch Annette warf beide Arme mit einem Ausruf des Schreckens hoch.

»Aber Sie sind ja ganz voll Ruß, Madame – und die Hand von Monsieur –«

»Wir waren im alten Flügel, Annette, und hatten Pech mit einer Kerze. Ich mußte das Feuer ausschlagen«, erklärte Etienne kurz angebunden. »Es ist bedeutungslos. Können wir uns noch umziehen? Geh und frage Madame Gaston, ob man mit dem Essen noch zehn Minuten warten kann!«

Annette verschwand, um den Auftrag auszuführen. Während ich Etiennes Hand verband, sagte er auf einmal: »Wenn es wahr ist, daß du jemanden hinter dir gehört hast...«

»Es ist wahr, Etienne, ich schwöre es dir!«

»Ich beschuldige dich ja gar nicht zu lügen«, entgegnete er friedlich. »Ich glaube nur, daß du dir das eingebildet hast. Immerhin, für den Fall, daß du tatsächlich recht haben solltest, müßte zumindest ein Familienmitglied verdammt überrascht sein, dich gesund und munter am Eßtisch zu sehen.«

Bekümmert tastete ich nach meiner Beule am Hinterkopf. »So gesund und munter nun auch wieder nicht.«

»Jedenfalls lebendig und unverbrannt«, meinte Etienne. »Also paß gut auf, wer eine Reaktion zeigt – wenn überhaupt jemand. Vielleicht hat derjenige gehofft, daß man dich nicht mehr lebend finden und dann die Schuld irgendeinem Landstreicher oder Einbrecher geben würde. Obgleich wirklich jeder hier in der Gegend weiß, daß dieser Flügel des Hauses leersteht und daß sich dort nichts von Wert befindet.«

»Es sei denn, dort wäre der Schatz verborgen«, bemerkte ich, aber Etienne lachte nur höhnisch. »Glaubst du etwa, dieser Haufen Aasgeier hätte nicht schon jedes lose Dielenbrett dort umgewendet?«

»In Anbetracht der dicken Staubschicht würde ich sagen, daß in den letzten fünf Jahren in den meisten Räumen niemand gewesen ist«, entgegnete ich ruhig. Und gerade da kam Annette zurück, um mir beim Umkleiden zu helfen, erfreut, mich wieder auf den Beinen zu sehen, und Etienne ging in sein Zimmer hinüber.

Ich war gespannt, ob sich jemand beim Dinner verraten und bei meinem unversehrten Anblick Überraschung zeigen würde, aber als ich an Etiennes Arm das Speisezimmer betrat, sah ich nichts als Freundlichkeit auf allen Gesichtern. Sie fragten nach meinen Kopfschmerzen und gaben ihrer Freude Ausdruck, daß ich mich wohl genug fühlte, mit ihnen zu essen. Aber nicht einer von ihnen verriet irgendeine andere Empfindung.

Dann fiel mir auf, daß ein Gesicht in der Runde fehlte.

»Wo ist denn Onkel Louis?« fragte ich.

»Es ging ihm nicht gut genug, um aufzustehen. Sein Herz macht ihm wieder zu schaffen«, erklärte Tante Sidonie.

Etiennes Brauen hoben sich ein wenig. Ich blickte erschrocken auf, aber dann mußte ich innerlich über mich lachen. Onkel Louis, der sich nur mit Mühe und an zwei Stöcken fortbewegte, konnte mir kaum vier Treppen hoch gefolgt sein, mich niedergeschlagen haben und dann so schnell an Etienne vorbei entwischt sein. Dieser Gedanke war wirklich lächerlich.

Aber dann wurde ich nachdenklich. Es stimmte zwar, daß ich Onkel Louis nie anders als an Stöcken humpelnd oder in seinem Rollstuhl gesehen hatte, aber was wußte ich überhaupt von seiner Krankheit? Vielleicht war sie, wenigstens zum Teil, nur vorgetäuscht, und er war gar nicht so gehbehindert, wie es den Anschein hatte. Wenn das stimmte, konnte es möglich sein, daß er in der Dunkelheit hinter mir hergeschlichen war, ohne daß ich es merkte. Und da er bis zu einem gewissen Grad tatsächlich Invalide sein mußte – seine Blässe und sein Fieber bewiesen das –, konnte eine solche Anstrengung sehr wohl völlige Erschöpfung, ja sogar einen Herzanfall verursachen.

Die Suppe wurde abgetragen und der Fisch serviert, und plötzlich blickte die Gräfinwitwe mit Besorgnis auf Etienne, der Schwierigkeiten hatte, seine Gabel zu handhaben. »Hast du deine Hand verletzt, Etienne?«

»Es ist nichts, Großmutter. Monique ließ eine Kerze fallen, und ich mußte das Feuer ausschlagen«, erklärte er.

Die alte Dame hielt erschrocken den Atem an. »Wo denn? Ist etwas beschädigt worden? Hat etwas Feuer gefangen?«

»Nur etwas Bettzeug, Großmutter«, erwiderte ich, und sie schüttelte unbekümmert den Kopf. »Hoffentlich war es keiner von den neuen Damastüberzügen. Aber jetzt werden eure Räume voller Rauch sein. Ich werde andere Zimmer für euch herrichten lassen, damit sie gründlich gelüftet und saubergemacht werden können.«

Etienne sah aus, als würde er am liebsten kräftig fluchen, aber statt dessen sagte er ruhig: »Nein, Großmutter, das ist nicht nötig, es ist kein Schaden entstanden. Es ist im anderen Flügel passiert.«

»Im anderen Flügel? Aber da sind doch gar keine gemachten Betten!« protestierte Tante Isabelle. »Ich dachte, es gäbe nicht einmal Teppiche und Vorhänge – geschweige denn bezogene Betten.«

Jetzt machten alle mehr oder weniger erstaunte und überraschte Gesichter, so daß es unmöglich war festzustellen, ob einer von ihnen vielleicht überraschter war als die übrigen. Ich nahm an, daß Etienne seinen Grund dafür hatte, daß er das erzählte – vielleicht meinte er dadurch denjenigen zu entdecken, der sich heimlich im anderen Flügel aufgehalten hatte –, aber er hatte eine zu große allgemeine Aufregung geschaffen.

»Was, in aller Welt, wolltet ihr denn im anderen Flügel?« wollte Tante Isabelle wissen. »Nicht einmal die Böden sind dort mehr sicher. Monique hätte sich den Hals brechen können.«

»Allerdings«, gab Etienne zu und warf einen raschen Blick in die Runde. »Deshalb bin ich ja auch mit ihr gegangen, um sicher zu sein, daß nichts – und niemand – ihr etwas anhaben kann.« Es lag eine gewisse Herausforderung in seinem Ton, aber ich wußte nicht, ob sie an eine besondere Person gerichtet war. Wie gewöhnlich war es Philippe, der die Herausforderung annahm.

»Vielleicht wolltest du dich nur vergewissern, daß der Schatz nicht gerade dort versteckt ist?«

Etienne wurde dunkelrot vor Zorn, aber bevor er etwas erwidern konnte, stieß die Gräfinwitwe ihren Stuhl zurück und stützte sich mit ihren zerbrechlichen Händen auf die Tischkante. Ihr feines Porzellangesicht war rosig angehaucht. »Wie abscheulich geschmacklos, Philippe, dieses ständige Gerede von dem verborgenen Schatz! Auf jeden Fall ist das kein Gesprächsthema bei Tisch!«

»Wenn die ganze Landbevölkerung darüber spricht, warum sollen wir dann nicht darüber reden, Großmama«, entgegnete Philippe.

»Was die Bauern reden, ist nicht maßgebend für uns«, erklärte die Gräfinwitwe mit zitternder Stimme. »Ich erwarte von dieser Familie ein anderes Verhalten. Ich bin überzeugt, daß der Schatz zur angemessenen Zeit zum Vorschein gebracht werden wird, und bis dahin bleibt es Moniques Geheimnis. Und außerdem – wer weiß, ob er nicht schon vor langer Zeit ausgegraben wurde, um Familienschulden zu bezahlen?«

Philippe lachte leise. »Na, das wäre ja ein feiner Witz, wie, Monique?«

»Ich weigere mich, mir diesen Unsinn länger anzuhören«, sagte die Gräfinwitwe, wandte sich um und verließ mit steifem Rücken das Zimmer.

»Du solltest dich schämen, Philippe!« rief Tante Sidonie vorwurfsvoll.

»Aber, aber, liebe Schwägerin«, meinte Philippe, »erzähle mir nicht, daß du oder Louis etwas dagegen hätten, wenn der Schatz gefunden würde. Niemand weiß, woraus er besteht oder wieviel er wert ist, also kann man keine Steuer verlangen, und da es sich um ein tragbares Gut handelt, könnten auch jüngere Söhne daran teilhaben.«

»Du redest zuviel, Philippe«, sagte Gaston mit Nachdruck. »Genügt es nicht, daß du Großmutter vom Tisch vertrieben hast?«

»Und ich habe auch genug davon, daß du dauernd Etienne reizen mußt«, fuhr ich plötzlich auf ihn los.

Philippe machte eine etwas spöttische Verbeugung. »Du hast eine ungemein loyale Frau, Etienne«, murmelte er. »Ich hoffe, du weißt das zu schätzen. Ich würde nicht ungern auch eine Frau haben, die stets bereit wäre, mein Spiel mitzuspielen.«

Etienne wurde rot, sagte jedoch nichts. Und ich wunderte mich über mich selbst, daß ich neuerdings meinen Mann so eifrig verteidigte. Was war nur los mit mir? Ich hatte an Moniques Unschuld geglaubt und Etienne mißtraut – warum verteidigte ich ihn dann, sobald er angegriffen wurde?

Etienne berührte meine Hand unter dem Tisch. Unsere Blicke begegneten sich kurz, und auf einmal empfand ich wieder jenes bereits vergessene Gefühl, allein mit Etienne auf einer Seite gegen alle anderen zu stehen. Gegen alle? Ich glaube, ich konnte die Gräfinwitwe ausnehmen. Sie hatte Monique ganz offensichtlich liebgehabt und sich über ihre Rückkehr gefreut. Aber dann mußte ich daran denken, daß ich bisher den kranken Onkel Louis auch ausgenommen hatte, und heute abend war er beinahe der Hauptverdächtige.

»Aber was, in aller Welt, wolltet ihr denn bloß in dem alten Flügel?« fragte Tante Sidonie in ihrer langsamen, etwas einfältigen Art. »Da ist doch gar nichts -- außer Mäusen und Spinnweben, oder?«

Ich hätte ihr den Hals umdrehen mögen, aber Etienne antwortete an meiner Stelle: »Monique meinte ein Licht zu sehen und wollte nachschauen, ob sich dort ein Einbrecher oder irgendeiner der Dienstboten herumtreibt.«

So einfach diese Erklärung war, Tante Isabelle wurde daraufhin jedoch unerwartet blaß und murmelte: »Dann ist also doch etwas Wahres an der Geschichte, daß Licht im alten Flügel zu sehen ist und Schritte zu hören sind, wann immer ein Todesfall in der Familie bevorsteht.«

»Ich habe keine Schritte gehört«, erklärte ich, »und wenn, dann wären es bestimmt nicht Schritte eines Gespenstes gewesen, sondern einer handfesten Person.«

»Trotzdem«, beharrte Tante Isabelle, »ich habe dort selbst Licht gesehen, kurz bevor dein Vater starb, Monique, und einer unserer Leute bekam einen Anfall, als er drüben etwas aus seinem alten Koffer holen sollte. Und dann wurde wieder Licht im alten Flügel gesehen, und merkwürdige Geräusche wurden gehört, als Philippes Mutter starb!«

»Nun«, meinte Etienne mit etwas gelangweilter Höflichkeit, »wessen Begräbnis möchtest du denn abhalten, liebe Tante? Hoffst du auf meines?«

»Ihr habt gut lachen«, sagte Tante Sidonie gekränkt, und ihre Unterlippe zitterte, »aber ich mache mir Sorgen um Louis und sein schwaches Herz...Oh, du meine Güte, ich will lieber gleich nach ihm sehen und mich überzeugen, daß es ihm gut geht.« Sie sprang auf und lief mit hastigen kleinen Trippelschritten aus dem Zimmer.

»Nun habt ihr das arme Geschöpf ganz verschreckt«, bemerkte Philippe vorwurfsvoll. »Monique, du hast doch sonst immer über Gespenster gelacht.«

»Das tue ich auch noch«, erwiderte ich. »Wenn ich dort ein Licht sah, dann hat es jemand getragen – und zwar jemand aus Fleisch und Blut.«

»Dann sollten wir vielleicht besser den alten Flügel durchsuchen«, schlug Gaston vor, und ich hätte schwören können, daß er bleich aussah. »Hast du dort irgend etwas Ungewöhnliches gesehen?«

Ich machte gerade den Mund auf, um von dem benutzten Zimmer zu erzählen, als ich fast aufgeschrien hätte, denn Etienne trat mir ziemlich heftig auf den Fuß und stieß außerdem ein Glas Wasser um. In der folgenden Verwirrung und hastigem Getupfe mit Servietten wurde die Frage vergessen.

Da ich nach dem Essen keine Lust hatte, den Kaffee allein mit Tante Isabelle einzunehmen, zog ich mich mit einer Entschuldigung zurück.

Ich wies Annettes Angebot, mir beim Auskleiden zu helfen, ab, schickte sie fort und wartete auf Etienne, der vermutlich noch bei Kaffee und Cognac mit Gaston und Philippe zusammensaß.

Endlich klopfte Etienne an meine Tür, und ich ließ ihn ein. Er sagte: »Es tut mir leid, daß ich dich warten ließ, aber ich mußte noch Geistergeschichten von Gaston über mich ergehen lassen und mich um eine harmlose Unterhaltung mit diesem Rabenaas von Philippe bemühen. Ich muß auch für mein Benehmen dir gegenüber bei Tisch um Verständnis bitten, aber ich war in Sorge, du würdest etwas über das Zimmer, das wir im alten Flügel gefunden haben, ausplaudern. Es bedeutet wahrscheinlich nichts, aber ich möchte sehen, ob heute Nacht oder morgen jemand unter einem Vorwand hinübergeht.« Er sank in einen Sessel. »Ich hatte den Geist vergessen. Man erzählte mir, in meiner Abwesenheit sei er zurückgekehrt; man hat Licht im alten Flügel gesehen und Stimmen gehört.« Er blickte mich an; sein Gesicht war sehr blaß. »Ich habe nie an diese alten Geschichten vom Familiengespenst geglaubt, aber wenn etwas Wahres dran ist, dann hat man den Geist genau an jenem Tag im alten Flügel gesehen, als sich Monique das Leben nahm – tausend Meilen entfernt.«

Er schlug seine Hände vor das Gesicht, und seine Schultern bebten.

»Etienne«, sagte ich leise, »du hast keinen Zweifel daran, daß Monique wirklich tot ist, nicht wahr? Du glaubst nicht, daß ihr Selbstmord nur vorgetäuscht sein könnte, um dich irrezuführen?«

»Das würde Monique mir nie antun«, entgegnete Etienne mit zittriger Stimme. »Außerdem – was hätte sie dadurch zu gewinnen gehabt?«

»Vielleicht, wenn sie mit jemandem fortgegangen ist, den sie liebte...« sagte ich zögernd.

Einen Augenblick lang saß Etienne ganz still da, dann schüttelte er den Kopf. »Nein, ich glaube nicht – selbst wenn sie das getan haben sollte –, daß sie dann hierher zurückkommen würde, um sich den Schatz zu holen, weil sie Geld braucht.«

»Ach, ich will nichts mehr von diesem Schatz hören!« rief ich ärgerlich. »Ich finde das Gerede auch geschmacklos, genau wie die Gräfinwitwe!«

Etienne lächelte dünn. »Ich frage mich, ob die alte Dame weiß, wo er sich befindet«, murmelte er. »Du als Monique kennst als einzige das Versteck, aber... Könntest du *Grandmère* nicht mal ein bißchen aushorchen?«

Widerwillen erfaßte mich, und der Augenblick der Sympathie für Etienne ging ebenso schnell vorüber, wie er gekommen war. »Du widerst mich an!« sagte ich empört. »Ich soll die Zuneigung einer alten, gebrechlichen Dame ausnutzen, um das Familiengeheimnis aus ihr herauszubekommen!«

»Was ist daran so schlimm?« fragte er ganz vernünftig. »Monique ist tot, und wenn sie keine Nachricht hinterlassen hat, ist der Schatz für immer verloren, wenn er nicht einmal zufällig gefunden wird. Wäre es nicht besser, ihn ihrem Kind zu erhalten?« Sein Gesicht wurde hart. »Und was ihre Zuneigung betrifft, die du nicht ausnutzen möchtest – was tust du denn anderes, Tag für Tag, durch deine bloße Anwesenheit? Seit wann hast du denn solche Skrupel? Und was kann es dir schon bedeuten?« Seine Augen funkelten böse.

Ich hatte gute Lust, ihm zu antworten, daß es mich weit mehr anging, als er meinte; daß ich Monique gekannt und geliebt hatte und daß ich ihr Kind vor jeglichen Erbschleichern bewahren wollte, auch wenn es sich um den eigenen Vater handelte. Aber angesichts des wütend vor mir stehenden Etienne blieb mir schon das erste Wort im Hals stecken. Da ich nichts mehr sagte, drehte er sich um und ging aus dem Zimmer. Und ich blieb allein zurück mit all meinen Zweifeln und Ängsten.

Was hatte das alles zu bedeuten? Wer war in jenem Zimmer gewesen – mit Moniques Bibel und dem Brief in ihrer Schrift, der vielleicht den Hinweis auf das Versteck des Schatzes enthielt... Wie kam ich nur auf den Gedanken? Ich schloß die Augen und versuchte mich an irgendein Wort zu erinnern, das ich vielleicht noch gesehen hatte, bevor der Schlag mich traf, aber die Anstrengung verursachte mir nur Kopfschmerzen. Jetzt war ich übrigens überzeugt, daß Etienne mir den Schlag versetzt hatte.

12

Am nächsten Morgen erwachte ich spät, und als ich zum Frühstück hinunterkam, fand ich nur Onkel Louis vor, der mir mitteilte, daß die gesamte Familie einschließlich Etienne und der Gräfinwitwe zur Messe gegangen waren.

Das erinnerte mich wieder an eine äußerst unangenehme Seite dieses Spiels, auf das ich mich da eingelassen hatte: Pater Desmoulins. Wenn er Monique als ihr Beichtvater sehr gut gekannt hatte, würde ich ihn nicht lange täuschen können, soviel war mir klar. Ich hoffte von ganzem Herzen, daß die Familie ihn nicht zum Essen mit ins Schloß bringen würde.

Nach dem Frühstück döste Onkel Louis am Kamin vor sich hin; ich langweilte mich und beschloß, ein wenig spazieren zu gehen. Der Himmel war dunkel; die Wolken hingen tief, und die Luft war kalt, aber die frische Luft und der Wind taten mir gut, und ich war froh, dem Haus für eine Weile zu entrinnen.

Auf der nächsten Hügelkuppe blieb ich stehen und blickte zum Château zurück. Riesig, weitläufig und wie verlassen lag es da. Nirgends regte sich etwas, nur von einem der Hintergebäude stieg ein schmaler Rauchfaden auf. Ich versuchte, in dem alten Flügel das Fenster des gesäuberten und eingerichteten Zimmers zu finden, das ich am Vortag entdeckt hatte, aber ich hatte keinen Erfolg. Etienne konnte mir viel erzählen, daß ich mir die Bibel, den Brief und den Schlag auf den Kopf nur einbildete, ich wußte, was ich gesehen hatte. Und die Geschichten von einem Licht, das in den vergangenen Monaten in diesem Teil des Hauses herumgeisterte – konnte es sein, daß Monique sich in ihrem eigenen Schloß versteckt hielt und gar nicht davongelaufen war? Aber wie sollte man dann den Selbstmord erklären – die Kleider, die Etienne identifiziert hatte?

Aber schließlich hatte ich nur Etiennes Wort dafür, und das war erschreckend. Denn wenn er mich einmal angelogen hatte, war auch alles andere, was er erzählte, verdächtig, und ich stand auf äußerst unsicherem Boden.

Plötzlich fühlte ich mich beobachtet, drehte mich rasch um und sah einige Meter entfernt von mir eine merkwürdige Erscheinung. Es war ein etwa fünfzehn- oder sechzehnjähriges Mädchen, in Lumpen gehüllt und trotz der Kälte barfuß. Sie war schmutzig wie eine Zigeunerin, und ihr langes, helles Haar hing in halbgelösten Zöpfen herab. Als ich mich zu ihr umwandte, stieß sie einen leisen Schrei aus.

»Ah – Madame Monique, Sie sind zurückgekommen, aber ich habe niemandem etwas erzählt – niemandem. Schicken Sie mich nicht fort. *Gra'mère* hat gesagt, Sie lägen tot im Steinbruch, aber ich habe das Licht gesehen und es ihr nie erzählt. Schicken Sie mich nicht fort ins *Maison Santé* – dort wird man geschlagen und bekommt nur schwarzes Brot und Wasser…« Ihre Worte überschlugen sich fast vor lauter Angst, und ich bedeutete ihr, den Mund zu halten.

»Niemand wird dich fortschicken«, sagte ich und blickte in die großen, dunklen, vor Furcht weit aufgerissenen Augen. Anscheinend war das Mädchen eine harmlose Schwachsinnige, aber sie tat mir leid in ihrer Angst.

Das Mädchen warf sich auf die Knie und umschlang meine Beine. »Ich habe *Gra'mère* gesagt, daß Sie tot im Steinbruch liegen, aber sie hat gesagt, ich darf solche Dinge nicht erzählen, sonst schickt mich M'sieur weg. Sind Sie aus dem Wasser gestiegen?«

»Unsinn«, wehrte ich energisch ab und löste die Umklammerung ihrer Arme. »Komm, mein Kind, nun beruhige dich. Niemand will dir etwas tun.«

»Dann sind Sie nicht tot? Wirklich nicht tot?«

Ich lächelte beruhigend. »Nein, ich bin nicht tot.«

»Aber Sie waren ganz kalt, mit Schlamm und grünem Moos in den Haaren...«

Ich fragte mich, welch eine wilde Geschichte von Moniques Ertrinken im Süden bis hierher und zur Dorfidiotin vorgedrungen sein mochte.

»Warum bist du denn nicht mit den anderen in der Kirche?« fragte ich streng, um sie loszuwerden.

Sie ließ den Kopf hängen und drehte an ihrem Zopf. »Ich kann nicht in der Kirche sitzen«, flüsterte sie. »*Dinge* kommen und starren mich an, und ich muß schreien und hinauslaufen. Ich muß hinaus, egal, wer zwischen mir und der Tür ist, und nach dem einen Mal, Sie wissen schon, hat der Pater gesagt, ich soll nicht mehr kommen, und die Heilige Jungfrau würde schon wissen, daß ich in meinem Herzen bete.«

Ich wußte ja nicht, worauf sie anspielte und wer sie war, aber ich wagte nicht zu fragen; ganz offensichtlich kannte sie Monique recht gut, und selbst eine Schwachsinnige konnte zeitweise ihre lichten Momente haben.

Das Mädchen blickte scheu hinter ihrem Zopf hervor. »Wollen Sie wieder dorthin gehen, wohin ich Sie das letztemal geführt habe? Wenn sie kommen und mich in das schlimme Haus bringen wollen, dann führe ich sie in den Sumpf und lasse sie ertrinken, ganz bestimmt, aber Sie würde ich nie falsch führen. Kommen Sie mit?«

Bevor ich ja oder nein antworten konnte, hatte sie schon meine Hand genommen und zog mich den Hügel hinunter. Für ein so schmächtiges Wesen war sie erstaunlich kräftig, und sie rannte so schnell, daß ich Mühe hatte, ihr zu folgen.

»Warte einen Augenblick«, keuchte ich nach einer Weile. »Ich bin außer Atem. Wohin bringst du mich?«

»Sie wissen es. Und ich weiß es. Aber ich sage es niemandem, auch nicht, wenn sie mich in das Haus stekken, wo man Schläge bekommt.« Und sie zog wieder an meiner Hand. Ich gab nach und ließ mich weiterziehen. Vielleicht würde ich auf diese Weise erfahren, wovon sie eigentlich sprach.

Wir überquerten noch einen Hügel, und dann sah ich vor uns die rollende See, und, viel näher als vermutet, den mächtigen viereckigen alten Normannenturm. Zwischen uns und dem Turm allerdings ertreckte sich ein Stück Sumpfgelände mit dichtem niedrigem Gestrüpp, Dünengras und Marschblumen, alles grau und vertrocknet zu dieser Jahreszeit. Hier und dort erhob sich ein dikker, knotiger Baum mit bizarren Ästen.

»Hier ist es gefährlich«, protestierte ich, aber das Mädchen zog mich unerbittlich weiter.

»Nicht mit mir! Denken Sie an das letztemal, da haben Sie Lucie auch vertraut.« Ungeduldig zerrte sie an meinem Arm. »Ich kann Sie sogar an den *Dingen* an der Tür vorbeibringen – dort gibt es Gold, sagen die Leute, aber es wird von den *Dingen* bewacht. Aber vor *den* Dingen habe ich keine Angst, nur vor denen, die drinnen in den

Häusern sind und sich zwischen mich und die Türen stellen.«

Ich gab es auf und folgte ihr, obgleich ich wußte, daß ich eine Dummheit beging. Natürlich war es möglich, daß sie ihren Weg durch den Sumpf genau kannte und ihn schon viele Male gegangen war, aber trotzdem konnte sie jeden Augenblick einer anderen Laune zufolge davonfliegen wie ein wilder Vogel und mich hier allein im Sumpf stehenlassen. Immerhin – sie hatte etwas von Gold gesagt und damit meine Neugier geweckt.

Der verborgene Schatz! Schon wieder!

Vorsichtig trat ich in die Fußstapfen des Mädchens, aber trotzdem waren meine Schuhe bald durchnäßt, und zweimal geriet ich bis zu den Knien ins Sumpfwasser. Wieder ein Kleid verdorben. Das Mädchen hatte seine Röcke irgendwie um die Taille hochgebunden und ließ lange, nackte, dornenzerkratzte Beine sehen. Sie blickte mißbilligend auf meine Schuhe. »Wo sind Ihre anderen Dinger, die Sie sonst an den Füßen hatten?«

»Zu Hause«, erwiderte ich. »Eigentlich hatte ich heute nicht die Absicht, hierherzukommen.«

»Wenn die Schuhe verdorben und nicht mehr gut genug für die feine Dame sind, schenken Sie sie dann Lucie?« bettelte sie plötzlich, und ihre Stimme bekam einen jammernden Klang. »Die arme Lucie möchte gern Ihre hübschen Schuhe haben, auch wenn sie ganz naß und schmutzig sind wie an dem Tag.«

Ich seufzte. In Anbetracht der Tatsache, daß ich mich mit einer Verrückten im Sumpf befand, konnte ich es kaum riskieren, sie in schlechte Laune zu versetzen. »Du kannst meine Schuhe haben, wenn ich sie nicht mehr brauche.«

»Das haben Sie schon mal gesagt«, entgegnete sie und

schob die Unterlippe vor wie ein kleines Kind, »und als Sie schliefen und ich sie mir holen wollte, hat mich der junge *M'sieur* weggejagt.«

»Welcher junge ›M'sieur‹?« fragte ich überrascht und wunderte mich, worauf ich nun hier wieder gestoßen sein mochte. Aber Lucie schmollte und wollte nicht antworten. Statt dessen zerrte sie wieder heftig an meinem Arm.

Und dann traten wir auf feinen, festen Sand, bedeckt mit niedrigen grauen Sträuchern, die Meeresgeruch ausströmten, und der Turm selbst war nur noch etwa dreißig Meter von uns entfernt. Ich schüttelte das Wasser aus meinen Schuhen. Wenn ich mir eine Erkältung holte, brauchte ich mich nur bei mir selbst zu bedanken.

»Kommen Sie, ich zeige Ihnen das Gold«, rief Lucie, und mit heftig klopfendem Herzen folgte ich ihr. Hatte dieses Mädchen vielleicht zufällig den Schatz der Des Cars gefunden? Aber sicher war dies ein Ort, den man schon oft durchsucht hatte.

An der einen Seite des Turms kniete Lucie nieder und zog an einem großen Stein. Sekundenlang schossen mir alle möglichen Geschichten von Geheimtüren und unterirdischen Tunneln durch den Kopf, aber dann sah ich, daß Lucie unter dem Stein lediglich einen verfärbten alten Chintzbeutel hervorholte. Sie redete leise vor sich hin, während sie das Band löste, und dann rief sie: »Sehen Sie, ich zeige Ihnen das Gold!«

Sie schüttete den Inhalt des Beutels auf den Boden.

Ich weiß nicht, warum ich so enttäuscht war – vielleicht hatte ich wirklich gehofft, aus dem schäbigen Chintzbeutel würde der verlorene Schatz rollen?

Ein oder zwei schwärzliche Kupfermünzen, eine kleine Sammlung heller Kieselsteine, einige davon mit

Goldtupfen, ein paar Samt- und Satinreste, über die sie liebevoll mit ihren abgebissenen Fingernägeln strich, zwei oder drei Pfirsichkerne – und dann sah ich tatsächlich etwas Goldenes zwischen all dem Zeug aufblitzen. Ich wollte mich danach bücken, aber wie der Blitz hatte Lucie es bereits an sich gerissen.

»Ich wußte, daß Sie tot waren!« erklärte sie triumphierend. »Jetzt ist es Lucies Gold! Wenn man etwas findet, darf man es behalten, und ich habe es im Sand gefunden, als Sie schliefen.«

»Ich gebe es dir zurück, ganz bestimmt«, sagte ich rasch. »Ich möchte es mir nur ansehen.«

»Sie werden es zurückhaben wollen, damit Sie es wieder mit dem Medaillon tragen können«, maulte sie und versteckte das Goldkettchen hinter ihrem Rücken.

Ich wußte nicht recht, was ich tun oder sagen sollte. Sie war stärker als ich, und außerdem war ich hier im Sumpfgelände auf sie angewiesen. »Ich brauche es nicht für das Medaillon«, schmeichelte ich schließlich. »Sieh nur, ich trag es doch gar nicht.«

Sie zuckte plötzlich zurück und sah mich nicht an. »Ich habe es nicht genommen – nie, nie!« wimmerte sie. »Er hat es in den Steinbruch geworfen! Sie haben gesagt, ich könnte es haben, aber er hat es in den Steinbruch geworfen!«

»Wer?« fragte ich sofort, aber Lucie wiegte sich auf ihren nackten Füßen hin und her und umklammerte ihren ›Goldschatz‹.

Ich zog ein rotes Band aus dem Besatz meines Kleides und hielt es hoch. »Möchtest du das gern haben?«

Sie griff danach. »Lucie will es haben!«

»Du bekommst es nur, wenn du mir das Kettchen zeigst.«

»Erst das Band«, verlangte sie und trat einen Schritt zurück. Ich legte das Band auf einen flachen Stein. Sie stürzte vor, um sich das Band zu nehmen und warf mir gleichzeitig das glänzende Kettchen vor die Füße. Ich hob es auf und betrachtete es eingehend. Es war ein etwa zehn Zentimeter langes Stück einer sehr fein gearbeiteten Goldkette. Vielleicht hatte Monique dem Mädchen das Stückchen zerbrochener Kette geschenkt, als ihr Medaillon verlorenging?

Lucie war damit beschäftigt, das Band um ihr zerzaustes Haar zu binden. Als sie damit fertig war, griff sie nach dem Kettchen, und ich ließ es los. Es sagte mir nichts.

»Monique!« hörte ich plötzlich lautes Rufen. »Monique! Bist du da?«

»Ja, ich bin hier!« rief ich zurück.

Das Mädchen stopfte hastig ihre Schätze in den Beutel und verbarg den Beutel hinter dem Stein. Sie richtete sich auf und wich zurück. Ihre Augen waren weit aufgerissen vor Angst. »Jetzt kommen sie und holen mich, Madame. Sie bringen mich fort, und dann werde ich geschlagen und bekomme nichts zu essen. Warum sind Sie von den Toten zurückgekommen? Jetzt werden sie mich schlagen...«

»Sei nicht albern, mein Kind, niemand wird dir etwas tun. Mich suchen sie, nicht dich.« Aber Lucie drehte sich um und lief mit großen Sätzen wie ein junges Reh den Strand entlang.

»Monique, wo bist du?«

»Hier beim Turm!«

»Dann bleib, wo du bist. Versuche nicht, allein zurückzugehen!«

Wenige Minuten später standen Etienne und Onkel

Gaston neben mir, und Etienne hielt mich an den Schultern fest. »Was, in aller Welt, ist denn in dich gefahren, hierherzukommen? Du hast mich doch selbst vor Jahren gewarnt, wie gefährlich es ist!«

»Ich bin mit Lucie hergekommen«, erwiderte ich. »Sie kennt die Wege in den Sümpfen.«

»*Quel crétin!*« sagte Etienne heftig.

Onkel Gaston fügte giftig hinzu: »Diese Verrückte, man sollte sie einsperren!«

»Sie ist nicht gefährlich«, protestierte ich. »Bei all dem vielen Gerede von einem vergrabenen Schatz wollte sie mir nur gern den ihren zeigen.«

Gastons Miene veränderte sich; er schluckte. »Was sagst du da, Monique? Hat sie etwa den Schatz gefunden?«

»Nein, ihr Schatz ist ungefähr das, was Klein-Etiennes Schatz sein würde, bunte Kieselsteine und Bändchen.« Ich lachte. »Da sieht man, wohin diese Schatzsuche einen führt.«

»Gaston kennt sich auch in den Sümpfen aus«, meinte Etienne. Gaston sagte: »Aber mit *mir* wolltest du nie herkommen, Monique, außer einmal, weißt du noch?«

Ein dünnes Lächeln verzerrte seinen Mund.

»Ich erinnere mich an mehr, als du vielleicht glaubst«, entgegnete ich aufs Geratewohl und merkte dann, daß ich offenbar irgendwo ins Schwarze getroffen hatte, denn er wurde kreidebleich und schüttelte leicht den Kopf, als wäre ihm kalt – oder als fürchte er sich. Aber er sagte nur: »Am liebsten würde ich die Hunde auf diese blöde Lucie hetzen.«

»Na, komm«, beschwichtigte Etienne, »sie ist Mère Gouarts Älteste. Keiner von der Familie hat viel Verstand, und die arme Lucie hat Anfälle, aber immerhin fängt sie Fische und sammelt Feuerholz. Für die arme Frau wäre es noch viel schwerer, ohne die Hilfe des Mädchens.«

»Sie stiehlt unsere Äpfel und Pfirsiche«, erklärte Gaston mit Nachdruck.

»Monique mißgönnt den Armen nicht das bißchen Obst, nicht wahr, *ma chérie?*« fragte Etienne, und ich merkte, wie geschickt er Gaston auf seinen Platz verwiesen und ihn daran erinnert hatte, daß es seine Nichte war, nicht er, die Einwände erheben konnte, wenn das Dorfmädchen stahl.

»Niemand sollte einem anderen Essen mißgönnen«, murmelte ich, »Christen sollen wohltätig sein.«

»Ein so frommes Mädchen sollte nicht die Messe versäumen«, bemerkte Onkel Gaston leise, aber es war doch eine deutliche Spitze.

»Nun, wenn Monique die Messe versäumt, dann ist es ihre Sache«, warf Etienne rasch ein. »Und jetzt müssen wir zurück, oder wir kommen zu spät zum Essen.«

Ich hatte aber noch keine Lust zu gehen. »Da ich schon einmal hier bin, möchte ich auch in den Turm schauen.«

»Unsinn, er hat sich nicht verändert, seit du ihn zum letztenmal gesehen hast«, sagte Etienne.

Verärgert wandte ich mich ab und hielt Onkel Gaston meine Hand hin. »Aber du«, rief ich herausfordernd, »du kannst mir doch sicher etwas Neues dort zeigen?«

Was nun geschah, traf mich völlig unerwartet. Onkel Gaston wich zurück. Sein Gesicht war schneeweiß, und er schlug tatsächlich ein Kreuz. Sein Kinn fiel herab, der Mund stand offen, aber es kam kein Ton heraus. Etienne war ebenso verblüfft über diese Reaktion wie ich, aber ich dachte, ich hätte etwas Falsches gesagt und versuchte, es rasch zu überspielen. »Onkel, was ist mit dir?

Fühlst du dich nicht wohl? Dann sollten wir doch besser gleich nach Hause zurückkehren.«

Aber Onkel Gaston drehte sich einfach um und stürzte davon, hinein ins Sumpfgras, und überließ es uns, ihm zu folgen, so gut wir konnten.

Etienne fluchte kräftig. »Und was nun, Monique, verdammt noch mal...« Er brach ab. »Laura, du Dummkopf, hast du nicht gemerkt, daß er irgend etwas wußte – etwas, das ich nicht erfahren sollte? Wenn du deinen Mund gehalten hättest, anstatt draufloszuplappern wie eine dumme Gans, hätten wir vielleicht etwas aus ihm herausbekommen. Jetzt wird es uns vermutlich nie mehr gelingen. Außerdem – wie sollen wir jetzt aus dem Sumpf herauskommen? In der Laune, in der Gaston war, freut er sich wahrscheinlich, wenn wir hier untergehen!«

Ich war nicht in der Lage, mit ihm zu streiten. »Gibt es keine andere Möglichkeit, um von hier nach Hause zu gelangen?«

»Doch, aber wir würden den halben Tag brauchen, um die Felsen zu übersteigen, selbst wenn du in deinem Kleid klettern könntest. Wenn wir ein Boot hätten, könnten wir die Flut abwarten. Aber so sitzen wir in der Patsche.« Er zog eine Grimasse. »Ich glaube, wir gehen am besten zum Turm zurück; dort sind wir wenigstens davor sicher, in ein Sumpfloch zu fallen. Ich gehe voran, du trittst in meine Fußstapfen; es ist nicht weit, und an dieses Stück Pfad kann ich mich durchaus erinnern. Eigentlich sollte ich dich hier stehen lassen – du bist wirklich naiv!« Er sprach nicht mehr, bis wir den festen Sand am Turm erreicht hatten, dann sagte er grimmig: »So, jetzt können wir hier warten und überlegen, was zu tun ist.«

»Soll ich oben auf den Turm hinaufsteigen und mit meinem Unterrock winken? Kann das jemand vom Haus her sehen?«

»Nein – und du gehst auch nicht in den Turm«, sagte Etienne grob.

»Warum nicht? Lucie hält ihn für verhext, aber du glaubst doch nicht an Gespenster – oder doch?«

»Nein, aber dort ist es finster und schmutzig. Die Treppen sind brüchig, es wimmelt von Ratten, und der einzige Ausblick, den du von oben hast, geht auf den Zaun, den Sumpf und den alten Steinbruch. Bestimmt wird uns bald jemand im Haus vermissen.«

Er setzte sich in den Sand, sprang aber sofort wieder hoch.

»Sieh, dort das Boot! Vielleicht können wir ihnen ein Signal –«

»Das ist unnötig«, erwiderte ich. »Sie wollen sowieso hier anlegen.«

Als das Boot angelegt hatte, sahen wir, daß es sich um den Stallknecht Pierre und einen anderen Diener handelte. Pierre sagte: »Monsieur Gaston sagte uns, daß er Sie im Sumpf verloren habe, und schickte uns, um nach Ihnen zu sehen.«

Etienne half mir ins Boot, wir ließen uns an den Strand unterhalb des Châteaus rudern. Schweigend wanderten wir dann die halbe Meile über den Hügel zum Château; ich nahm mir vor, den alten Turm eines Tages zu erforschen. Was hatte Gaston derart erbleichen lassen? Warum hatte mir Etienne verboten, dort hineinzugehen?

Abgesehen von einem milden Vorwurf von der Gräfinwitwe, weil wir zu spät zum Essen kamen, erwähnte niemand meine Eskapade.

Aber an jenem Abend machte ich meinen ersten schweren Fehler. Und am nächsten Tag versuchte jemand, das Kind zu vergiften.

13

Nach dem Essen hatte Etienne mich in meinem Zimmer aufgesucht und mir mitgeteilt, daß er am nächsten Morgen für ein oder zwei Tage fortgehen würde, um Vorbereitungen für unsere Reise zu treffen. »Kann ich dir vertrauen, Laura, keinen schweren Fehler zu machen? Stelle dich krank, wenn du willst, und bleibe in deinem Zimmer. Wenn sie dich zur Unterhaltung zwingen, sprich über das Wetter oder Ähnliches. Ich fürchte, Gaston beginnt etwas zu argwöhnen. Es ist wichtig, daß ich dich von hier fortbringe, bevor alles herauskommt. Es tut mir leid, dich mit ihnen allein lassen zu müssen, aber es wäre mir noch unangenehmer, das Kind allein hier zurückzulassen. Wenn sie erst den Verdacht haben, daß du *nicht* Monique bist – und früher oder später ist es unausbleiblich, daß du einen schwerwiegenden Fehler machst, ebenso wie ich den Fehler beging, dich Moniques Pferd reiten zu lassen –, dann gebe ich nicht mehr soviel für das Leben des Kindes.« Er schnippte mit den Fingern. »Philippe hat mir gezeigt, wie leicht es sein würde, einen Unfall zu arrangieren, und Kinder fallen öfter Treppen herunter oder aus einem Fenster.«

Mir wurde ganz elend bei der Vorstellung. »Ich verspreche dir, gut auf das Kind achtzugeben, Etienne.«

»Ja, ich weiß, das wirst du tun«, sagte er und streichelte meinen Arm. »Du bist ein gutes Mädchen.«

Später ging ich nach unten. Ich hatte jedoch wenig Lust, mich zu den anderen zu gesellen, und so betrat ich leise das Musikzimmer und setzte mich ans Klavier. Nach einer Weile begann ich sanft mit den Fingern über die Tasten zu streichen und ein bißchen zu spielen. Es tat gut, wieder an einem Klavier zu sitzen. Und dann sang ich ein altes Lied aus meiner Kindheit. Tante Laura, Moniques Mutter, hatte es früher oft gesungen:

Plaisir d'amour
Ne dure qu'un moment,
Chagrin d'amour...

Ich vergaß mich ganz über dem alten Lied, meine Stimme schwoll an, wurde klar und ruhig in dem großen Zimmer. Ich kam wieder zu mir, als ich einige Augenblicke später kleine Füße trippeln hörte.

»Oh, Mama, sing!« Der kleine Etienne stürzte ins Zimmer. Ich hatte einen Kloß in meiner Kehle, als ich das Kind hochhob und auf meine Knie setzte. Er trug einen blau eingefaßten, weißen Matrosenanzug, wahrscheinlich sein Sonntagsgewand, und als er versuchte, mit seinen verschmierten Fingern auf die Klaviertasten zu hämmern, wischte ich ihm mit meinem Taschentuch die Kuchenreste von den Händen.

»So, jetzt ganz sanft, mein Kleiner, deine Hände müssen sauber sein, wenn du Klavier spielst.« Ich küßte seine Wange und er rief wieder: »Mama, sing!«

»Wenn du ruhig sitzen bleibst...« Ich wählte ein Lied aus, von dem ich annahm, es würde dem Kind gefallen, und begann schließlich zu spielen und zu singen:

Au clair de la lune, mon amis Pierrot,
Prêtez-moi un plume, pour ecrir un mot.
Ma chandelle est morte, donnez-moi de feu –

Ich fiel fast vom Hocker, als der kleine Etienne mit seinem dünnen, piepsenden Stimmchen mitsang; unisono beschlossen wir das Lied:

Ouvrez-moi la porte,
Pour l'amour de Dieu.

Aber natürlich: Irgend jemand in diesem Haus, vielleicht Françoise, das Kindermädchen, mußte das alte Lied kennen und es dem Kind beigebracht haben. Etienne verlangte eine Wiederholung, und ich spielte und sang nochmals mit ihm.

»Darf ich hereinkommen?« fragte plötzlich Philippe von der Tür her und kam herein, ohne meine Erlaubnis abzuwarten. Der kleine Etienne lief zu mir, hieb mit seinen schmierigen Händchen in die Tasten und verlangte fröhlich: »Sing, Mama, sing!«

Philippe klopfte seine Pfeife im leeren Kamin aus und ließ sich in einen Sessel sinken. Der Kleine lief zu ihm zurück und kletterte auf seine Knie. Philippe blickte zu mir auf. »Sing doch weiter. Ich höre dir wirklich gern zu. Ganz wie früher, findest du nicht?«

Er lächelte leicht, und wieder hatte ich dieses merkwürdige Gefühl, daß er auf etwas anspielte, das nur ihn und mich, beziehungsweise Monique betraf.

Da ich nicht wußte, was ich darauf sagen sollte, murmelte ich nur: »Wenn du meinst.« Ich wandte mich wieder dem Klavier zu. Diesmal spielte ich ein italienisches Lied. Etienne saß ganz still auf Philippes Schoß, während ich sang, dann krabbelte er herunter und kroch im Zimmer umher. Ich stand auf und schloß den Klavierdeckel. Philippes allzu vertrauliches Gehabe störte mich.

Er sah mich fast vorwurfsvoll an, erhob sich, kam zu mir, und nahm meine Hände fest in die seinen. »Monique«, sagte er ruhig, »du bist irgendwie nicht mehr du selbst. Kann ich dir in irgendeiner Weise helfen?«

Verwirrt erwiderte ich: »Nein, nein. Ich weiß gar nicht, was du meinst, Philippe.«

»Hast du Angst vor Etienne – was er dazu sagen wird?«

»Nein, bestimmt nicht. Aber sieh mal...« Ich bückte mich, nahm dem Kind die langen Fransen der Klavierdecke aus den Fingern und hob es auf meine Arme. »Ich bringe Etienne jetzt besser zu Françoise.« Ich hielt das Kind wie eine Barrikade zwischen Philippe und mich. Aber Philippe nahm mir den Jungen ganz einfach aus den Armen, setzte ihn auf das Sofa und gab ihm eine Zigarettendose zum Spielen. Dann sah er mich an.

»Monique«, sagte er sanft, »Monique, wie kannst du dich nur so verstellen?«

Sein Blick war zärtlich und liebevoll. Ich hätte nicht geglaubt, daß ein Mann soviel Wärme zeigen konnte. Ich geriet ganz durcheinander, konnte jedoch nicht umhin, Philippes Liebenswürdigkeit mit Etiennes Launen und Zornesausbrüchen zu vergleichen. Etienne – Etienne kümmerte es im Grunde nicht, ob ich lebte oder starb. Philippe dagegen... Wie im Traum wußte ich genau, daß sich gleich unsere Lippen berühren würden...

Und dann sprang Philippe plötzlich zurück und nahm das Kind von der Couch, während ich verwirrt dastand. Aber dann begriff ich; eine Sekunde später knarrte die Tür, und Etienne trat ins Musikzimmer.

»Es ist zu kalt für das Kind«, erklärte er schroff. »Und du, Monique, wirst dich auch erkälten. Geh lieber nach oben.«

Mein Gesicht brannte. Philippe lachte und machte irgendeine Bemerkung dahingehend, daß ich doch wohl etwas zu alt wäre, um wie ein Kind auf mein Zimmer geschickt zu werden. Dann sagte er noch etwas, das ich nicht verstand, woraufhin Etienne jedoch wütend, den kleinen Etienne rittlings auf seinen Schultern, aus dem Zimmer stapfte. Ich folgte, und als Philippe seine Hand ausstreckte, um mich zurückzuhalten, schüttelte ich den Kopf. Es war für mich ratsamer, mich in allem so zu verhalten, wie Etienne es wünschte. Es war schon dumm genug von mir gewesen, Philippe meine Gefühle zu offenbaren, nur weil ich mich so sehr nach einem freundlichen Blick sehnte.

Der Blick, den ich von Etienne erhielt, als er schließlich in mein Zimmer kam, war weit entfernt davon, freundlich zu sein. »Was, zum Teufel, hattest du mit Philippe vor? Ich habe dir doch gesagt, du sollst dich von ihm fernhalten!«

Plötzlich wurde ich böse. »Bist du etwa eifersüchtig? Ich bin schließlich mein eigener Herr!«

»Bitte«, erwiderte er und preßte die Lippen zusammen, »wenn du so willst, aber wenn du mich verrätst... Und denke daran, mein liebes Mädchen – als Monique hast du bereits *einen* Skandal zu überwinden!« Grollend wandte er sich ab, um in sein Zimmer hinüberzugehen.

»Etienne«, sagte ich, »ich gebe dir mein Ehrenwort, daß ich nur in das Musikzimmer gegangen bin, um ein bißchen Klavier zu spielen. Philippe und der Kleine haben mich dort gefunden und mir zugehört, das war alles.«

Seine Miene hellte sich ein wenig auf, aber er sagte nur: »Ich werde morgen vor Tagesanbruch fortreiten. Inzwischen halte dich besser von Philippe fern, und von den anderen auch. Gute Nacht und *au revoir*, meine Liebe.«

Erst als ich im Bett lag, erkannte ich plötzlich mit eiskaltem Schreck, was ich angerichtet hatte.

Denn Monique hatte sich als Kind zwei Finger gebrochen – ein Unfall mit dem Schlitten auf dem Eis –, und trotz jahrelangen Klavierunterrichts konnte sie mit ihren steifen Fingern kaum die einfachsten Lieder spielen. *Und sie besaß überhaupt keine Singstimme. Sie war schon immer heiser wie eine Krähe gewesen.*

Das war der einzig wirklich große Unterschied zwischen uns.

Wußte Philippe das?

Wußte es Etienne?

Im Morgengrauen erwachte ich von Pferdegetrappel unten im Hof. Ich sprang aus dem Bett, eilte zum Fenster und lehnte mich hinaus, um Etienne nachzusehen, wie er davonritt. Es war jedoch immer noch dunkel, und vom Meer her wallte dicker Nebel, in dem er sich rasch verlor.

Ich ging wieder ins Bett und kuschelte mich unter die warme Decke, aber mir war immer noch kalt. Ich hatte Angst, ohne Etienne hier leben zu müssen. Launisch und finster, wie er war, bildete er doch einen Schutzwall zwischen mir und den anderen. Und als dann etwa eine halbe Stunde später Françoise an meine Tür klopfte, hatte ich sofort ein ungutes Gefühl.

»Bitte, erschrecken Sie nicht«, sagte Françoise, aber ihre Stimme zitterte dabei. »Vielleicht ist es gar nichts, aber der Kleine schreit und hat sich erbrochen und ruft nach seiner Mama!«

Hastig schlüpfte ich in meinen Morgenrock und stürzte den Korridor entlang zum Kinderzimmer. Klein-Etienne lag leise wimmernd in seinem Bettchen – ein beängstigender Abklatsch seines sonstigen herzhaften Schmerzensgebrüll oder Wutgeheuls. Fieber hatte er nicht, aber er war sehr blaß, und sein Gesichtchen fühlte sich feucht an. Seine Hände und Füße waren eiskalt. Er bat um Milch, und Françoise flößte ihm ein wenig aus einem Becher ein, aber kaum hatte er sie hinuntergeschluckt, als er auch schon zu würgen begann und die Milch wieder erbrach.

Ich wußte nicht, was tun, aber Françoise tat bereits alles, was dem Kleinen vielleicht helfen konnte. Sie bereitete einen schwachen Tee mit einem Schuß Brandy zu und befeuchtete seine kalten Lippen damit. Sie hüllte ihn in vorgewärmte Decken und legte heiße Backsteine an seine Füße. Ich fühlte mich überflüssig – nur daß der Junge sich weinend an mich klammerte und mich nicht fortlassen wollte, so daß ich ihn schließlich auf meinen Schoß nahm und ihn sanft hin- und herwiegte, bis er in unruhigen Schlaf verfiel.

Moniques Kind, und ich liebte es, als wäre es mein eigenes. Warum konnte es nicht meines und Etiennes sein – aber wie konnte ich so etwas nur denken. Wenn der Kleine mein Kind wäre – aber ich bedeutete Etienne ja nichts. Wenn ich meine Rolle ausgespielt hatte, würde er mich entlassen wie eine Gouvernante oder ein Hausmädchen. Und ich würde ihn nie wiedersehen, weder ihn noch dieses zarte Kind, das Moniques Züge trug. Und plötzlich, ganz unerklärlicherweise, empfand ich einen heftigen Groll gegen Monique: Sie hatte ihr Kind und Etienne verlassen. Wie hatte sie das nur über ihr Herz bringen können? Ach, gehörten sie nur mir, der kleine und der große Etienne, ich würde sie niemals verlassen und sie von ganzem Herzen lieben.

Endlich traf der Arzt ein, und als er mein bleiches, verstörtes Gesicht sah, schickte er mich sofort aus dem Zimmer. Nur Françoise durfte dableiben. Die nächsten zehn

Minuten bedeuteten für mich eine qualvolle Ewigkeit, aber als der Doktor endlich aus dem Zimmer kam, hatte sich seine Miene aufgehellt, und Françoise lächelte sogar vor Erleichterung.

»Nur eine kleine Magenverstimmung«, erklärte er, »obgleich – wenn er sich nicht sofort erbrochen hätte... Was hat das Kind gegessen?«

»Ach, Doktor, das läßt sich schwer feststellen«, erwiderte Françoise kopfschüttelnd. »Die Gräfinwitwe stopft ihn mit Kuchen voll, die anderen geben ihm Kekse, und von seinem Vater bekommt er auch immer Süßigkeiten, da ist es ein Wunder, daß der Kleine überhaupt so gesund ist.«

»Zweifellos, zweifellos«, brummte der Doktor, aber seine Stirn legte sich in tiefe Falten. »Sie haben ihn ganz richtig behandelt bis jetzt. Sorgen Sie dafür, daß er im Bett bleibt – wenn möglich.« Ich erinnerte mich, gehört zu haben, daß er auch Kinder hatte. »Halten Sie ihn warm, und schicken Sie sofort nach mir, wenn es ihm schlechter gehen sollte, auch wenn es mitten in der Nacht ist.«

Als Françoise ins Kinderzimmer zurückgekehrt war, wurde sein Gesicht jedoch wieder ernst. »Madame, ich möchte Sie nicht beunruhigen, aber Ihr Sohn sollte besser beaufsichtigt werden. Sagen Sie mir, wissen Sie, ob jemand hier im Haus Paris Vert benutzt?«

Ich schüttelte den Kopf. Ich wußte nicht einmal, was das war.

»Es wird zum Besprühen der Rosen benutzt und ebenso zur Vernichtung von Ratten. Geht das Kind manchmal in die Scheunen, wo es eine Rattenfalle gefunden haben könnte?«

»Nicht, daß ich wüßte«, entgegnete ich, und mein

Herz sank. »Natürlich ist er oft in der Küche, aber dort werden sie doch wohl kein Gift aufbewahren?«

»Kaum, wenn Ihr Personal verläßlich ist, Madame, aber es könnte aus Versehen dorthin geraten sein. Arsen sieht aus wie Zucker. Vielleicht sollte ich mich doch einmal mit Ihren Gärtnern – und mit Ihrem Küchenpersonal unterhalten.«

»Aber wenn das Gift im Kuchen oder im Zuckertopf war, dann müßten doch auch andere davon krank geworden sein, oder?« wandte ich ein.

»Höchstwahrscheinlich, Madame, und aus diesem Grund glaube ich auch, daß der Kleine eine Rattenfalle gefunden haben muß oder im Gärtnerschuppen gespielt und gegessen hat, was er für Zucker hielt. Sie müssen gut auf ihn aufpassen, Madame.«

Ich brachte kein Wort mehr heraus. Françoise hatte ganz gewiß auf den Kleinen achtgegeben – aber er saß ständig auf dem einen oder anderen Schoß und bekam von allen Seiten etwas zugesteckt. Jeder konnte ihm einen vergifteten Bonbon gegeben haben. Sogar – ich spürte, wie mir das Blut aus dem Gesicht wich – sogar sein Vater.

Als der Arzt gegangen war, sprach ich mit Françoise. Sie beteuerte, daß sie von nun an jeden Bissen überwachen würde, den der Kleine zu sich nahm. Ich vertraute ihr. Ich mußte ihr vertrauen. Ich konnte nicht selbst Tag und Nacht über das Kind wachen.

Auch konnte ich niemanden beschuldigen, das Kind vergiften zu wollen, da es immerhin möglich war, daß der Junge eine Rattenfalle mit vergiftetem Brot oder Kuchen gefunden hatte. Aber wenigstens konnte Françoise seine Krankheit zum Vorwand nehmen, ihn nichts essen zu lassen, was ihm die anderen zustecken wollten.

Den ganzen Vormittag bis in den Nachmittag hinein saß ich am Bett meines kranken Kindes, wiegte ihn, sang ihm etwas vor und gab ihm löffelweise die gute Hühnersuppe ein, deren Zubereitung Françoise in der Küche selbst überwacht hatte. Als er die Suppe dann bei sich behielt, dankte ich Gott so inbrünstig, als hätte er mein eigen Fleisch und Blut gerettet.

Schließlich schlief der Junge ein, und Françoise ermahnte mich eindringlich, mich anzuziehen und etwas zu essen. Ich war noch immer in Nachthemd und Morgenrock und hatte den ganzen Tag noch nichts zu mir genommen. Ich fühlte mich wirklich etwas schwach, und da die Wangen des kleinen Etienne wieder etwas Farbe zeigten und Françoise versprach, mich sofort zu rufen, wenn der Junge erwachen und weinen sollte, gab ich nach.

Nachdem ich mich angezogen und ein wenig von dem gegessen hatte, was Annette mir heraufbrachte, fühlte ich mich wenigstens körperlich besser, aber die Furcht, die mich seit dem Morgen beherrschte, war eher noch stärker geworden. Wenn fast vor unseren Augen das Kind vergiftet werden konnte – wem sollte ich dann noch trauen? Wenn ich wenigstens Etienne hätte ganz und gar vertrauen können, dann wäre mir viel leichter gewesen.

Als Annette kam, um das Tablett zu holen, berichtete sie ärgerlich, daß Lucie an der Hintertür herumlungere und behauptete, ich hätte ihr ein Paar Schuhe versprochen.

Mir fielen die durchnäßten Schuhe ein, inzwischen getrocknet und verschrumpft. Annette holte sie aus dem Schrank. Das rote Leder war eingelaufen und fleckig. Annette meinte zwar, man könne sie vielleicht wieder herrichten, aber ich hatte sie schließlich tatsächlich dem Mädchen versprochen. Trotz Annettes Murren ließ ich sie auch noch einen dicken roten Flanellunterrock aus dem Schrank holen. Ich erinnerte mich wohl an die dünnen Lumpen, in denen Lucie bei der Kälte herumgelaufen war.

Widerwillig nahm Annette die Schuhe und den Unterrock, blieb jedoch an der Tür stehen.

»Was gibt es denn noch?« fragte ich gereizt.

»Madame, Père Desmoulins ist unten im Musikzimmer und möchte Sie dringend sprechen.«

»Ich kann ihn nicht empfangen«, erwiderte ich automatisch. »Bist du sicher, daß er nicht die Gräfinwitwe sprechen möchte?«

»Ja, Madame, er hat gesagt, Madame Etienne de Montigny. Und, entschuldigen Sie bitte, Madame, aber der Pater hat auch gesagt, daß er das Privileg des Priesters in Anspruch nehmen würde, Sie in Ihrem Krankenzimmer aufzusuchen, falls Sie sich nicht wohl genug fühlen, ihn unten zu empfangen.«

Du lieber Gott, und was nun? Ich war sowieso schon am Ende meiner Weisheit, und nun kam auch noch dieser Priester, um mich über den Zustand meiner Seele zu befragen – oder vielmehr Moniques Seele. Angenommen, ich würde ihm erklären: »Hochwürden, Sie können aufhören, sich um Moniques Seele Sorgen zu machen, sie ist aller Wahrscheinlichkeit nach tot und im Himmel, und Sie brauchen sich nur noch darüber Gedanken zu machen, ob sie ermordet wurde oder nicht.«

Annette beobachtete mich besorgt. »Was soll ich Pater Desmoulins antworten, Madame?«

»Ach, sag ihm, er soll heraufkommen!« Wenn sich eine Unterredung schon nicht vermeiden ließ – und wenn ich an Pater Desmoulins energisches Kinn dachte, konnte ich dessen gewiß sein –, dann wollte ich wenigstens die Vorteile meiner angeblichen Krankheit wahrnehmen. Vielleicht konnte ich ihn doch dazu bringen, mir noch etwas Zeit zu lassen. Zeit war alles, was ich brauchte. Wenn Etienne die Wahrheit gesagt hatte, würden wir sowieso nur noch ein paar Tage hier sein.

Ich bürstete mein Haar und band es lose im Nacken zusammen, als Annette mit Pater Desmoulins zurückkam. Mit vom Wind gerötetem Gesicht, die Soutane ein wenig schlammbespritzt, trat er ins Zimmer. Ich erhob mich und bot ihm einen Sessel an.

Er blieb einen Augenblick vor dem Kaminfeuer stehen und rieb sich die Hände. »Ah, Sie haben ein Feuer in Ihrem Zimmer – das ist gut bei dieser Kälte. Und wie geht es dem Kleinen, Madame? Wieder besser, hoffe ich. Ja, es ist immer schmerzlich für eine Mutter, wenn ihr Kind krank ist.« Er nickte Annette freundlich zu. »Du kannst gehen, mein Kind, ich werde allein mit Madame sprechen.«

Einen Augenblick lang machte mir meine protestantische Erziehung zu schaffen. Priester oder nicht, ich hatte noch nie einen Mann allein in meinem Schlafzimmer empfangen, von meinem Mann abgesehen. Aber ich unterdrückte einen Protest, weil ich wußte, daß Monique nichts gesagt hätte. Ich sah den Pater an. Er lehnte sich behaglich in seinen Sessel zurück und genoß sichtlich das weiche Kissen und das warme Feuer, aber in seinen Augen blitzte Entschlossenheit, und die Art, wie er sein Kinn hob, warnte mich, auf der Hut zu sein. Er würde sich nicht mit lahmen Entschuldigungen abspeisen lassen.

»Nun, meine Tochter«, sagte er, als Annette das Zimmer verlassen hatte, »bist du nun bereit, mit mir zu sprechen?«

»Hochwürden, ich kann nicht«, erwiderte ich. »Ich bin viel zu unruhig. Ich mache mir Sorgen. Wie Sie gehört haben, ist der kleine Etienne seit Tagesanbruch krank, und sein Vater ist in einer geschäftlichen Angelegenheit fortgeritten. Ich bin zu beunruhigt, um mit irgend jemandem zu sprechen. Darf ich Sie noch einmal bitten, mich zu entschuldigen?«

»Nein, das dürfen Sie nicht«, gab er zurück und sah mich dabei überrascht an. »Wohin sollen Sie sich denn sonst mit Ihren Sorgen wenden, meine Tochter, wenn nicht an Ihren Priester? In der Tat, als ich von dem Unglück hörte, hat es mich erschreckt, daß Sie so hart geworden sind, daß Sie mich nicht sofort holen ließen. Angenommen, Gott hätte den Kleinen zu sich genommen und ich wäre nicht hier an Ihrer Seite gewesen – wie hätte ich mir das je verzeihen können? Ach, Monique, mein Kind, was ist nur über dich gekommen? Wo habe ich gefehlt, daß du dich von der Kirche abgewandt hast und nicht einmal mehr mit deinem Gemeindepfarrer sprechen willst?«

Mir wurde klar, daß ich schon wieder einen bösen Fehler gemacht hatte. Wenn der kleine Etienne in ernstlicher Gefahr gewesen wäre – und nach dem, was der Arzt gesagt hatte, mußte ich annehmen, daß Gefahr bestanden hatte –, würde Monique als gläubige katholische Mutter niemals versäumt haben, den Priester ins Haus zu holen. »Hochwürden«, sagte ich, und das war die volle Wahrheit, »ich war so außer mir vor Angst um das Kind, daß ich keinen Raum für irgendeinen anderen Gedanken hatte.«

Er seufzte. »Ich fürchte, das ist wahr, mein Kind, und

gilt für alle hier im Haus. Ihr habt keine Zeit für Gedanken an Gott.«

Meine überreizten Nerven versagten. Meine Stimme wurde ungebührlich laut: »Im Namen Gottes, wie können Sie mir ausgerechnet jetzt Vorhaltungen machen!«

»Allerdings, im Namen Gottes, Madame.« Er erhob sich. Sein Gesicht war ernst, sein Mund zusammengepreßt. »Und mir erscheint es notwendiger als je zuvor, Sie zur Einkehr zu bewegen, Madame. Sie hatten Glück, für das Kind besteht keine Gefahr mehr, wie ich höre. Und wäre es gestorben, so hätte die Heilige Mutter Gottes es in den Himmel geholt, weil Ihr kleiner Sohn getauft und ein Kind noch ohne Sünde ist. Aber wie steht es mit Ihnen, Madame? Der Tod ist immer gegenwärtig. Wenn Sie noch heute vor den Thron Gottes treten müßten, was würden Sie sagen?«

Ich sagte gar nichts, sondern saß mit brennendem Gesicht und niedergeschlagenen Augen da. Was sollte ich auch machen? Schließlich konnte ich mich nicht zu Moniques Sünden bekennen. Ich hoffte, wenn ich weiterhin beharrlich schwieg, würde er es vielleicht müde werden, mich auszuschelten und fortgehen. Aber das tat er nicht. Er schwieg ebenfalls, aber sein Blick war unablässig auf mich gerichtet. Nervös fingerte ich an meinem Taschentuch.

»Meine Tochter«, sagte er nach einer ganzen Weile ruhig, »ich bin der Beichtvater von Monique de Montigny, und ich habe mich bisher auch als ihren Freund betrachtet. Möchtest du mir nicht etwas sagen?«

Bei diesem unerwartet freundlichen Ton brach irgend etwas in mir, und ich schluchzte auf. Und als ich erst einmal zu weinen anfing, konnte ich nicht mehr aufhören. Hilflos weinte ich mich aus, während der Priester dasaß und mich beobachtete. Als ich mich schließlich beruhigte, fragte er sanft: »Kannst du jetzt mit mir sprechen, meine Tochter?«

»Nein«, stieß ich hervor, »ich kann nicht beichten. Ich kann Ihnen nicht sagen, was Sie hören wollen. Ich bin nicht die, für die Sie mich halten... Ich bin nicht Monique – ich bin nicht einmal Katholikin. Verstehen Sie mich? *Ich bin nicht Monique de Montigny!*«

Pater Desmoulins verzog keine Miene, sondern betrachtete mich nur ruhig und aufmerksam.

»Ich wußte es«, erklärte er still.

Und da war ich am Ende meiner Kraft. Ich schluchzte von neuem. »Oh, Hochwürden, ich kann nicht mehr! Ich kann keine Beichte ablegen – aber darf ich Ihnen alles erzählen? Ich kann niemandem hier trauen, aber wenn ich überhaupt jemandem vertraue, dann einem Priester. Bitte – bitte, können Sie mir helfen?«

14

Es war ganz still im Zimmer. Draußen auf dem Hof bellte ein Hund und irgendwo rief ein Dienstbote einem anderen etwas zu. Aber im Zimmer selbst wurde die Stille nur von meinem langsam verebbenden Schluchzen unterbrochen. Und dann stand Pater Desmoulins mit bekümmertem Gesicht neben mir und legte tröstend seine Hand auf meine Schulter.

»Mein liebes Kind, Sie dürfen nicht weinen!« sagte er und zog sich einen Stuhl heran. »Beruhigen Sie sich, kommen Sie, fassen Sie sich!«

Ich nahm mich zusammen. Schon bereute ich meinen

Ausbruch und bekam es mit der Angst. In einem einzigen Augenblick hatte ich die sorgfältige Arbeit von Wochen über den Haufen geworfen. Und doch – hatte ich denn eine andere Wahl gehabt?

Etwas verspätet fiel mir plötzlich ein, was der Pater vorher gesagt hatte. Verwirrt blickte ich zu ihm auf. »Sie wußten es?«

»Mein liebes Kind, ich – sagen Sie, wie heißen Sie?«

»Laura Monteith, Hochwürden.«

»Sie sehen Monique sehr ähnlich, gewiß...«

»Ihre Mutter und meine waren Schwestern, und als kleine Mädchen wurden wir oft für Zwillinge gehalten.«

»Das erklärt es natürlich. Nun, meine liebe Mademoiselle Laura, seit ihrem siebzehnten Lebensjahr bin ich Monique de Montignys Beichtvater, und ich darf wohl sagen, daß ich sie besser kenne als irgend jemand sonst, mit Ausnahme vielleicht ihres Mannes. Sie wurde in meiner Kirche getraut, ich besuchte sie, als ihr Kind geboren wurde, und sie kam wöchentlich zu ihrer Beichte zu mir. Als ich Sie neulich zum erstenmal sah, ging ich mit dem vagen Gefühl nach Hause, daß irgend etwas nicht stimmte. Die Monique, die ich kannte, hätte sich ihrem Beichtvater gegenüber anders verhalten, als Sie es taten. Ich schrieb diese Veränderung jedoch einem starken Schuldbewußtsein zu, zweifelte gleichzeitig aber auch an meiner Menschenkenntnis, denn ich hätte schwören mögen, daß Monique niemals mit einem Liebhaber davonlaufen würde. Monique war immer eine treue Ehefrau und Mutter, und sie war eine gläubige, fromme Frau, die ganz gewiß keinen so entscheidenden Schritt unternommen hätte, ohne mir gegenüber ihren schweren Gewissenskonflikt wenigstens anzudeuten. Und als ich mir das alles so recht überlegte, kam ich zu dem Schluß, daß es nicht die echte Monique gewesen war, die ich gesprochen hatte, sondern eine äußerst geschickte Betrügerin. Aber natürlich fragte ich mich, wie Sie Monsieur de Montigny getäuscht haben könnten, und zu welchem Zweck. Ich bin vor allem heute wiedergekommen, um das zu klären. Und jetzt haben Sie mich gebeten, Ihnen zu helfen, also müssen Sie mir alles erzählen.«

»Hochwürden – Sie werden für sich behalten, was ich Ihnen sage?«

»Ich kann nicht versprechen, es für mich zu behalten, als hätten Sie es mir in der Beichte erzählt«, erwiderte er ernst. »Ein solcher Betrug ist ein großes Unrecht.«

»Hochwürden, ich habe kein Verbrechen begangen. Schlimmstenfalls könnte es sein, daß ich vielleicht dazu beigetragen habe, Beweismaterial für ein Verbrechen zu beseitigen. Aber ich habe Monique sehr liebgehabt, und ich bin vor allem auch hergekommen, um die Wahrheit über sie herauszufinden. Und ich habe Etienne – Monsieur de Montigny – versprochen, niemandem etwas von der ganzen Geschichte zu erzählen...« Ich zögerte.

Pater Desmoulins erklärte ruhig: »Ich habe es Ihnen schon gesagt, daß ich das, was Sie mir anvertrauen, nicht als Beichtgeheimnis behandeln noch Ihnen behilflich sein kann, Beweise eines Verbrechens zu unterschlagen. Aber wenn Sie sich mir als einem Freund anvertrauen, mein Kind, dann verspreche ich Ihnen, daß ich alles mit Ausnahme von Beweismaterial eines Verbrechens für mich behalten werde. Aber als erstes möchte ich wissen: Leben Sie mit Etienne de Montigny zusammen wie Mann und Frau?«

Mein Gesicht brannte. Ich schüttelte den Kopf. »Nein. Aber ich – ich bin seine Frau. Wir wurden vor einigen Wochen in Paris getraut.«

Pater Desmoulins sah sehr schockiert aus. »Er hat eine Protestantin geheiratet? Was für ein Priester hat Sie getraut?«

»Es war eine Ziviltrauung vor einem Standesbeamten, Hochwürden.«

Seine Stirn legte sich in bedenkliche Falten. »Dann gilt Ihre Ehe vor der Kirche nicht, aber dennoch... Wo ist Monique?«

Ich schluckte schwer. »Sie ist tot. Oder jedenfalls hat mir Etienne das gesagt.«

Er bekreuzigte sich und flüsterte: »Wie ist das geschehen?«

Ich wiederholte, was Etienne mir von Moniques Selbstmord erzählt hatte. Der Pater sah sekundenlang unbeschreiblich entsetzt aus und murmelte irgend etwas in Latein, vermutlich ein Gebet. Dann zog er zweifelnd die Brauen hoch. »Aber Etienne de Montigny hat Ihnen gesagt, daß er die Leiche seiner Frau nicht identifiziert hätte?«

»Nein. Man nahm an, daß die Leiche ins Meer hinausgetragen wurde.«

»Ich kann nicht glauben, daß es Selbstmord war!« sagte er heftig. »Nein, das glaube ich nicht. Hören Sie, ich kannte Monique de Montigny. Sie war eine gute und fromme Frau, das kann ich vor Gott beschwören. Vielleicht konnte sie einer Versuchung unterliegen, einer Leidenschaft zum Opfer fallen – obgleich ich nicht gedacht hätte, daß sie sich soweit vergessen könnte – aber Selbstmord? Nein, das niemals! Für Sünde gibt es Vergebung und Absolution, aber der Katholik, der sein ihm von Gott gegebenes Leben wegwirft, sündigt ohne Hoffnung auf Vergebung. Monique de Montigny mag zur Sünde fähig gewesen sein, aber zum Selbstmord nie, niemals!« Seine Meinung stand offensichtlich fest. »Nein, nein, das arme junge Ding hat vielleicht durch einen Unfall oder ein Unglück den Tod gefunden, aber sie hat sich ganz gewiß nicht das Leben genommen!«

Das bestätigte, was ich im Grunde immer geglaubt hatte. »Ich konnte es auch nie glauben«, erklärte ich, »und in letzter Zeit« – ich zögerte, denn zum erstenmal wagte ich diesen Verdacht auszusprechen – »habe ich mich sogar gefragt, ob sie überhaupt tot ist.«

»Sie glauben, daß daran ein Zweifel bestehen könnte?«

»Ihre Leiche wurde nicht gefunden.«

Als Gottesmann legte er natürlich sofort den Finger auf den einen Punkt, den ich übersehen hatte. »Aber, mein Kind – das würde ja bedeuten, daß Etienne de Montigny ein Bigamist ist!« Pater Desmoulins schüttelte den Kopf. »Es fällt mir schwer, ihm so etwas zuzutrauen. Ich habe ihn für einen Mann gehalten, der zu Recht verbittert ist über den Fehltritt seiner Frau, aber früher war auch er ein guter und frommer Mensch. Ich hatte gehofft, daß er sich schließlich wieder mit der Kirche aussöhnen würde.«

Etiennes Seelenverfassung interessierte mich im Augenblick nicht im geringsten. Ich kämpfte wieder einmal mit meinen widerstrebenden Gefühlen – einerseits mit dem impulsiven Verlangen, Etienne gegen jegliche Vorwürfe zu verteidigen, und andererseits mit meiner heimlichen Angst vor ihm und meinem schrecklichen Verdacht, daß er sich in einem Augenblick höchsten Zorns selbst gegen Monique gewandt hatte.

»Erzählen Sie mir alles«, forderte der Priester, und da ich nun schon einmal soweit gegangen war, konnte ich auch fortfahren.

Ich begann in Paris mit Etiennes Besuch im Theater und seinem ungewöhnlichen Vorschlag. Als ich dann von Etiennes Befürchtungen sprach, daß der kleine Etienne vermutlich seine Mutter nicht lange überleben würde, wenn man ihn seinen Verwandten überließe, stieß der Priester einen kleinen Schreckensruf aus. Aber er nahm sich sofort wieder zusammen und bedeutete mir, weiter zu erzählen.

Einmal unterbrach er mich und fragte, weshalb ich Etienne nicht eröffnet hätte, daß ich Moniques Cousine war.

»Ich weiß nicht«, erwiderte ich zögernd, auch jetzt noch nicht bereit, von meinen Zweifeln an Etienne zu sprechen. »Vielleicht, weil ich wütend war, daß er Monique eines so abscheulichen Verrats beschuldigte, und weil ich versuchen wollte herauszufinden, warum sie so etwas getan hatte. Ich war überzeugt, daß es zumindest irgendeinen schwerwiegenden Grund dafür gegeben haben müßte.« Mein Kehle wurde eng. »Monique war ein gutes Mädchen«, sgate ich heiser, »und als ich – als ich Etienne besser kennenlernte...« Ich verstummte und saß mit gesenktem Kopf da.

Pater Desmoulins' Augen schienen mich zu durchbohren, aber er sagte nur: »Erzählen Sie weiter.«

Ich beschloß, ihm nun alles zu erzählen und berichtete, was sich ereignet hatte, seit ich ins Schloß gekommen war. Ich sprach von meinen schlechten Gewissen gegenüber der Gräfinwitwe, von Philippes Kuß und meiner Scham darüber, daß ich ihn erwidert hatte, von meiner Ablehnung und Furcht vor Onkel Gaston, und von dem Schlag, der mich niedergestreckt hatte, als ich Moniques Bibel in dem verlassenen Teil des Hauses fand. Ich schloß mit dem schrecklichen Ereignis dieses Morgens, und der Pater schüttelte besorgt den Kopf.

»Das Kind muß bewacht werden«, erklärte er entschlossen. »Natürlich kann man nichts beweisen; Kinder sind oft krank, und selbst, wenn er Gift zu sich genommen hat, kann er irgendwo zufällig daran geraten sein. Er ist ein neugieriger kleiner Bursche. Aber – er ist jetzt doch nicht etwa allein?« Als ich ihm erklärte, welche Vorsichtsmaßnahmen ich getroffen hatte, war er sichtlich erleichtert.

»Gut, gut. Ich kenne die brave Françoise, sie ist sehr zuverlässig, und ich weiß, daß sie ihrem kleinen Schutzbefohlenen sehr zugetan ist. Sorgen Sie dafür, daß sie den Kleinen nicht aus den Augen läßt, bis Sie wissen, was wirklich geschehen ist.«

»Aber ich glaube nicht, daß Etienne es gewesen ist!« platzte ich heraus.

Der Pater sah mich ernst an. »Mein Kind«, sagte er ruhig, »Sie sind sehr in Monsieur Etienne verliebt, nicht wahr?«

Bestürzt blickte ich zu ihm auf und begann sofort zu leugnen, aber dann fing ich an zu stottern und schwieg.

Pater Desmoulins hatte ausgesprochen, was ich bisher nicht einmal mir selbst einzugestehen gewagt hatte. Ja, ich liebte Etienne. Während der Woche unserer Reise hatte ich mich in ihn verliebt. Inzwischen hatte sich mein anfängliches Mißtrauen ihm gegenüber in Angst und Entsetzen verwandelt – aber ich liebte ihn trotzdem. Wenn ich Etienne insgeheim einer Verschwörung, vielleicht sogar eines Mordes verdächtigte, müßte ich doch eigentlich froh sein, ihn bloßstellen und Moniques Namen reinwaschen zu können. Aber ich – was war ich denn, daß ich einen Mann liebte, den ich für fähig hielt, einen Mord zu begehen? Meine Augen füllten sich mit Tränen.

Der Pater schüttelte betrübt seinen Kopf. »Das dachte ich mir. Nein, Sie brauchen sich nicht zu schämen, mein Kind. Ich kenne die menschliche Natur gut genug, um zu wissen, welch seltsame Wege die Liebe oft geht. Sagen Sie mir, wie lange wird Etienne fort sein?«

»Ich glaube, er wird in etwa drei Tagen zurückkehren, Hochwürden«, erwiderte ich.

Dies bedachte er eine Weile, die Lippen leicht geschürzt, einen besorgten Ausdruck auf dem runden Gesicht. »Ja, bis dahin können wir wohl nichts tun«, meinte er schließlich.

»Sie werden mich doch nicht verraten, Hochwürden?« Mir war auf einmal eingefallen, daß er ein alter Freund der Familie war und er es vielleicht für seine Pflicht erachtete, eine Hochstapelei sofort aufzudecken.

Seine Antwort klang entschieden. »Keineswegs, mein Kind! Habe ich Ihnen nicht gesagt, daß ich alles wie ein Beichtgeheimnis betrachte, soweit es sich nicht um Unterdrückung von Beweismaterial für ein Verbrechen handelt? Und in der Tat glaube ich nicht, daß Sie persönlich in ein Verbrechen verwickelt sind. Sie wollen weder das Vermögen von Monique an sich bringen, noch einen Vorteil aus Ihrer derzeitigen Rolle schlagen; Sie sind vielmehr, wenn Ihre Erzählung der Wahrheit entspricht, darum bemüht, ihr Vermögen für ihr Kind zu bewahren. Und sollten Etiennes Sorgen grundlos und der kleine Etienne in keiner Gefahr sein, ist es schlimmstenfalls ein frommer Betrug, der auf der höchst lobenswerten Absicht fußt, die Erinnerung an Monique vor einem Skandal zu schützen. Wenn Ihnen also der Graf ein großzügiges Geschenk macht auf Kosten Ihrer Kusine, hätten Sie es verdient.« Er überlegte einen Augenblick lang. »Dennoch ist die Angelegenheit verworrener, als ich dachte. Kennen Sie ein Dorfmädchen namens Lucie Gouart?«

Ich nickte und erzählte ihm von meiner Begegnung mit dem merkwürdigen jungen Ding.

»Sie ist ein gutes Kind, aber sie hat epileptische Anfälle und leidet auch unter Klaustrophobie, das heißt, sie meint in geschlossenen Räumen zu ersticken. Kurz nachdem Monique angeblich davongelaufen war, kam sie zu mir und erzählte mir eine lange und wirre Geschichte davon, daß sie Monique tot im Steinbruch gesehen hätte. Ich dachte, das Kind hätte nun auch noch Halluzinationen, aber jetzt weiß ich nicht recht.« Er schüttelte den Kopf. »Was Sie mir da von dem bewohnten Zimmer erzählt haben – und all das andere...« Wieder schüttelte er den Kopf. Dann sagte er: »Wenn der Graf zurückkommt, muß ich mit ihm sprechen.«

»O nein!« rief ich. »Dann wird er doch wissen, daß ich ihn verraten habe!«

»Sie haben das Rechte getan«, erklärte der Priester fest. »Ich bin auch für Etienne de Montignys Seele verantwortlich, mein Kind. Soweit ich es beurteilen kann, haben Sie kein Verbrechen begangen, aber bei Monsieur Etienne bin ich mir da nicht so sicher. Zumindest ist er eine betrügerische Ehe eingegangen – außerhalb der Gebote seiner Kirche. Und falls er Grund hat zu der Annahme, daß das Leben seines Sohnes in Gefahr ist oder sein könnte, dann sollte er hervortreten und die Schuldigen entlarven.«

Er sprach nicht weiter, aber ich fuhr im Geiste fort: *Und wenn Etienne selbst schuldig ist...*

Pater Desmoulins erhob sich, um zu gehen. »Ich möchte Ihnen einen Rat geben, mein Kind. Sagen Sie niemandem, worüber Sie mit mir gesprochen haben. Ich werde es ebenfalls für mich behalten. Aber sobald Etienne zurückkommt, geben Sie mir Bescheid, dann werde ich mit ihm reden und feststellen, was mit ihm ist. Er hätte sich mir anvertrauen sollen. Er weiß, daß ich stets sein und seiner Frau Freund war. Selbst wenn er unüberlegt oder sündhaft gehandelt haben sollte, werde ich mein Bestes tun, um ihm zu helfen.«

Ich stand ebenfalls auf, ein wenig verwirrt, aber doch erleichtert, so als hätte ich eine schwere Last auf stärkere Schultern abgewälzt.

An der Tür legte er seine Hand freundlich auf meine Schulter. »Mut, mein Kind. Gott segne Sie. Und beten Sie. Beten Sie für Ihre Cousine oder für den Frieden ihrer Seele, falls sie tot ist, für ihren kleinen Sohn und seine Sicherheit und für diesen irregeleiteten jungen Mann Etienne...«

Er hob seine Hand, segnete mich und ging.

Ich sank vor Moniques Betschemel in die Knie und vergrub mein Gesicht in beiden Händen, aber keine Worte des Gebets wollten kommen. Und als ich endlich meinen verworrenen Gefühlen Ausdruck zu geben vermochte, betete ich nur inbrünstig für den Mann, den ich liebte, betete darum, daß er nicht schuldig sein durfte, sein *konnte*...

Ich weiß nicht, wie lange ich dort kniete. Irgendwann merkte ich jedoch, daß Annette ins Zimmer gekommen war, versuchte, verstohlen meine Augen zu trocknen und fragte mit undeutlicher Stimme, was sie wollte.

»Monsieur hat mir vor seiner Abreise gesagt, daß Sie nach seiner Rückkehr auf eine Reise gehen würden, Madame. Soll ich schon anfangen, Madames Koffer zu pakken, oder werden Sie nicht fortgehen wollen, wenn der Kleine krank ist?«

Ich versuchte, mich zu fassen.

»Vielleicht würde dem Kleinen gerade ein Klimawechsel gut tun«, murmelte ich, aber meine Stimme zitterte. Ich war im Augenblick einfach nicht fähig, irgendeine Entscheidung zu treffen. Annette schrieb meine Verfassung glücklicherweise meiner Angst und meiner Sorge um den kleinen Etienne zu und tröstete mich sogleich, daß es dem Kleinen doch schon wesentlich besser ginge.

Es klopfte an der Tür, und ich fuhr erschrocken auf. Wenn es dem Kind schlechter gehen sollte...

Annette öffnete die Tür.

»Monsieur Philippe«, sagte sie überrascht.

Er schob Annette einfach beiseite und trat unbekümmert ins Zimmer. Meinen entrüsteten Blick übersah er.

»Entschuldige bitte, daß ich so eindringe, Monique. Wie ich sehe, hast du geweint. Ich habe eben Pater Desmoulins getroffen. Er ging gerade. Hat dir der alte Bursche eine ordentliche Moralpredigt gehalten?«

Er wirkte freundlich und gelassen, und ich nahm es mir selbst übel, daß ich sogar in diesem Augenblick nicht umhin konnte zu bemerken, wie gut er aussah.

»Oder war alles, was ihr gesprochen habt, unter dem Siegel tiefster Verschwiegenheit, und ich sollte besser nicht fragen?« fuhr er leichthin fort. »Trotzdem, ich finde, er hätte dich nicht zum Weinen bringen dürfen, meine liebe Nichte. Komm, setz dich her zu mir. Annette, du kannst ruhig gehen und deine Herrin mir überlassen.« Er warf mir einen spitzbübischen Blick zu. »Wir haben ja praktisch als Kinder zusammen gespielt, nicht wahr? Also, geh nur, Annette.«

Annette sah mich an, und ich zögerte. Ich mußte mich immer wieder kräftig daran erinnern, daß hier meine amerikanischen Maßstäbe nicht galten und daß ich auch keine jeune fille war, sondern eine verheiratete Frau mit einem Kind. Außerdem war Philippe ein naher Verwandter, den ich angeblich seit meiner Mädchenzeit kannte.

»Es ist gut, Annette«, sagte ich schließlich, und Annette zog sich zurück.

»Ganz wie in alten Zeiten«, meinte Philippe und setzte sich neben mich. Er sprach ganz unbekümmert und erleichterte es mir dadurch, wieder in meine Rolle hineinzufinden. Allerdings war ein Strom von Erinnerungen das letzte, was ich mir wünschte – wenn Monique und Philippe wirklich so gute Freunde gewesen waren, konnte es mich nur allzu leicht verraten.

Philippe nahm meine Hand. »Du hättest mich heiraten sollen, so wie Gaston und Louis es wünschten. Es wäre wirklich das Beste gewesen. Wir waren Freunde, und wir hätten gut zusammengepaßt. Und das Vermögen und der Besitz wäre in den Händen eines echten Des Cars der Hauptlinie geblieben und nach uns auf unsere Erben übergegangen.«

Das war ein gefährlicher Boden. »Ich blicke nicht gern zurück. Es ist längst vorbei, warum also darüber noch reden?«

»Aber wir wissen es doch beide, daß Etienne de Montigny nichts als ein Mitgiftjäger ist, der nur darauf wartet, dein Vermögen in die Hand zu bekommen.«

Ich nahm all meine Würde zusammen. »Was gibt dir das Recht, in dieser Weise über meinen Mann zu sprechen?«

Das leicht spöttische Lächeln wich nicht von Philippes

Gesicht. Mit einer raschen, katzenhaft geschmeidigen Bewegung ergriff er mein Handgelenk. Ich versuchte, mich ihm zu entziehen, aber er hielt mich sanft, aber unerbittlich fest.

»Was mir das Recht gibt? Ich werde dir sagen, was mir das Recht gibt, über deinen –« er machte eine bedeutsame Pause –, »deinen Mann zu sprechen, mein Mädchen. Sieh mich an!« Er verstärkte kaum den Druck auf mein Handgelenk, aber wie unter Zwang blickte ich zu ihm auf. »Ich weiß nicht, was Etienne vorhat, aber was auch immer, es gefällt mir nicht. Denn wer du auch sein magst und wo er dich auch gefunden hat, du bist jedenfalls nicht Monique – und ich möchte jetzt wissen, wer, zum Teufel, du bist und was du hier willst!«

15

Nach diesem Ausruf herrschte absolute Stille im Raum, und ich hatte das seltsame Gefühl, daß diese Stille um uns gefror, daß wir selbst darin erstarrten. Philippe, leicht vorgebeugt, hielt immer noch meinen Arm fest, während ich zu ihm aufblickte, ohne meine Augen oder auch nur einen Muskel im Gesicht zu bewegen. Nur in meinem Kopf jagten sich die Gedanken.

Philippe wußte Bescheid! Würde es mir gelingen, ihn zu bluffen und die Gefahr zu umgehen, oder gab es keinen Ausweg mehr? Und während mein Hirn fieberhaft nach einer Möglichkeit des Entkommens suchte, hielt ich meine Augen starr auf Philippe gerichtet, so daß er es war, der schließlich zuerst das Schweigen brach.

»*Sacre!*« Er lachte leise auf. »Wer immer du bist, das

muß man dir lassen – du bist eine äußerst geschickte kleine Lügnerin oder eine ausgezeichnete Schauspielerin. Na, komm, wir wollen uns unterhalten wie zwei gute Freunde.« Er ließ mein Handgelenk los und lächelte sein leicht gutmütiges Lächeln. »Armes Mädchen, du bist ja völlig verschreckt«, bemerkte er dann in normalem Plauderton. »Hat dich dieser Unhold Etienne irgendwie in der Hand? Du siehst eigentlich nicht wie eine Abenteurerin aus. Sag mal, hast du die Sprache verloren?« Sein Lächeln wurde breiter. »Aber es ist nett von dir, daß du jetzt nicht irgendeinen Unsinn stotterst wie – ›woher wußtest du‹ oder dergleichen.«

Reichlich verspätet fand ich meine Sprache und meine Fassung wieder.

»Nur einmal angenommen, dein Vorwurf entspräche der Wahrheit, dann wäre es allerdings interessant zu wissen, worauf du ihn stützt«, sagte ich hoheitsvoll.

Philippe schüttelte bewundernd den Kopf. »Etienne muß halb Frankreich nach dir abgesucht haben. Der gleiche Akzent, die gleiche Betonung wie Monique – und das gleiche Aufblitzen in den Augen, wenn du wütend bist, obgleich Monique in diesem Fall geflucht und mich beschimpft hätte, wie es nur eine anständige Frau fertig bringt, wenn das Temperament mit ihr durchgeht. Du hast immerhin einige Selbstbeherrschung. Ah ja, du möchtest also wissen, welche Fehler du gemacht hast, wie? Nun, da ich hoffe, dich zu der Einsicht zu bringen, daß es für dich weit besser wäre, auf unserer Seite zu stehen als auf Etiennes, will ich es dir sagen – wenn du mir erzählst, warum du dies tust und was du dabei überhaupt zu gewinnen hast. Wie ich schon sagte, siehst du nicht wie eine Abenteurerin aus, und meiner Ansicht nach gehörst du auch nicht zu der Sorte, die sich in einen so billigen Kerl wie Etienne verliebt. Bezahlt er dich gut?«

Ich schwankte. Da ich offensichtlich entdeckt war, konnte ich jetzt ebensogut herausfinden, wieviel er wußte. Und dann waren da immer noch meine eigenen Zweifel an Etienne. Was sollte ich glauben? Ich erwiderte ruhig: »Etienne hat mir angeboten, mich zu bezahlen, ja.« Soviel konnte ich ruhig zugeben, da Philippe sowieso Bescheid wußte. »Was Etienne jedoch nicht wußte, ist, daß ich auch umsonst gekommen wäre. Moniques Mutter und meine Mutter waren Schwestern.«

Philippes Augen wurden groß. *»Mon Dieu,* darauf hätte ich eigentlich kommen müssen. Ich bin ein Narr. Natürlich, *du bist Laura,* Moniques Cousine Laura! Ich habe deinen Namen hundertmal von Monique gehört und sogar das Bild von euch beiden als Kinder gesehen – ähnlich wie ein Ei dem anderen. Und ich habe es nicht erraten.« Er nahm meine Hand warm zwischen seine Hände. »Du hättest doch jederzeit unter deinem eigenen Namen herkommen können und wärst uns willkommen gewesen – wozu diese Maskerade? Nein, erzähle mir nichts. Etienne hat dich dazu überredet, um das Vermögen seiner Frau an sich zu bringen.«

Er hatte letzteres mit so sicherem, verächtlichem Ton geäußert, daß mein Glaube an Etienne sofort wieder schwankend wurde. Man konnte es Moniques Familie nicht übelnehmen, daß sie ihren Besitz gegen einen vermeintlichen Mitgiftjäger zu schützen suchte. Aber andererseits, wie war Monique dazu gekommen, einen Mann zu heiraten, den ihre Familie so sehr ablehnte? Nein, das stimmte nicht ganz. Louis hatte ihn gern, und die Gräfinwitwe liebte ihn wie einen Sohn. Aber Gaston und Philippe hatten das Geld der Familie behalten wollen und versucht, Monique mit Philippe zu verheiraten. Ich lenkte zunächst einmal ab. »Du hast gesagt, du wolltest mir erzählen, woran du erkannt hast, daß ich nicht Monique bin.«

»Ach das.« Ein merkwürdiges Lächeln huschte um seinen Mund, und dann, als wäre er sich dessen plötzlich bewußt geworden, wandte er sich rasch ab. Um sein Gesicht zu verbergen – oder seine Gedanken?

»Ja, das«, sagte ich, und er verbeugte sich ironisch.

»Aber gewiß doch. Nun – Monique pflegte zu zittern und blaß zu werden, wenn ihr einer unserer Hunde zu nahe kam. Du hast nur eine oberflächliche Abneigung gezeigt, aber keine echte Angst. Zweitens: Monique konnte jedes, aber auch jedes Pferd reiten, du dagegen hast dich gerade einigermaßen im Sattel halten können. Hätte Columbine ihre Mätzchen bei Monique versucht, hätte sie die Stute in wenigen Sekunden fest in der Hand gehabt. *Eh bien*, möchtest du noch mehr hören? Monique konnte mit Mühe und Not eben gerade Klavier spielen und singen, wie man es von einer *jeune fille bien ólevée* erwartet – wohingegen du eine ausgebildete Stimme und einen hervorragenden Anschlag hast. Und dann« – er lächelte wieder, diesmal ein leicht gelangweiltes Lächeln – »dann waren da sehr viele Dinge zwischen Monique und mir, die kein Außenseiter wissen konnte – und du wußtest auch nichts davon.«

Wütend fuhr ich auf ihn los: »Ich werde niemals glauben, daß du ihr Liebhaber warst!«

Das schien ihn zu erheitern. »Typisch Frau – als ob es zwischen einem Mann und einer Frau nicht auch andere Geheimnisse geben könnte als nur die Liebe. Nein, Laura – es fällt mir richtig schwer, dich nicht Monique zu nennen –, ich war nicht Moniques Geliebter. Leider.

Wäre ich es gewesen, wäre nichts von alledem geschehen. Oh, du hast deine Rolle wirklich brav gespielt – deinetwegen hat der arme Gaston tagelang vor Angst geschwitzt. Der alte Narr hat doch tatsächlich geglaubt, du wärst Moniques Geist und zurückgekommen, um uns zu verfolgen.« Er schüttelte lachend den Kopf. »Nun, meine liebe Laura, wenn du nicht an Etienne gebunden bist, sondern sein Spiel nur mitmachst, um den Namen deiner Cousine reinzuwaschen, dann ist ja alles ganz einfach. Du brauchst nichts weiter zu tun, als vor uns allen dieses Täuschungsmanöver aufzudecken. Mit Hilfe deiner Aussage dürfte es dann ein Leichtes sein, den feinen Grafen de Montigny loszuwerden. Es versteht sich von selbst, daß man Moniques Kind nicht einem Mann überlassen kann, der sich eines solchen Betruges nicht schämt, um das Vermögen seiner Frau an sich zu reißen. Und damit wären wir diesen widerlichen Mitgiftjäger ein für allemal los. Und was immer dir Etienne für deine Mitwirkung hier versprochen hat, werden wir dir gern von uns aus geben, als Zeichen unserer Dankbarkeit...«

Von allem, was Philippe mir da erzählte, blieb eigentlich nur ein Satz haften, und dieser ging mir ununterbrochen im Kopf herum: *Gaston hat doch tatsächlich geglaubt, du wärst der Geist von Monique, von den Toten zurückgekehrt, um uns zu verfolgen!*

Dann wußten sie also, daß Monique tot war. Mit einer lebendigen Frau konfrontiert, würde man nicht unwillkürlich an ein Gespenst denken – an eine Betrügerin, ja, aber niemals an einen Geist, es sei denn, man wußte genau, daß die Betreffende nicht mehr lebte.

Und Etienne hatte die Familie nicht von Moniques Tod in Kenntnis gesetzt.

Und dann, in einem Blitz der Erkenntnis, fügte sich alles zu einem Bild zusammen: Ein Zimmer im alten Hausflügel, das benutzt worden war und eigentlich leerstehen sollte; das Fragment eines Briefes; Moniques Bibel, versteckt erst, nachdem ich sie gesehen hatte – zu spät versteckt, und Lucies Worte: *Ich dachte, Sie lägen tot im Steinbruch.*

War Etienne einer falschen Spur gefolgt, hatte er an der fernen Küste irgendeine Unbekannte identifiziert, insgeheim aber doch irgendwie die Wahrheit erraten? Mein Blut gefror zu Eis in meinen Adern. In entsetzlichem Verstehen starrte ich auf Philippe. Der ›junge Monsieur‹, hatte Lucie gesagt, hatte Moniques Medaillon in den Steinbruch geworfen...

»Du hast sie umgebracht«, flüsterte ich heiser, denn meine Kehle war wie zugeschnürt. »Woher solltest du sonst wissen, daß sie tot ist? *Du hast sie umgebracht!*«

Zu spät fiel mir ein, daß ich meine schreckliche Gewißheit hätte für mich behalten, Zeit gewinnen und jedes nötige Versprechen hätte geben sollen, um davonzukommen, aber meine Angst hatte mich verraten. Jetzt war es zu spät. Das liebenswürdige, etwas spöttisch lächelnde Gesicht Philippes hatte sich plötzlich in eine eiskalte Maske verwandelt, und seine Augen funkelten vor rasender Wut. Das Gesicht eines Wahnsinnigen. Ich wich instinktiv zurück und stieß heftig gegen den Frisiertischhocker, der polternd umfiel. Erst dann wurde mir bewußt, daß Philippe sich gar nicht von der Stelle gerührt hatte. Er stand nur da und sah mich mit seinen blauen, unmenschlich kalten Augen an.

»Das hättest du nicht sagen sollen«, flüsterte er.

Und dann, mit einem Satz, wie ein Wolf, sprang er auf mich zu. Ich wich wieder zurück, stieß dabei noch einen Stuhl um und stolperte über mein langes Kleid.

O Gott, warum hörte denn niemand? Wo waren die Dienstboten? Warum kam niemand, um mich zum Kind, zum Essen oder zur Gräfinwitwe zu rufen? Aber die Wände waren dick. Philippe hatte Annette fortgeschickt, gegessen hatte ich auf meinem Zimmer, und die Familie mochte sogar annehmen, daß ich noch immer mit dem Priester sprach. Ich konnte hier sterben unter jenen erbarmungslosen Händen und Augen, und kein Mensch würde es merken...

Ich versuchte zu schreien: »Hilfe! Hilfe! Helft mir!«

Aber dann hatte mich Philippe auch schon gepackt. Mit einem Arm umklammerte er meine Taille, mit der anderen Hand verschloß er meinen Mund. Ich wehrte mich noch ein wenig, und Philippe stöhnte einmal vor Schmerz auf, aber ich konnte mich aus seinem Griff nicht mehr befreien. Ich stieß mit den Füßen um mich, aber meine langen Röcke behinderten mich, und dann lag ich auf dem Boden, und Philippe stemmte ein Knie auf meine Brust, so daß ich nicht mehr atmen konnte, und legte beide Hände um meine Kehle. O Gott, würde er es wagen, mich hier umzubringen, so daß man meine Leiche in meinem eigenen Schlafzimmer auffand? Warum kam denn nur niemand?

Etienne, Etienne...

Und dann dröhnte und rauschte es in meinen Ohren, und ich verlor das Bewußtsein.

Als ich wieder zu mir kam, nach einer Ewigkeit, wie es schien, lag ich auf einem schmalen Bett. Mein Hals tat mir weh. Es war dämmerig im Raum. Ich konnte gerade noch verblaßte, schäbige Vorhänge am Fenster erkennen, und es roch schwach nach Verbranntem. Mehr als alles andere war es der Geruch, der mir verriet, wo ich war: im alten Flügel, im Spukflügel, in dem Zimmer, wo ich Moniques Brief gefunden und das jemand in Brand gesteckt hatte.

Ich versuchte mich zu bewegen und mußte feststellen, daß meine Hände und meine Fußgelenke mit kräftigen Stricken zusammengebunden waren. Ich wollte stöhnen, aber mein Mund war so trocken, daß kein Laut herauskam.

Und dann hörte ich hinter mir Philippe leise sagen: »Da siehst du jetzt, du verdammter alter Narr! Du und dein Gerede von Gespenstern!«

»Wie konnte ich wissen, daß sie dir nicht entkommen ist und zurückgekehrt, um uns jeden Augenblick anzuklagen?« hörte ich eine andere, klagende Stimme und erkannte sie überrascht als Gastons Stimme. »Wie sollte ich wissen, daß es nicht Monique war – tot oder lebendig?«

»So weit hättest du mir schon vertrauen können, daß ich mich da vergewissere«, entgegnete Philippe verächtlich. »Nur die Toten schweigen. Ich habe dir doch gesagt, Monique würde uns niemals anklagen können – du hättest wissen müssen, was ich damit meinte, du Dummkopf.«

Gastons Stimme zitterte heftig. »Ich habe niemals Mord beabsichtigt. Ich wollte nur das Versteck des Schatzes wissen und sie überreden, ihn uns zu überlassen. Dann hätten wir damit fortgehen und woanders gut leben können. Du weißt nicht, was das für mich bedeutete, daß Moniques Vater alles erbte und ich wie ein armer Verwandter von seinen Gnaden abhängig war. Und dann ging alles auch noch an ein Mädchen. Aber der Schatz, das einzige, das nicht zum unveräußerlichen Erbe gehört – ich wollte nur den Schatz haben. Du hättest das Mädchen heiraten sollen, bevor dieser Etienne sich an sie heranmachen konnte.«

»*Tais-toi, imbécile*«, fuhr Philippe ihn an. »Jetzt siehst du, was deine Schwäche uns eingebracht hat! Wir hätten doch einfach sagen können, daß sie im Steinbruch ertrunken ist! Statt dessen du mit deinen Plänen...«

Eine merkwürdige Note schlich sich in Gastons Stimme. »Du hast sie weggeschafft«, wimmerte er, »aber sie ist zurückgekommen. Wenn du sie wieder fortbringst, wird sie auch zurückkommen, vom Ende der Welt. Sie ist eine Hexe. Wir sollten sie diesmal verbrennen, dann kann sie nicht mehr zurückkehren, damit wir sie noch mal töten müssen.«

»Halt den Mund, alter Idiot! Du mit deinem ewigen Gerede von Hexen und Geistern!«

»Wie sollen wir wissen, daß sie nicht doch aus dem Grab gestiegen ist, um uns zu verfolgen? Wie sollen wir...« Das dumpfe Geräusch eines Schlages unterbrach die Tirade. Und dann lief es mir kalt über den Rükken. Gaston fing an zu wimmern wie ein kleines Kind, bis ein weiterer Schlag ihn zum Schweigen bracht. Philippe fluchte entsetzlich. Gaston war offenbar durchgedreht.

Gaston schluckte schwer und stieß einen langen Seufzer aus, dann fragte er wieder einigermaßen vernünftig, wenn auch mit immer noch zitternder Stimme: »Was – was sollen wir tun?«

»Diesmal werden wir ganz sichergehen«, entgegnete Philippe kalt. »Wir können sie nicht hier umbringen, sonst bekommen wir höllische Schwierigkeiten, die Leiche fortzuschaffen. Wir werden sie wegbringen, wenn es dunkel ist.«

»Aber – aber wenn jemand sie hier findet...«

Philippe lachte kurz auf. »Glaubst du, auch nur irgendeiner der Dienstboten würde in diesen Flügel kommen, vor allem, wenn sie hier Licht sehen? Die und ihr Aberglauben von Leichenkerzen?« Er brach plötzlich ab, und ich hörte, wie sich seine Schritte meinem Lager näherten. Ich hielt den Atem an, als ich merkte, daß er sich über mich beugte. Endlich richtete er sich wieder auf und sagte zu Gaston: »Du gehst jetzt besser. Du hast keine Entschuldigung für deine Abwesenheit vom Haus. Nach Einbruch der Dunkelheit werde ich das Boot holen und sie dann über das Wasser zum alten Turm bringen.«

»Warum wirfst du sie nicht einfach über Bord?« wollte Gaston wissen.

»Damit sie dann an den Strand gespült wird? Nein. Sie kann der echten Monique im Steinbruch Gesellschaft leisten.«

»Oder dorthin zurückgehen«, murmelte Gaston mit der dünnen, irren Stimme von vorher. »Aber wird sie diesmal dort bleiben?«

»Verdammt, hör endlich auf damit!« schrie Philippe. Ich merkte, daß auch er ziemlich am Ende seiner Nerven war, aber noch hatte er sich in der Gewalt. »Hast du das mit dem Pferd erledigt, oder muß ich das auch selbst machen?«

Gaston schluckte mehrmals hörbar und schnüffelte. *Sie sind beide wahnsinnig*, dachte ich, aber dann mußte ich mir eingestehen, daß dies meine Lage durchaus nicht verbesserte. Gaston mochte zwar seine fünf Sinne nicht mehr beieinander haben, aber er war immer noch gefährlich. Und was Philippe betraf, so war seine grausame Art von Wahnsinn gefährlicher als die Grausamkeit von hundert geistig gesunden, skrupellosen Männern.

»Als die Dienstboten beim Essen waren, bin ich in den Stall gegangen und habe Columbine gesattelt«, antwortete Gaston unterwürfig. »Ich habe sie in den Sumpf hinausgeführt. Dort wird sie ohne eine Spur versinken – überall gibt es Treibsand an der Stelle, und man wird nie mehr etwas von ihr sehen.«

»Und alle werden glauben, daß Monique entweder wieder fortgelaufen ist oder daß sie ausreiten wollte, sich in der Dunkelheit verirrt hat und im Sumpf umgekommen ist.« Philippes Stimme klang hochbefriedigt. »Übrigens habe ich Louis gesagt, daß Monique meiner Meinung nach ausgeritten wäre – und jetzt glauben sie, daß ich draußen nach ihr suche. Ich schlage vor, du gehst zu ihnen und äußerst etwas Besorgnis darüber, ob sie wohl bis zum Abendessen wieder zurück sein wird. Na, nun geh schon!«

Ich hörte unsichere Schritte, dann Stille. Gaston war gegangen. Wenige Augenblicke später rollte Philipp mich von der Wand fort auf den Rücken und blickte mir grimmig in die Augen.

»Wirklich Pech«, sagte er. »Du hättest nicht so schlau sein sollen. Glaube es oder nicht, aber ich bin gegen Gewalt. Ich würde dich lieber am Leben lassen, wenn ich könnte.« Er sah in meinen Augen den Schrei aufsteigen und zuckte gleichmütig die Schultern. »Nur zu, schrei dir die Lunge aus dem Hals. Monique hat es aber auch nichts genützt. Die Mauern sind über einen Meter dick, und außerdem glaubt sowieso jeder, daß es hier spukt.«

Ich war viel zu entsetzt, um etwas zu erwidern, geschweige denn zu schreien. Monique in den Händen dieses Wahnsinnigen – und sie hatte ihn als einen Freund betrachtet. Und ich?

»Ich glaube, du bist genauso verrückt wie Gaston«, sagte ich plötzlich.

Seine Augen blitzten auf, und er schlug mich hart auf den Mund. Ich konnte dem Schlag weder ausweichen noch mit meinen gefesselten Händen abwehren, und seine kalte Wut erschreckte mich bis ins Innerste. »Sag das nie wieder! Es war ein guter Plan, und er wäre auch gelungen, wenn du und Etienne nicht gewesen wären. Aber warte nur, bis ich mir Etienne vornehme.«

Ich kämpfte um Ruhe und biß auf meine geschwollene Lippe. Hysterie würde mir bestimmt nicht helfen. Bei einem so kaltblütigen Mörder konnte ich nicht hoffen zu entkommen. aber wenn ich einen kühlen Kopf bewahrte und etwas Glück hatte, gelang es mir vielleicht, in seinem Plan einen schwachen Punkt zu finden.

Ich holte tief Luft. »Meine Kehle ist ganz trocken«, sagte ich leise. »Kann ich etwas zu trinken haben? Selbst einem Verbrecher gestattet man vor der Hinrichtung noch eine letzte Mahlzeit.«

Die Wut schwand aus seinem Blick. »Natürlich kannst du etwas zu trinken haben.« Er nahm einen Krug vom Tisch und goß etwas in eine Tasse. »Es tut mir leid, es ist nur Brunnenwasser, aber etwas anderes haben wir hier nicht.«

Er hielt die Tasse an meine Lippen, und ich trank in durstigen Zügen.

»Ich würde gern wissen, wie du Etienne dazu gebracht hast zu glauben, daß Monique tot ist«, sagte ich in der Hoffnung, ihn aus seiner Reserve zu locken. »Das war wirklich ein Meisterstück.«

»Allerdings«, erwiderte er selbstzufrieden. »Das kann ich dir ruhig erzählen. Bisher hat es noch niemand bewundert. Es war ganz einfach. Ich packte einige von Moniques Sachen ein – wir hatten sie bereits gezwungen, einen Brief zu schreiben, verstehst du, daß sie mit einem Mann davongelaufen wäre. Auf diese Weise hätten wir sie gehen lassen können, sobald wir von ihr erfahren hätten, was wir wissen wollten. Was immer sie dann gegen uns vorgebracht hätte, wäre nicht zu beweisen gewesen. Man hätte einfach angenommen, sie dächte sich eine Geschichte aus, um ihre Schande zu vertuschen. Klug, nicht wahr?«

Ich schluckte meinen Ekel herunter – arme Monique! – und stimmte zu: »Ja, sehr schlau.«

»Nun, und dann fand ich eine kleine Schauspielerin, die Monique zwar nicht sehr ähnelte, aber etwa die gleiche Größe und dunkles Haar besaß. Sie wußte nur, daß ein reicher Herr mit ihr nach Monte Carlo fahren wollte. Ich hatte mir natürlich mein Haar und meinen Schnurbart gefärbt.« Er lachte belustigt. »Wir verbrachten ein paar Tage an der Riviera, dann setzte ich das Mädchen eines Abends einfach in den Zug nach Marseille und legte ein paar Kleidungsstücke und Schuhe von Monique an den Strand – *et voilà!* Als Etienne unserer Spur bis dorthin folgte – ohne zu ahnen, wer der ›vornehme Herr‹ war –, fand er lediglich den Schauplatz eines Selbstmordes vor. Wie tragisch! Und wie konnte ich ahnen, daß er etwas anderes tun würde als ein hochherrschaftliches Begräbnis abzuhalten und sich als Witwer niederzulassen und sich seines Vermögens zu erfreuen? Aber der Narr mußte ja besonders schlau sein und mit dir hier ankommen!« Er schüttelte den Kopf. »Kannst du nicht verstehen, daß wir das tun mußten? Siehst du nicht ein, daß Monique wirklich sehr dumm war, uns zu alledem zu zwingen?«

Ich fragte mich, ob er wahnsinnig oder nur so ungeheuer eitel und egoistisch war, daß er tatsächlich nur das eingebildete Unrecht sah, daß Monique ihm angetan hatte, indem sie einen anderen heiratete.

»Warum hast du Monique umgebracht?«

»Ich habe sie nicht umgebracht«, antwortete er scheinbar ehrlich entrüstet. »Sie hat sich selbst zu Tode gestürzt.«

»Das glaube ich nicht.«

»Ich wollte nur, daß sie mir sagte, wo der Schatz ist. Ich wollte ihr nichts zuleide tun. Aber sie mußte natürlich versuchen davonzurennen, und dabei ist sie über die Brüstung des alten Turms gestürzt. Begreifst du nun, daß ich ihre Leiche im alten Steinbruch verbergen mußte?«

»Warum hast du nicht einfach so getan, als wäre es ein Unfall gewesen?« fragte ich, immer noch ruhig.

Sein Gesicht verzerrte sich vor Zorn. »Weil Gaston ein Idiot ist!« schrie er, beherrschte sich dann jedoch mit einiger Mühe wieder. »Das genügt«, setzte er hinzu und unterdrückte seinen Wunsch, weiterzureden. »Ich bin überzeugt, du hältst dich für sehr schlau, aber es wird dir nichts nützen. Und ich muß mich jetzt in aller Unschuld der Familie zeigen.« Er grinste spöttisch. »Und schreie getrost, meine liebe Laura. Schrei, bis dir die Lungen platzen, wenn du willst. Aber ich würde dir raten, deine Kräfte zu sparen. Wenn der Mond aufgeht, komme ich zurück. *Au revoir*.«

Die Tür schloß sich hinter ihm, und ich blieb hilflos zurück, allein mit meiner Verzweiflung und meinen Selbstvorwürfen. Wie hatte ich nur so dumm sein können? Warum hatte ich Etienne nicht vertraut?

Ich hatte keine Hoffnung mehr. Gaston war verrückt, Philippe dem Wahnsinn nahe. Etienne war fort, und Pater Desmoulins würde bis zu seiner Rückkehr nichts unternehmen. Und bis dahin würde ich dann bei Monique auf dem Grund des alten Steinbruchs liegen, und niemand würde von unserem Schicksal erfahren. Der Priester und Etienne würden vermutlich glauben, daß ich den Mut verloren hatte und davongelaufen war.

Ich war so unglücklich, so mutlos, daß ich nicht einmal mehr weinen konnte.

16

Ich weiß nicht, wie lange ich mich meiner stummen Verzweiflung hingab, aber es war schon fast dunkel im Zimmer, als ich endlich aus meiner Lethargie auftauchte und versuchte, meinen Verstand zu benutzen.

Nach einigem Hin- und Herwälzen und Ziehen und Zerren gelang es mir, meine Schuhe abzustreifen, und danach glitten auch die Fesseln von meinen Fußgelenken. Jetzt konnte ich mich wenigstens im Zimmer frei bewegen. Mich von meinen Handfesseln zu befreien, erwies sich als wesentlich schwieriger, und nach einer halben Stunde gab ich erschöpft und mit wundgeriebenen Handgelenken auf.

Ich wußte, daß es sinnlos war, innerhalb dieser dicken Mauern um Hilfe zu schreien. Außerdem ist es fast unmöglich, einfach so ohne zwingenden Grund loszuschreien. Ich meine, als sich Philippe in meinem Schlafzimmer auf mich stürzte, Mord im Blick, da war es leicht genug gewesen, aber hier, ganz allein in einem verlassenen Gebäude, brachte ich es nicht fertig. Vor allem war Schreien schlecht für die Stimmbänder, und meine

Stimme zu schonen war mir schon seit langem zur zweiten Natur geworden. Mit Hilfeschreien war es also auch nichts.

Ich ging zum Fenster. Ob es mir gelingen würde, es zu öffnen? Ich versuchte es gar nicht erst. Das Zimmer lag im fünften Stock, und unterhalb des Fensters fiel die Schloßmauer ungefähr fünfzig Meter steil ab. Der Raum war wirklich sehr gut ausgesucht; er überblickte weder den Rasen noch den Garten, den Hof oder die Hintergebäude, wo vielleicht irgendein Dienstbote eine schreiende Frau am Fenster wahrgenommen haben würde, sondern das öde Sumpfland, das zur Küste hinabführte. Ebenso gut hätte ich bereits in dem alten Normannenturm sitzen können.

Verzagt kehrte ich zum Bett zurück. Ich wollte mich nicht geschlagen geben. Vielleicht würde Etienne früher zurückkommen. Man würde mich vermissen, man würde nach mir suchen – mir fiel ein, was Philippe gesagt hatte. Ja, sie würden annehmen, ich wäre ausgeritten, und nach mir suchen – mit Philippe an der Spitze des Suchtrupps. Nur nicht hysterisch werden. Ich zwang mich zur Ruhe, streckte mich so gut wie möglich auf den verbrannten Laken des Bettes aus und – unglaublich, wie es scheinen mag – schlief nach einer Weile ein.

Ich erwachte, als mich der Schein einer Laterne plötzlich blendete. Philippe, in grober Kleidung, trat vorsichtig in das Zimmer.

»Steh auf!« befahl er kurz. »Ah, geschickt, geschickt, du hast deine Fußfesseln gelöst.« Er bückte sich, hob meine Schuhe auf und steckte sie in seine Tasche. Dann sah er sich noch einmal im Raum um. »Es hat wenig Sinn, etwas von dir liegenzulassen. Moniques Brief war ein grober Fehler meinerseits.« Er überprüfte meine Handfesseln und vergewisserte sich, daß sie noch fest saßen. Dann zerrte er mich an dem Strick hoch. »So, jetzt komm. Und mach dir keine falschen Hoffnungen, mein Mädchen, du gehst, oder du wirst getragen. Und wenn du schreien willst, kann ich dich auch knebeln, aber ich sage dir gleich, es hat keinen Zweck. Niemand wird dich hören. Alle sind mit Fackeln und Hunden draußen, um nach dir zu suchen – mit Ausnahme von Louis und Großmama, und die beiden haben sich vor Kummer ins Bett gelegt.« Er lächelte flüchtig. »Armer alter Louis, ihn hast du vollkommen täuschen können – aber er kannte Monique auch nicht so gut wie ich. *Allons!*« Er stieß mich grob vorwärts.

»Merkwürdig«, sagte ich, »du wolltest Monique heiraten, du prahlst von deiner Freundschaft mit ihr – und doch hast du sie umgebracht.«

»Ich habe sie *nicht* umgebracht!« Sein Gesicht verzerrte sich. »Ich habe dir doch gesagt, daß es ein Unfall war! Und es ist nur passiert, weil sie einfach nicht vernünftig sein wollte. Es wäre ganz leicht für sie gewesen – sie hätte mir nur zu sagen brauchen...«

Ich dachte, Gaston mochte seinen Verstand vor Angst verloren haben. Angst vor Moniques Geist und vor seinem Verbrechen. Bei Philippe dagegen zeigte sich der Wahnsinn unter der liebenswürdigen, höflichen Maske des Gentleman nur, wenn seiner unglaublichen Eitelkeit und Selbstsucht etwas im Weg stand. Ich beschloß, eine neue Taktik anzuwenden. Ich mußte ihn bei guter Laune halten und ihm sogar schmeicheln, dann konnte ich ihn vielleicht im richtigen Augenblick überlisten.

Philippe lachte höhnisch. »Die Dienstboten werden natürlich fürchterlich klatschen. Immerhin verschwindet die hochwohlgeborene Gräfin Monique nun schon zum zweitenmal, und diesmal dürfte es Etienne schwerfallen, eine plausible Erklärung dafür zu finden.«

»Aber dir genauso«, gab ich wütend zurück. »Dir wird es ebenfalls schwerfallen zu erklären, wieso ich beide Male verschwand, als Etienne gerade nicht da war.«

Sekundenlang sah er verblüfft aus, dann grinste er. »Wann solltest du sonst weglaufen? Wenn die Katze aus dem Haus ist, tanzen die Mäuse, nicht wahr? Und ich bezweifle, daß Etienne wagen wird zu sagen, was er weiß, nicht einmal jetzt.« Ein häßlicher Zug legte sich um seinen Mund. »Und jetzt vorwärts, *Mademoiselle!*«

Gehorsam ging ich vor ihm die Treppe hinunter, geleitet vom Schein der Laterne, die Philippe hochhielt, aber insgeheim betete ich inbrünstig, daß jemand das Licht sehen und herkommen möge. Ich stellte mir vor, was Philippe für ein Gesicht machen würde, wenn sich plötzlich die Tür am Ende der Treppe öffnen würde und ein Dutzend Diener und Knechte mit Fackeln und Laternen erschienen. Wie würde er dann wohl meine auf den Rücken gefesselten Hände erklären? Vielleicht dachte er auch gerade daran, denn er stieß mich hastig die Stufen hinunter und fluchte leise, als ich über meinen Rock stolperte. Nein, das wäre nicht im Sinn seines Planes, wenn ich hier fallen und mir das Genick brechen würde – oder vielleicht doch? Dann würde er lediglich meine Hände losbinden, die Familie rufen und die tragische Neuigkeit verkünden. Das würde sein Problem ganz ungemein vereinfachen. Ich hoffte sehnlichst, daß ihm dieser Gedanke nicht auch noch kommen möge und wappnete mich vorsichtshalber gegen einen plötzlichen Stoß, der mich kopfüber die langen Fluchten von Steintreppen hinunterbefördern sollte.

Wir erreichten jedoch unbeschadet die unterste Halle. Entweder war Philippe völlig von der Idee besessen, mich zu Monique in den Steinbruch zu schicken, oder er hatte das Risiko nicht eingehen wollen, daß ich mir statt des Genicks vielleicht nur Arme und Beine brach. In dem Fall hätte ich Gebrauch von meiner Stimme machen und ihn verraten können und wäre außerdem noch gehätschelt und gepflegt worden.

Wir gelangten zu einer Tür, die ich noch nicht gesehen hatte. Philippe schob mich hinaus ins Freie und begann mich über den rauhen Boden zum Meer hin zu ziehen. Das Licht der Laterne schirmte er mit seinem Umhang ab. Ich blickte mich hilfesuchend um. Hier könnte ich einen Schrei riskieren – wenn ich jemanden sah. Aber ringsum war alles verlassen. In der Ferne, im Wald, sah ich eine Reihe von Lichtern aufflackern. Sie suchten tatsächlich nach mir. Nur hier würde niemand suchen. Vermutlich hatte Philippe gesagt, daß er diese Richtung übernehmen wollte.

Der Meeresgeruch kam immer näher, und dann platschte ich mit meinen bestrumpften Füßen ins Wasser. Philippe stieß mich in ein kleines Boot, setzte die Laterne auf die Ruderbank und nahm die Ruder auf.

Sollte ich die Laterne umstoßen? Das Boot zum Kentern bringen? In den ersten Sekunden hätte ich es vielleicht tun können, aber er ruderte wie besessen, und an den Wellen merkte ich, daß wir bereits in tiefem Wasser waren. Und ich konnte kaum schwimmen, geschweige denn mit gebundenen Händen im tiefen Wasser. Ganz abgesehen von meinem schweren langen Rock, den Hosen und drei schweren Unterröcken. Ich ließ diesen Gedanken also fallen und blieb, vor Angst und vor Kälte zitternd, sitzen.

Ich saß so, daß ich auf den Strand zurückblickte. Es war zwar dunkel, aber ich konnte doch gerade die noch dunkleren Umrisse des Hauses in der Ferne ausmachen, und dann sah ich auf dem hellen Sand am Wasser eine kleine, schmale Gestalt.

Lucie! Das mußte Lucie sein! Ob ich dem Mädchen irgendein Zeichen geben könnte, das sie begriff? Meine Hände waren gebunden, aber meine Füße konnte ich frei bewegen. Mit voller Absicht tat ich nun etwas, was keine Dame je tun würde – etwas, das ich auf der Bühne des Pariser Theaters gesehen hatte, in dem auch ich vorübergehend beschäftigt gewesen war.

Ich warf ein Bein hoch über meinen Kopf, so daß meine weißen langen Pantalons aufblitzten. Philippe, aufgeschreckt durch das plötzliche Schwanken des Bootes, drehte sich mit einem schrillen Schrei um. Ich fiel rückwärts auf den Boden des Bootes und stieß mit beiden Beinen heftig um mich, daß meine Unterröcke nur so flogen. Jetzt war nicht der Augenblick für mädchenhafte Prüderie.

Hatte Lucie es gesehen? Würde sie merken, daß etwas nicht in Ordnung war? Von dort, wo ich auf dem Boden des Bootes lag, konnte ich es nicht sehen. Philippe stand auf und beugte sich über mich. Ich nahm Zuflucht zu all meiner schauspielerischen Fähigkeit.

»Oh«, murmelte ich und tat, als versuchte ich, mich aufzurichten, »ich habe das Gleichgewicht verloren und bin hintenüber gefallen. Bitte, hilf mir wieder auf.«

»Nein, verdammt noch mal«, erwiderte Philippe unfreundlich. »Du kannst liegenbleiben, wo du bist. Wenn ich denken müßte, daß du das mit Absicht...«

»Bitte, dann zieh wenigstens meine Röcke herunter«, bettelte ich schamvoll. Mein einziger Gedanke dabei war: *Er darf um Gottes willen Lucie nicht sehen!*

Mit grimmigem Gesicht zerrte Philippe meinen Rock herunter. Ich lag unten im Boot, zwar wieder anständig bedeckt, aber unfähig, mich aufzurichten. Mein einer Arm lag abgewinkelt unter mir. Hatte mein Manöver Erfolg gehabt? War es überhaupt die Anstrengung wert gewesen? Nun, jedenfalls war es alles, was ich hatte tun können, soweit ich wußte.

Nach einer Weile, die mir sehr lang erschien, vermutlich aber nur einige Minuten dauerte, hörte ich den Kiel des Bootes über Sand scharren, dann sprang Philippe hinaus und zog das Boot hoch hinauf auf trockenes Land. Über uns erhob sich die dunkle Masse des Normannenturms. Philippe hob mich aus dem Boot, stellte mich auf die Füße und schob mich mit der freien Hand zur Tür hin.

Die alte Tür knarrte unheimlich wie in den Geschichten von Spukhäusern, und ich konnte mir nicht helfen, ich mußte lachen. Ich lachte wie ein albernes, hysterisches Schulmädchen. Philippe schlug mich brutal auf den Mund, und mein Lachen hörte augenblicklich auf. Er stieß mich unsanft die Treppe hinauf.

Im Innern des Turms war es stockdunkel und feucht, und ab und zu berührte mein Gesicht etwas Ekelhaftes, das nur Spinnweben sein konnten. Um meine Füße raschelte und knisterte es, so daß ich leise aufschrie. Dann beherrschte ich mich. Es war wirklich nicht angebracht, jetzt hysterisch zu werden. Im Vergleich zu dem Wahnsinnigen an meiner Seite waren Spinnweben und Mäuse geradezu liebenswerte Dinge. Manchmal fiel der Schein der Laterne in die Ecken und zeigte mir feuchte Mauern, einen Ringbolzen zwischen den Steinen, an dem eine

Kette herabhing – mittelalterliche Folter vielleicht? Nein, wahrscheinlich hatte man hier nur einen Wachhund angekettet.

Wieder Stufen und noch mehr Stufen. Endlich endete die Treppe, und wir kamen in einen hohen, kahlen und staubigen Raum mit schmalen Schlitzen anstelle von Fenstern. Mein Herz sank. In diesem Raum würde ich sterben, und Etienne würde es niemals erfahren.

Philippe stieß mit dem Fuß die Tür zu, stellte die Laterne ab und sah mich mit einem merkwürdig abwesenden Blick an. »Ich muß dich eine Weile hier lassen«, erklärte er. »Wenn der Mond aufgeht, komme ich zurück. Ich muß mich vergewissern, daß Gaston die Sache mit dem Pferd auch wirklich erledigt hat.«

Das Entsetzen schnürte mir fast die Kehle zu. Irgendwie erschien mir das noch schlimmer als alles andere. Immerhin hatte er zumindest einen eingebildeten Grund, sich meiner Person entledigen zu wollen, aber ein harmloses Tier in den Sumpf hinauszuführen und es lebendig im Morast versinken zu lassen...

»In Gottes Namen, Philippe, was hast du denn gegen das arme Tier? Das kannst du doch nicht tun!«

Philippe betrachtete mich kopfschüttelnd. »Du hast wohl den Verstand verloren, daß du dir Sorgen um ein Pferd machst, wenn *du* sterben wirst«, meinte er kühl. »Du wirst doch wohl begreifen, daß du auf irgendeine plausible Art das Schloß verlassen haben mußt.« Er nahm die Laterne auf und wandte sich ab. »Bis später, Mademoiselle Laura.«

»Warte!« bat ich, hielt aber sofort inne, als ich das etwas belustigte Lächeln sah. Nein, ich würde ihm nicht die Genugtuung geben, um mein Leben zu betteln. Ich versuchte, meine gefesselten Hände zu bewegen. »Bitte, könntest du nicht meine Fesseln etwas lockern? Meine Hände sind schon völlig gefühllos geworden.«

Ich hätte nicht gedacht, daß er darauf eingehen würde, aber er kam tatsächlich zurück.

»Ich möchte dir nicht unnötige Schmerzen bereiten«, sagte er unglaublicherweise, setzte die Laterne in sicherer Entfernung ab, beugte sich über mich und löste die Knoten.

Ich mußte mir fest auf die Lippe beißen, so weh tat es, als das Blut in meine tauben Finger zurückströmte. Ich rieb sie kräftig aneinander.

Philippe ergriff die Laterne und entfernte sich wachsam von mir. »Du bist jetzt zwar frei«, erklärte er, »aber ich sage dir gleich, daß es dir nichts nützt. Der Turm ist auf drei Seiten umgeben von Treibsand und Sumpf, und ich habe zwei Jahre gebraucht, bis ich die Pfade kannte, die sicher hindurchführen. Und ich bezweifle, daß du gut genug schwimmen kannst, um auf dem Seeweg zu entkommen. Und jenseits des Sumpfes ist da immer noch der alte Steinbruch. Falls du es jedoch vorziehen solltest, im Moor zu ertrinken oder zu versinken, meine Liebe, dann möchte ich dir diese Wahl nicht versagen. Du mußt mir verzeihen, daß ich dich im Dunkeln zurücklasse, aber ich brauche die Laterne. *Au revoir.*«

Er ging hinaus und schloß die Tür hinter sich. Ich sprang auf, in der Hoffnung, daß ich ihn mit einem plötzlichen Stoß auf der Treppe überraschen könnte, aber das hatte er wohl vorausgesehen. Als ich zur Tür kam, hörte ich, wie draußen irgendein Riegel scharrend vorgeschoben wurde. Dann entfernten sich seine Schritte die Stufen hinunter. Etwas später schürfte das Boot über den Strand, dann hörte ich das Klatschen der

Ruder, und nach einer Weile nichts mehr als das leise Rauschen der Wellen.

Ich war wieder allein, und diesmal schien es überhaupt keine Hoffnung mehr zu geben. Hätte er mir nur die Laterne dagelassen, vielleicht hätte ich ein Signal geben können, das Leute herbeigerufen hätte, die mich von der Seeseite her suchten. Ich hatte Lucie sicheren Fußes durch den Sumpf gehen sehen, aber ich würde mich vermutlich sogar mit einem langen Stock bewaffnet, um jeden Schritt zu prüfen, hoffnungslos darin verirren. Dennoch hätte ich bei Tag vielleicht mein Glück versucht und lieber dort den Tod gefunden, als unter Philippes Händen, aber nicht bei Nacht.

Ich ging zum Fenster und blickte durch den schmalen Schlitz hinaus. Es war inzwischen ganz dunkel geworden. Ich wußte nicht, wann der Mond aufgehen würde – und im Grunde war ich froh, daß ich es nicht wußte. Der Gedanke, genau zu wissen, wie viele Stunden oder Minuten Leben mir noch blieben, behagte mir nicht sonderlich.

Ich setzte mich und machte es mir auf dem kalten Steinboden so bequem wie möglich. Mir fiel ein, daß ich eigentlich gar nicht genau wußte, was Philippe mit mir vorhatte. Sollte ich erschossen, erwürgt oder ganz einfach in den Steinbruch geworfen werden, um zu ertrinken? Gegen eine Kugel konnte ich mich nicht wehren, aber sonst... Ich war ein einigermaßen kräftiges Mädchen, keine von diesen enggeschnürten, blutarmen jungen Damen, die bei der kleinsten Anstrengung umfielen. Als ich Gesang studierte, war ich stundenlang gewandert, um meine Lungen und meine Atmung zu stärken, und meine Hände waren vom jahrelangen Klavierspielen stahlhart. Ich erinnerte mich mit einiger Befriedigung an einen Abend im Theater, als ein junger Mann sich bei einigen von uns anzügliche Freiheiten erlauben wollte. Das erste Mädchen, das er zu kneifen versuchte, brachte lediglich einen spitzen Schrei und einen schwachen Klaps zustande, als er aber meinen Arm anfaßte, hatte ich ihm einen guten, harten Schlag versetzt, der durchaus einem Boxer Ehre gemacht hätte.

Ich machte mir nicht vor, daß ich es mit Philippe an Kraft aufnehmen konnte, aber hätte ich nicht den Kopf verloren, hätte ich es ihm doch wesentlich schwerer machen können, mich zu überwältigen. Nun, wenn ich mich auch kaum vor ihm retten konnte, so wollte ich ihm doch wenigstens Kratzer, Schrammen und blaue Flekken beibringen, die sich nicht so einfach erklären ließen. Ich befühlte meine Fingernägel. Ich hielt sie ziemlich kurz wegen des Klavierspielens, aber sie waren kräftig und konnten Monsieur Philippe einigen Schaden zufügen. Ich beschloß, mich auf sein Gesicht und vor allem seine Augen zu konzentrieren, wenn er zurückkam. Und dann mußte ich an einen Ratschlag denken, den eine Kollegin einer anderen am Theater einmal gegeben hatte: ›Wenn du wirklich nicht mehr ein noch aus weißt, dann stoße mit aller Kraft mit deinem Knie zu, das nimmt ihnen allen Mumm.‹

Damals war ich beim bloßen Zuhören vor Verlegenheit feuerrot geworden, aber jetzt erinnerte ich mich dankbar an diese Worte. Wer weiß, vielleicht konnte mir genau das mein Leben retten.

Zunächst mußte ich dafür sorgen, daß ich bei einem Kampf nicht zu sehr behindert war. Ich zog mein schweres, feuchtes Kleid aus und zwei meiner drei Unterröcke. In Strümpfen, Pantalons und nur einem leinenen Unterrock war mir zwar kalt, aber ich fühlte mich zugleich unbehindert und tatenkräftig. Ich wünschte nur, ich hätte meine Schuhe gehabt. Ein nachdrücklicher, rascher Tritt hätte ihm das Vergnügen an seinem Vorhaben vielleicht auch etwas vergällt.

Während dieser Vorbereitungen hatte ich mich in eine beinahe erregte Kampfstimmung hineingearbeitet, aber das hielt nicht lange vor. Als ich so dasaß, meine Arme um meine kalten Knie geschlungen, und die Zeit langsam dahinkroch, schwand auch einiges von meinem Optimismus wieder dahin.

Irgendwo raschelte es, aber darüber war ich hinaus, daß mir Mäuse und Ratten Angst machen konnten. Da ich nichts anderes zu tun hatte, horchte ich auf ihre kleinen Geräusche und fragte mich, was sie hier zu fressen finden mochten. Es war kalt, und ich legte mir mein Kleid um die Schultern. Ich horchte wieder, und plötzlich fing meine Haut an zu prickeln, und die Härchen auf meinen Armen standen auf. Ich hatte Schritte gehört, vorsichtige, schleichende Schritte, welche die Treppe heraufkamen.

Ich wurde ganz steif, so angestrengt lauschte ich. Schritte – aber nicht Philippes Schritte, dessen Stiefel sich anders anhörten. Schlich er sich etwa barfuß hierher zurück? Aber wozu die Heimlichkeit?

Ich sprang auf und lehnte mich neben der Tür an die Wand. Wenn er hereinkam, mußte ich ihm irgendwie die Laterne aus der Hand schlagen. Im Dunkeln würde er mich dann nicht so leicht erwischen, und ich konnte kratzen, beißen und um mich treten. Er würde plötzlich feststellen, daß er es mit einer Wildkatze zu tun hatte.

Ich hörte ein scharrendes Geräusch, als der Riegel vor der Tür beiseitegeschoben wurde. Es schien ihn Mühe zu kosten, denn ich hörte ihn dabei keuchen. War er etwa so außer Atem von den Treppen? Um so besser. Ich ballte die Hände, als die Tür knarrend aufging, und stürzte mich auf die dunkle Gestalt. Es folgte ein hoher Schrei, ein kindlicher Jammerlaut, und ich ließ die schmale Gestalt mit einem tiefen Seufzer der Erleichterung wieder los. Es war Lucie.

»Madame – Madame!« stammelte sie erschreckt, und ich nahm sie wieder in die Arme, diesmal aber vor Dankbarkeit und Rührung.

»Oh, Lucie!« Ich weinte fast. »Es tut mir leid – ich bin so froh ... Ich dachte, es wäre ... Ich hatte solche Angst.«

»Ich habe beinahe die Tür nicht aufgekriegt«, berichtete sie, und tatsächlich rang sie noch immer nach Atem. Vorsichtig trippelte sie hinaus und holte ihren Kerzenstummel vom Treppenabsatz. »Ich habe Sie und ihn im Boot gesehen«, sagte sie, »und ich wußte, daß er Sie wieder hierher bringt. Wie letztesmal. Er will, daß Sie ertrunken im Steinbruch liegen. Sie sind aber zurückgekommen, und da will er Sie wieder fort haben.«

Das Mädchen glaubte offensichtlich immer noch, daß ich Monique war, obgleich sie Monique tot gesehen hatte und dabei war, als Philippe sie in den Steinbruch warf, aber ich war im Augenblick nicht in der Stimmung, sie aufzuklären.

»Ich will aber nicht dorthin zurück«, erklärte ich ernst und unterdrückte tapfer und fast unwiderstehliches Verlangen zu lachen.

»Nein, Madame.«

»Kannst du mir wieder den Weg durch den Sumpf zeigen, Lucie? Bevor er zurückkommt?«

»Nein, Madame«, antwortete sie traurig.

»Aber warum denn nicht, Lucie?« fragte ich und zwang mich, ruhig und freundlich zu sprechen. Das

Mädchen war zwar schwachsinnig, aber sie war jetzt meine einzige wirkliche Überlebenschance.

Ihre Stimme klang jedoch ganz normal und vernünftig: »Wegen der Flut, Madame. Um diese Zeit könnte nicht einmal der Teufel heil durch den Sumpf kommen. Ich hatte schon Angst, ich würde es vor der Flut nicht mehr bis zum Turm schaffen, und bis das Wasser zurückgeht, ist es zu tief, um meinen Weg durch den Sumpf zu nehmen. Nur, wenn man Meile um Meile schwimmen kann.«

Das klang durchaus verständig. Vielleicht hielt die Flut Philippe auch zurück, dann konnten Lucie und ich uns im Sumpf verstecken, sobald das Wasser genügend gesunken war. Ich blickte aus dem Fensterschlitz an der Seeseite und sah das Wasser schon fast gegen das Steinfundament des Turmes schwappen. Im Augenblick konnten wir gar nichts tun.

»Dann werden wir wohl warten müssen«, meinte ich und setzte mich wieder. Lucie kroch ganz nahe zu mir. Sie erschauerte unter ihrem dünnen Umschlagtuch.

»*Les morts* – die Toten sind hier. Ich habe Angst, Madame.«

»Unsinn«, erwiderte ich fest. »Die Toten sind im Himmel bei Gott, wo sie hingehören.«

»Die guten Toten sind bei den Heiligen, Madame, aber was ist mit den Bösen? Die Seelen der schlechten Menschen gehen nachts um, sagt *grandmère*...«

»Wenn sie das sagt, dann ist deine *grandmère* alt und abergläubisch«, entgegnete ich bestimmt, obgleich ich hier in dem dunklen alten Turm gar nicht so sicher war. »Die Seelen der guten Toten sind im Himmel und die Seelen der schlechten in der Hölle, wo sie der Teufel ganz gewiß streng bewacht.«

Zu meiner Überraschung und Erleichterung fing sie leise an zu kichern und rückte näher. Beruhigend nahm ich ihre kleine Hand in meine. Sie zuckte zusammen, dann zog plötzlich ein strahlendes Lächeln über ihr blasses Gesichtchen. »Sie sind warm, Ihre Hand ist warm – Sie sind nicht tot, Madame?«

»Nein, mein Kind«, erwiderte ich sanft. »Ich bin nicht tot und war auch nie tot. Die Toten kommen nicht zurück.«

»Aber der junge Monsieur – ich habe es doch gesehen... Madame, Madame, ich habe es nicht geträumt, erlauben Sie nicht, daß man mich fortschickt in das schlimme Haus, wo man mich prügelt.« Sie zitterte vor Angst, und ich hielt ihre Hand fest und legte meinen anderen Arm um sie, so wie ich den kleinen Etienne tröstend in die Arme genommen hätte.

»Nein, nein, mein armes Kind, niemand wird dir weh tun, niemand wird dich fortschicken. Hör zu, Lucie, der böse Mann, den du gesehen hast, wie er Madame in den Steinbruch warf – das war nicht ich, die er hineingeworfen hat. Es war jemand anders, aber jetzt will er auch mich töten.« Ich konnte ihr nicht alles erklären, aber so weit schien sie es zu verstehen.

Sie lächelte ein wenig unsicher und sagte: »Dann wollen wir Ausschau nach ihm halten, und wenn Ebbe ist, laufen wir hinaus und verstecken uns im Sumpf. Dann kann er uns nicht in den Steinbruch werfen.«

»Jedenfalls werden wir versuchen, ihn daran zu hindern« erklärte ich entschlossen. Irgendwie war die Anwesenheit eines anderen menschlichen Wesens, selbst dieses schwachsinnigen Mädchens, tröstlich. Sie war zwar eine zerbrechliche Stütze, aber immerhin besser als gar keine.

Aber wenn sie tatsächlich gesehen hatte, wie Philippe Moniques Leiche in den Steinbruch warf, wieso hatte Philippe sie leben lassen? Warum hatte er sie nicht ebenfalls umgebracht und sie zu Monique in den Steinbruch geworfen? Ich gab mir die Antwort selbst: Philippes überspitzte Arroganz hatte sie davor bewahrt. Wie alle arroganten, von sich selbst ungeheuer überzeugten Männer am Rand des Wahnsinns glaubte er sich unfehlbar, und er hatte Lucies Verstand weitgehend unterschätzt. Er hatte von ihr als der ›Idiotin‹ gesprochen. Krank und gelegentlich geistig umnachtet, wie sie war, hatte er sie für bar jeglichen Verstandes gehalten und vermutlich gedacht, daß sowieso niemand auf ihr Gerede hörte.

Ich hätte klüger sein sollen. Pater Desmoulins hatte Lucie als gutes Mädchen bezeichnet, das ihrer Mutter half und ihr, zwischen ihren Anfällen, eine rechte Stütze war. Sie war unwissend, aber schlau genug, alle Wege durch das Moor zu kennen und sich die Gezeiten zu merken. Mein Herz tat einen Sprung bei dieser Erkenntnis. Lag hier vielleicht Philippes entscheidender Fehler?

»Wir müssen die Kerze verstecken«, erklärte ich. »Wenn er zurückkommt, darf er nicht sehen, daß wir ein Licht haben.«

Ob es sicherer war, sich draußen am Rand des Sumpfes zu verstecken? Philippe würde dann vielleicht denken, daß ich versucht hatte zu fliehen und dabei ertrunken war. Aber diese Möglichkeit war mir zu unsicher. Wir waren vermutlich besser aufgehoben, wo wir waren, solange wir wachsam blieben und auf eine Chance warteten.

»Wir dürfen nicht einschlafen«, ermahnte ich Lucie, deren Kopf heruntergesunken war.

Sie murmelte gehorsam: *»Oui, Madame.«*

Aber gleich darauf wurde ihr Atem tief und gleichmäßig, und sie schlief an meiner Schulter.

Die Zeit kroch unendlich langsam dahin, und nichts war zu hören außer leisem Mäusegeraschel und dem entfernten Raunen der Wellen. Endlich erschien ein schwacher Lichtschein im Fensterschlitz, und ich wußte, daß der Mond aufgegangen war. Jetzt würde es nicht mehr lange dauern.

Etienne! Würde er jemals die Wahrheit erfahren, oder würde er glauben, daß ich ihn verraten hatte und geflohen war? Was würde Philippe den anderen erzählen? Etienne traute Philippe zwar nicht, aber mißtraute er ihm genug? Ich hatte nicht einmal einen scharfen Stein, um eine Nachricht in die Mauer des Turmes zu ritzen. Vielleicht konnte ich ein paar Worte mit dem Ruß der Kerze malen, aber wenn Philippe die Kerze fand, würde er genau danach suchen.

Und dann erstarrte ich plötzlich. Mir wurde eiskalt. Ein neues Geräusch durchbrach die Stille – Ruderschläge!

Ich löste mich aus den Armen der schlafenden Lucie und lief zum Fensterschlitz. Ich sah ein Boot, mit einer Laterne am Bug, das sich dem Strand näherte. Vorn stand eine große, schlanke Gestalt.

Philippe?

Aber da waren doch noch andere im Boot. Hatte er Gaston mitgebracht? Mein Herz sank. Mit einem Mann wäre ich vielleicht, vielleicht fertig geworden, aber bei zweien hatte ich keine Chance.

Ich lief rasch zurück und schüttelte Lucie, aber das Mädchen stöhnte nur und geriet in Zuckungen. Oh, lieber Gott, hilf mir! Das arme Mädchen würde doch nicht ausgerechnet jetzt einen seiner Anfälle bekommen. Ich schüttelte sie heftiger in meiner Verzweiflung, als ich hörte, wie das Boot über den Sand knirschte, als es an Land gezogen wurde. Und dann erstarrte ich wieder, aber diesmal, weil ungeahnte Hoffnung mich erfüllte und ich meinem Glück nicht zu trauen wagte. Eine wohlbekannte, geliebte Stimme rief: »Laura, Laura, bist du da?«

Etienne!

Er war zurückgekommen – noch zur rechten Zeit!

17

Alle Vorsicht außer acht lassend stürzte ich in wilder Hast die Turmtreppe hinunter, rief seinen Namen und warf mich in seine Arme. Ich stammelte lauter völlig unzusammenhängendes Zeug, und das einzige, was ich verständlich hervorbringen konnte, war sein Name. »Etienne, o Etienne – Etienne...«

Er hielt mich ganz fest in seinen Armen und blickte in mein vom Mond beleuchtetes Gesicht. »Nur ruhig, jetzt ist es ja vorbei, armes Mädchen. Arme Laura, ich hätte dich nicht allein lassen sollen – oder zumindest hätte ich dich warnen können. Ich bin nicht wirklich fortgegangen, ich bin nur ins Dorf geritten. Ich wollte sie zu irgendeiner Handlung verlocken...«

»Es war Philippe«, sagte ich atemlos. »Er hat Monique umgebracht. Erst hat er sie in diesem Zimmer da oben versteckt... Er wollte aus ihr herausbekommen, wo der Schatz versteckt ist... Und dann hat er sie in den Steinbruch geworfen...«

Etienne holte tief Luft. Sein Gesicht war schmerzerfüllt. »Ich habe in letzter Zeit schon so etwas geahnt«, murmelte er. »Aber als ich feststellen mußte, daß du nun auch verschwunden warst – ich sah die Dienstboten auf der Suche nach dir –, ritt ich sofort zurück und durchsuchte den alten Flügel. Philippe hatte dich jedoch bereits fortgebracht. Also holte ich einen von den Bluthunden und ließ ihn nach einem alten Paar Schuhe deine Fährte aufnehmen. Er führte mich zum Rand des Moors...«

»Aber da war ich doch gar nicht«, unterbrach ich erstaunt. »Philippe hat mich im Boot hergebracht...« Und dann fiel mir ein, was geschehen sein mußte. Lucie! Das alte Paar Schuhe und der rote Flanellunterrock, daran haftete gewiß noch mein Geruch, und dem war der Hund gefolgt.

»Ich war halbverrückt vor Angst, daß du irgendwo im Sumpf herumwandern könntest«, fuhr Etienne fort. »Dann erinnerte ich mich, daß Lucie dich neulich zum Turm geführt hatte, also besorgte ich mir ein Boot, und ein Mann aus dem Dorf hat mich hergerudert. Komm, wir müssen fort.«

»Nein!« Zitternd zog ich ihn in den Turm zurück. »Die arme Lucie ist dort oben. Wenn Philippe zurückkommt und sie hier findet, wird er sie umbringen. Sie hat beobachtet, wie er Monique in den Steinbruch warf...«

»Natürlich müssen wir das arme Mädchen da herausholen«, sagte Etienne rasch und nahm die Laterne auf, die er abgesetzt hatte, als er mich in die Arme nahm. Plötzlich fluchte er gräßlich. »Sag mal, hat er etwa gewagt, dich anzurühren?«

Und da wurde mir erst bewußt, daß ich in Leibchen, Unterrock und Strümpfen vor Etienne stand. »Nein,

nein«, stammelte ich blutübergossen. »Ich habe nur mein Kleid ausgezogen, um nicht so behindert zu sein. Ich wollte ihn angreifen, versuchen, ihm zu entkommen ...«

Etienne zog mich heftig an sich und küßte mich auf den Mund. »Mein tapferes Mädchen, mein hübsches, tapferes Mädchen«, flüsterte er zärtlich. »Wenn ich mir vorstelle, du in der Gewalt dieses Kerls ...«

»Was würden Sie dann tun, Monsieur le Comte?« fragte Philippes kühle, sarkastische Stimme hinter uns. Etienne fuhr blitzschnell herum, aber Philippe warnte ihn sofort: »Keinen Schritt näher, meine Pistole ist entsichert, und auf diese Entfernung kann ich kaum mein Ziel verfehlen.« Er winkte gebieterisch mit der Hand. »Hinauf in den Turm mit euch, alle beide!«

Stufe um Stufe stiegen wir die Treppen hinauf, und schließlich befanden wir uns wieder in dem oberen Raum. Lucie schlief immer noch auf dem Fußboden. Neben ihr flackerte der kümmerliche Kerzenstummel. Sie wachte bei unserem Eintritt auf und blinzelte in das Licht der Laterne. Philippe beachtete sie jedoch gar nicht. Er lehnte sich an den Pfosten der offenen Tür, das Treppenhaus hinter sich, sah uns an und lächelte, als ich mich an Etienne klammerte.

»In einem Punkt irrt ihr euch«, erklärte er, »und ich möchte unter keinen Umständen, daß ihr in dem Glauben sterbt, ich hätte Monique getötet. Ich habe Monique *nicht* umgebracht. Das ist die Wahrheit. Ja, ich zwang sie, den Brief zu schreiben, in dem sie dir mitteilte, daß sie dich verlassen wollte, Etienne. Auf diese Weise hätte ihr später kein Mensch geglaubt, wenn sie behauptet hätte, gefangengehalten worden zu sein. Ihre Schande wäre mit dem Brief erwiesen gewesen.«

Etienne preßte die Lippen aufeinander und sagte nichts. Philippe fuchtelte verärgert mit seiner Pistole herum. »Es *war* ein schlauer Plan, und er wäre auch gelungen!« Er schrie beinahe. »Aber sie hat mich hereingelegt, diese kleine Hexe!« Philippe redete sich in Wut. »Sie hat mich hereingelegt, indem sie mir erzählte, der Schatz wäre hier im Turm verborgen, und deshalb habe ich sie hergebracht. Aber dann versuchte sie plötzlich davonzulaufen, die kleine Närrin, und dabei stürzte sie über die Brüstung und brach sich das Genick. Was sollte ich sonst tun als ihre Leiche im alten Steinbruch versenken?«

»Für dich gab es ganz offensichtlich nichts anderes, was du hättest tun können«, entgegnete Etienne in schneidendem Ton.

»Nein, mein lieber Cousin, greife nicht in deine Weste! Selbst wenn du dort eine Waffe haben solltest, ich würde schneller sein.« Er stand breitbeinig in der Tür und beobachtete uns wachsam.

Lucie richtete sich langsam auf, und Philippes Blick huschte sekundenlang zu ihr hinüber. Und dann durchschnitt plötzlich ein ohrenbetäubender Schrei die Luft, und Philippe fuhr erschrocken zusammen, als Lucie kreischte: »Laßt mich hinaus! Laßt mich hinaus! Oh, sie kommen, sie kommen auf mich zu – steht nicht zwischen mir und der Tür, laßt mich hinaus, hinaus, ich muß raus!«

Wie eine Wahnsinnige raste sie zur Tür, wo Philippe den Weg zur Treppe verstellte. Instinktiv wich er vor ihrem blinden Ansturm zurück. Seine Pistole explodierte in die Luft, als Lucie, immer noch laut schreiend, ihren Kopf in seinen Magen rammte. Philippe griff mit beiden Händen in die Luft, verlor das Gleichgewicht und fiel mit einem Aufschrei, der sich mit Lucies Gekreisch vermischte, hintenüber. Dumpf polterten beide, ineinander verschlungen, die Stufen hinunter. Etienne ergriff die Laterne und lief ihnen sofort nach.

Lucie lag wimmernd und in ihren Röcken verstrickt auf dem nächsten Treppenabsatz. Ihr Kopf blutete, und ihr Handgelenk lag schlaff und merkwürdig verrenkt neben ihr. Philippe jedoch war mit dem Kopf auf einen hervorstehenden großen Stein aufgeschlagen und rührte sich nicht mehr. Aus einer großen dunklen Kopfwunde floß Blut und bildete eine kleine Lache.

Etienne untersuchte ihn kurz. »Er hat sich das Genick gebrochen.«

Seine Stimme klang grimmig.

Ich kniete neben der jammernden Lucie und versuchte festzustellen, ob ihr Handgelenk gebrochen war. Dann blickte ich über ihren Kopf hinweg zu Philippes lebloser Gestalt hin – und stieß plötzlich einen Schrei aus.

»Etienne – sieh doch nur! Der Stein, auf den er aufgeschlagen ist!«

Etienne drehte sich um und bückte sich, um zu sehen, was ich meinte. Auf einem Gegengewicht balancierend schwang der quadratisch behauene Stein aus der Mauer, und dahinter wurde eine dunkle Höhlung sichtbar. Etienne hielt die Laterne in die Öffnung und stieß hörbar seinen Atem aus.

»Laura! Komm her und sieh dir das an!«

Ich spähte in die Öffnung und schüttelte benommen den Kopf.

»Dann hat Philippe also doch den Schatz gefunden«, war alles, was ich herausbrachte.

»Und welch ein Schatz, um sein Leben dafür zu riskieren!« bemerkte Etienne mit einem grimmigen Lächeln.

Da waren einige gravierte Silberbecher, ein Babykrug mit zwei Henkeln, die anderen, insgesamt vielleicht acht oder zehn, verschieden groß und kunstvoll ziseliert oder graviert. Alle trugen das Wappen der Des Cars und waren schwarz angelaufen vom langen Liegen. Eine einzige Goldkette glitzerte im Lampenschein, und daneben stand eine riesige, schwere Suppenterrine aus vergoldetem Silber. Es waren noch einige Silbersachen da, und zwischen ihnen verstreut fanden sich vielleicht ein halbes Dutzend Silbermünzen. Mehr war da nicht.

»*Mon Dieu*«, murmelte Etienne und schüttelte verwundert den Kopf. »Vom Gefühlswert für die Familie abgesehen, ist dieses ganze Zeug höchstens ein paar tausend Francs wert. Die Silberschmiedearbeiten sind zwar einiges wert, aber er hätte die Becher niemals so verkaufen können. Und wenn er sie eingeschmolzen hätte – der Wert des Silbers allein hätte ihm nicht einmal die Passage nach Amerika bezahlt, geschweige denn ihm ein Leben in Luxus ermöglicht, wie er es sich erhoffte.«

»Und er hat sein Leben der Suche nach diesem Schatz gewidmet – und war bereit, dafür zu morden«, fügte ich hinzu. Für diese paar kümmerlichen alten Silbersachen. War es einmal ein großer Hort von Münzen, Gold und Juwelen gewesen? Oder hatte sich hier nie mehr befunden als ein paar Familienstücke, die nur durch die Überlieferung so sehr an Bedeutung gewonnen hatten? Das würde man nun nie mehr erfahren.

Und welch tragische Ironie, daß Philippe im Tode gefunden, was er sein Leben lang vergeblich gesucht hatte.

Etienne zog seinen Umhang von den Schultern und bedeckte Philippe damit. Dann blickte er mich fragend an. »Ist das Mädchen verletzt? Sie hat uns das Leben gerettet ...«

Ich schüttelte den Kopf. »Ich glaube nicht, daß es ernstlich ist. Sie hat das Handgelenk gebrochen und am Kopf einige Schrammen, aber sie atmet.« Plötzlich zuckte ich zusammen. »Gaston! Was ist, wenn er herkommt...«

Etienne beruhigte mich. »Kaum wahrscheinlich. Der arme alte Kerl ist durchgedreht – ich weiß zwar nicht warum, aber ich hörte ihn stöhnen und winseln, bevor ich das Haus verließ. Ich fragte ihn nach Philippe – ich drohte ihm damit, ihm den Schädel einzuschlagen, wenn er mir keine Auskunft gäbe –, aber er brachte nur irgendwelchen horrenden Irrsinn über Moniques Geist im alten Steinbruch heraus. So, mein Liebes, und nun müssen wir zum Haus zurück. Die Gräfinwitwe ist ganz außer sich vor Sorge, obgleich ich mein Bestes getan habe, sie abzulenken, indem ich sie bat, auf Klein-Etienne achtzugeben, bis ich mit dir zurückkäme. Und der arme Louis – ich fürchte, ich habe ihm Unrecht getan – hat einen Herzanfall bekommen, und Tante Sidonie sitzt an seinem Bett und betet ihren Rosenkranz, für dich und für ihn, alles durcheinander. Sie haben nach dem Pater geschickt. Er wollte mit mir sprechen, aber ich konnte nicht warten. Ich hatte zu große Angst um dich, mein Liebling.« Er legte seinen Arm um mich. »Ich muß dich jetzt nach Hause bringen.«

»Aber – der Schatz?« fragte ich und dachte daran, daß auch Etienne an dem Auffinden des Schatzes interessiert gewesen war.

Etienne lachte kurz auf. »Der gehört Klein-Etienne«, erwiderte er. »Wir werden ihm dies hier mitnehmen. Gesäubert und poliert wird es ein hübsches Andenken sein.« Er nahm den antiken Kinderbecher auf. »Was das übrige betrifft – es hat genügend Unheil in der Familie gestiftet. Wir wollen es hierlassen, bis der Junge alt genug ist, um zu entscheiden, was er damit tun will.«

Er blickte mich fragend an, ich nickte, und dann schob er den Stein auf seinem Gegengewicht zur Mauer hin, bis er mit einem leisen Klicken einrastete. Die Mauer sah wieder aus wie zuvor. Und soweit ich weiß, liegt der Schatz noch immer dort.

Etienne und ich heirateten vier Wochen später noch einmal in der Kirche, nachdem das Aufgebot bestellt worden war, wie es sich gehört. Inzwischen hatte ich auch meinen eigenen Namen wieder angenommen und meinen Paß aus Paris zurückgeholt. Ich habe diese Geschichte für meine Söhne geschrieben; für Etienne, der noch nicht weiß, daß seine ›Mama‹ nicht seine wirkliche Mutter ist, und für meinen kleinen Charles und die kleine Monique.

Wir leben eigentlich immer noch das gleiche Leben auf Des Cars, obgleich die Welt um uns sich verändert. Es gibt weniger Leute, die unseren guten Wein zu schätzen wissen, und ab und zu sieht man sogar in unserer abgelegenen Gegend diese neumodischen Automobile.

Onkel Louis erholte sich zwar von seinem ersten schweren Herzanfall, aber letztes Jahr verschied er in aller Stille. Er lebte gerade noch lange genug, um meine kleine Tochter, sein Patenkind, zu sehen, der ich den Namen Monique Louise gab. Onkel Gaston hatte tatsächlich den Verstand verloren und wurde nicht wieder gesund. Er lebt noch, wird aber in einer Nervenheilanstalt von den Barmherzigen Schwestern betreut. Tante Isabelle und Tante Sidonie werden mit jedem Jahr ein wenig grauer – die eine noch dazu scharfzüngiger, die andere einfältiger.

Und was nun Lucie angeht, so kann keiner von uns je

vergessen, daß wir ihr unser Leben verdanken. Wir haben dafür gesorgt, daß sie wenigstens nie wieder Hunger leiden oder wie ein wildes Tier durch die Wälder streifen muß. *Mère* Gouart und ihre Kleinen sind ins alte Pförtnerhaus gezogen, und Lucie besucht, wenn sie nicht gerade einen ihrer Anfälle hat, die Klosterschule in der Stadt.

Und die Gräfinwitwe ist auch immer noch da, unverändert aufrecht, majestätisch und von heiterer Gelassenheit. Gott gebe, daß sie uns noch viele Jahre erhalten bleibe. Sie nennt mich immer noch häufiger Monique als Laura. Und ich antworte auf diesen Namen – aber nur, wenn *sie* mich so ruft.